PICTURE DICTIONARY

JAPANESE-ENGLISH

JAPANESE-ENGLISH PICTURE DICTIONARY

Illustrated by Kathryn Adams, Pat Gangnon, Colin Gillies, David Shaw and Yvonne Zan.
Designed by David Shaw and Associates.

Color separations by New Concept Limited.

Printed in Canada by Metropole Litho Inc.

English language editors: P. O'Brien-Hitching, R. LeBel, P. Rényi, K. C. Sheppard.

Japanese translations in Hiragana, Kanji and Romaji by Dr. Kazuko Nakajima, Toronto.

Originally published by Éditions Rényi Inc., Toronto, Canada

Distributed exclusively in trade and education in the United States of America by Langenscheidt Publishers, Inc., Maspeth, New York 11378

Hardcover	ISBN 0-88729-855-9
Softcover	ISBN 0-88729-861-3

Distributed outside the USA by Éditions Rényi Inc., Toronto, Canada

Hardcover	ISBN 0-921606-17-6
Softcover	ISBN 0-921606-49-4

INTRODUCTION

Some of Canada's best illustrators have contributed to this Picture Dictionary, which has been carefully designed to combine words and pictures into a pleasurable learning experience.

Its unusually large number of terms (3336) makes this Picture Dictionary a flexible teaching tool. It is excellent for helping young children acquire language and dictionary skills. Because the vocabulary it encompasses is so broad, this dictionary can also be used to teach new words to older children and adults as well. Further, it is also an effective tool for teaching English as a second language.

THE VOCABULARY

The decision on which words to include and which to leave out was made in relation to three standards. First, a word-frequency analysis was carried out to include the most common words. Then a thematic clustering analysis was done to make sure that words in common themes (animals, plants, activities etc.) were included. Finally, the vocabulary was expanded to include words which children would likely hear, ask about and use. This makes this dictionary's vocabulary more honest than most. 'To choke', 'greedy', 'to smoke' are included, but approval is withheld.

This process was further complicated by the decision to *systematically* illustrate the meanings. Although the degree of abstraction was kept reasonably low, it was considered necessary to include terms such as 'to expect' and 'to forgive', which are virtually impossible to illustrate. Instead of dropping these terms, we decided to provide explanatory sentences that create a context.

Where variations occur between British and North American English, both terms are given, with an asterisk marking the British version (favor/favour*, gas/petrol*).

USING THIS DICTIONARY

Used at home, this dictionary is an enjoyable book for children to explore alone or with their parents. The pictures excite the imagination of younger children and entice them to ask questions. Older children in televisual cultures often look to visual imagery as an aid to meaning. The pictures help them make the transition from the graphic to the written. Even young adults will find the book useful, because the illustrations, while amusing, are not childish.

The dictionary as a whole provides an occasion to introduce students to basic dictionary skills. This work is compatible with school reading materials in current use, and can serve as a 'user-friendly' reference tool.

Great care has been taken to ensure that any contextual statements made are factual, have some educational value and are compatible with statements made elsewhere in the book. Lastly, from a strictly pedagogical viewpoint, the little girl featured in the book has not been made into a paragon of virtue; young users will readily identify with her imperfections.

TO MY NEW FRIENDS

My name is Ashley. I am a little girl. I go to school. I am learning to swim, and I have a little brother. If you want to meet my father, the admiral, look at the page on the right. You will see him at the bottom of the page. My mother is on the next page, at the top. If you want to see me, look at my picture above the word 'calm'.

Some people think dictionaries are dull. I guess they have not seen this one, which is all about me and the people I know, and about many, many ideas.

Five grown-up artists had a lot of fun drawing the pictures. I also drew a picture (the zebra). Can you find it?

I must go now. Look for me in the dictionary.

Ashley

P.S.   If you want to write to me about our dictionary, ask your parents or your teacher to give you my address.

A	そろばん 1 abacus	そのことについて はなしてください。 いちじかんぐらい かかります。 *Tell me about it.* *It takes about an hour.* 2 about	あたまのうえ 3 above
けっせき 4 absent	アクセル 5 accelerator	はじめのおんせつに アクセントを つけてください。 *Put the accent on the first syllable.* 6 accent	じこ 7 accident
アコーディオン 8 accordion	せめる 9 to accuse	エース 10 ace	あたまがいたい 11 My head aches.
さん 12 acid	どんぐり 13 acorn	アクロバット 14 acrobat	みちのむこうにすんでいます。 はらっぱをよこぎります。 *He lives across the street.* *She ran across the fields.* 15 across
たす 16 to add	じゅうしょ 17 address	かいぐんたいしょう 18 admiral	ドンはリサがだいすき。 19 to adore

20 せいじん、おとな — adult

21 まえにすすむ — to advance

22 せが たかいほうが ゆうり。 — advantage

23 ジュリーのおかあさんは ほうけんがすき。 — adventure

24 こわい — He is afraid.

25 アフリカ — Africa

26 ばんごはんの<u>あとで</u> あそんでもいいですか。

わたしの<u>あと</u><u>について</u> いってください。

Can we play after dinner ?
Repeat after me ! — after

27 ごご — afternoon

28 <u>また</u>あそぼうよ。

<u>また</u>きみのばんだよ。

Let's play again.
It is your turn again. — again

29 こする — to rub against

30 とし、ねんれい — age

31 どうさの <u>きびきびしたひと</u> — agile person

32 あんしょうに<u>のりあげる</u> — aground

33 ヘレンは トムの<u>まえ</u>の ほうに すわります。

<u>おさき</u>にどうぞ。

Helen sits ahead of Tom.
Please go ahead. — ahead

34 たすける — to provide aid

35 ねらう — to aim

36 くうき、そら — air

37 エアマット — air mattress

38 <u>みっぺいした</u> いれもの — airtight

39 ひこうき — airplane/aeroplane*

くうこう	つうろ	めざましどけい	アルバム
40 airport	41 aisle	42 alarm clock	43 album
いえにひがつく。	いきている	ぜんぶ	ろじのねこ
44 alight	45 alive	46 I want them all.	47 alley
わに	アーモンド	ほとんど	なぜひとりでいるの?
48 alligator	49 almond	50 almost	51 alone
かいがんにそってあるく	おおきなこえで	アルファベット	もういかなくちゃならないの?
52 along	53 aloud	54 alphabet	55 Do I have to go already?
だいじょうぶだよ。	わたしもほしい。	アルミのはしご	いつもころぶ
56 I am alright.	57 I also want some.	58 aluminum/aluminium* ladder	59 I always fall down.

きゅうきゅうしゃ	ひつじのなかのおおかみ	いかり	むかしのしろのあと
60 ambulance	61 wolf **among** sheep	62 anchor	63 ancient
かくど	おこっている	どうぶつ	くるぶし、あしくび
64 angle	65 He is **angry**.	66 animals	67 ankle
アナウンスする	もうひとつ の サンドイッチ	こたえは……。	あり
68 to announce	69 **another** sandwich	70 The **answer** is…	71 ant
なんきょく	かもしか	しかの つの	おかねが まったくない。
72 Antarctic	73 antelope	74 antlers	75 I do not have **any** money.
なんでも たべる	どこへも いかれない。	ひとつぶ ふさから はなれる。	さる、るいじんえん
76 It eats **anything**.	77 He cannot go **anywhere**.	78 apart	79 ape

みつばちを かうところ、ようほうじょう

80   apiary

ちゃんと あやまりなさい。

おくれて どうもすみません。

You should apologize.
I apologize for being late.

81   to apologize/apologise*

てじなしのぼうしから うさぎが あらわれました。

じょうおうが テレビに でました。

A rabbit appeared from the magician's hat.
The Queen appeared on television.

82   to appear

はくしゅする

83   to applaud

りんご

84   apple

りんごのしん

85   apple core

ちかづく

86   to approach

あんず

87   apricot

しがつ

88   April

エプロン、まえかけ

89   apron

すいぞくかん

90   aquarium

アーチ

91   arch

けんちくか

92   architect

ほっきょく

93   Arctic

ぎろんする

94   to argue

うで

95   arm

ひじかけいす

96   armchair

よろい

97   armor/armour*

わきのした

98   armpit

おひるごろつきます。

バスは まちを ぐるりとまわりました。

We will be there around noon.
The bus drove around the town.

99   around

はなをいける	たいほする	つく	や
100 to arrange flowers	101 to arrest	102 to arrive	103 arrow
アーティチョーク、ちょうせんあざみ	げいじゅつか	えのように うつくしい。 ただしは おにいさんとおなじぐらい せがたかいです。 *As pretty as a picture Tadashi is as tall as his older brother.*	はい
104 artichoke	105 artist	106 as	107 ash
はいざら	アジア	みちをきく	メアリーとフラフィは よくねむっている。
108 ashtray	109 Asia	110 to ask for directions	111 asleep
アスパラガス	アスピリン	パトリックはジーンをおどろかした。	うちゅうひこうし
112 asparagus	113 aspirin	114 to astonish	115 astronaut
てんもんがくしゃ	ヘレンは おとうさんと いえにいます。 しゃしんを みている ところです。 *Helen is at home with her dad.* *They are looking at the photo.*	うんどうせんしゅ	ちず、ちずちょう
116 astronomer	117 at	118 athlete	119 atlas

ちきゅうをとりまく きたい	げんし	つける、はめる	ちゅういしなさい。
120 atmosphere	121 atom	122 to attach	123 Pay attention!
やねうら	かんきゃく	はちがつ	おばさん
124 attic	125 audience	126 August	127 My aunt is my mother's sister.
オーストラリア	さっか	じどう	あき
128 Australia	129 author	130 automatic	131 autumn
なだれ	アボカド	めがさめている	かのじょは どこかに いっていて<u>いません</u>。
132 avalanche	133 avocado	134 awake	135 She is away.
<u>ひどいにおい</u>	<u>ぶかっこう</u>なひと	おの	<u>しゃりんのじく</u>
136 an awful smell	137 an awkward person	138 axe	139 axle

B

あかちゃん、あかんぼう
140 baby

うばぐるま
141 baby carriage/pram*

せなかをかく
142 back

ベーコンエッグ
144 bacon and eggs

わるい、いたんだ
145 bad apple

バッジ
146 badge

バックする
143 to back up

ふくろのなか
147 bag

えさ
148 bait

やく
149 to bake

パンやさん
150 baker

パンや
151 bakery

バランスがいい
152 good balance

バルコニー
153 balcony

はげている
154 bald

ボール
155 ball

バレリーナ
156 ballerina

バレー
157 ballet

ふうせん
158 balloon

ききゅう	バナナ	ヘアーバンド	バンド
159 hot air **balloon**	160 banana	161 band	162 musical **band**

ほうたい	ばんばんたたく、どんとうつ	てすり、らんかん	ぎんこう
163 bandage	164 to bang	165 banister	166 bank

てつのぼう	バー	てつじょうもう	りはつし　とこや
167 bar	168 bar/pub*	169 barbed wire	170 barber

はだし	やすうり、バーゲン	うんかせん	ほえる
171 one **bare** foot	172 bargain	173 barge	174 to bark

おおむぎ	なや	バラック、へいえい	きのかわ
176 barley	177 barn	178 barracks	175 bark

たる	じゅうしん	ヘヤクリップ	バリヤード、さく
179 barrel	180 barrel	181 barrette/hair slide*	182 barrier

どだい	ベース	やきゅう	ちかしつ
183 base	184 base	185 baseball	186 basement/cellar*

バゼル	バスケット、かご	バスケットボール	バット
187 basil	188 basket	189 basketball	190 bats

(お)ふろ にはいる	(お)ふろば	ゆぶね	こうもり
192 I am having a bath.	193 bathroom	194 bathtub	191 bat

バッテリー、でんち	わん、いりえ	ベイリーフ	バザー
195 battery	196 bay	197 bay leaves	198 bazaar

ほくはカナダじんです。
トムとボブはともだちです。
アシュレイは いしゃになりたいのです。

I am a Canadian.
Tom and Bob are friends.
Ashley wants to be a doctor.

199   to be

かいがん、うみべ

200   beach

ビーズ

201   bead

くちばし

202   beak

こうせん

203   beam of light

まめ

204   beans

くま

205   bear

ひげ

206   beard

けもの

207   beast

うつ

208   to beat

うつくしい、きれい (な)

209   beautiful

ビーバー

210   beaver

ねこがしんだので…。

211   I am crying because…

けむしが
ちょうちょうになる。

212   to become

ベッド

213   bed

ベッドのランプ

214 bed lamp/reading light*

ベッドルーム、しんしつ

215   bedroom

はち

216   bee

ぶな

217   beech

みつばちのす (ばこ)

218   beehive

ビール	ビート	かぶとむし	しょくじをするまえに てをあらいなさい。
219 beer	220 beet/beetroot*	221 beetle	222 Wash your hands **before** dinner.
こじき	アシュレイのピアノの レッスンは 10じに <u>はじ まります</u>。 トムのピアノのレッスン は 9じに <u>はじまります</u> *Ashley's piano lesson begins at ten o'clock. Tom's piano lesson begins at nine o'clock.*	アリスは ぎょうぎがいい。	きのうしろ
223 to beg	224 to begin	225 to behave	226 behind
ベージュ	しんじる	ベル、かね	へそ
227 beige	228 I **believe** in dragons.	229 bell	230 belly button
わたしのもの	テーブルのした	ベルト	ベンチ
231 He **belongs** to me.	232 below	233 belt	234 bench
みちが まがっている。	まげる	ベレーぼう	きのそば
235 bend	236 to bend	237 beret	238 beside

デザートの<u>ほかに</u> なにか
たべませんか？

*Should you eat something
besides dessert?*

239　besides

いちばん、さいこう

240　best

シーラはトムより <u>よく</u>
うたえます。

やろうとおもえば トムは
<u>もっとよく</u>できます。

*Sheila can sing better than
Tom.
Tom can do better if he
tries to.*

241　better

<u>いわといわのあいだ</u>

242　between

よだれかけ

243　bib

じてんしゃ

244　bicycle

おおきい

245　big

じてんしゃ

246　bike

（お）さつ、しへい

247　bill/banknote*

こうこくばん

248　billboard/hoarding*

たまつき、ビリヤード

249　billiards/snooker*

しばる

250　to bind/tie up*

そうがんきょう

251　binoculars

とり

252　bird

アシュレイは <u>うまれたと
き</u> 7ポンド でした。

ねこは こねこを 4 ひき
<u>うみました</u>。

*Ashley weighed seven
pounds at birth.
The cat gave birth to four
little kittens.*

253　birth

たんじょうび

254　birthday

ビスケット

255　biscuit

かむ

256　to bite

ひとくち

257　bite

ビールは <u>にがいです</u>。

それは <u>つらい</u>けいけんで
した。

*Beer has a bitter taste.
It was a bitter experience.*

258　bitter

くろい、くろ	ブラックベリー	ブラックバード	こくばん
259 black	260 blackberry	261 blackbird	262 blackboard

くろすぐり	かじや	かたなのは	
			おとうさんは アシュレイ のせいにしましたが、ほんとうは クリス が わるいのです。 *Dad blamed Ashley, but Dad should blame Chris.*
263 blackcurrant	264 blacksmith	265 blade	266 to blame

くうはくのページ	ブランケット、もうふ	ばくはつ	ばくはする
267 blank page	268 blanket	269 blast	270 to blast

ほのお	ブレザー	ひょうはくざい	ちが でる、しゅっけつする
271 blaze	272 blazer	273 bleach	274 to bleed

ミキサー	めのみえないひと、もうじん	まばたきする	みずぶくれ
275 blender	276 blind	277 to blink	278 blister

ふぶき	つみき	ブロック	ブロックする、さえぎる
279 blizzard	280 block	281 block	282 to block

ブロンド、きんぱつ	ち	はな	はながさく
283 blond/blonde*	284 blood	285 bloom	286 to blossom

インクのしみ	ブラウス	あたまをうつ	ふく
287 blot	288 blouse	289 a blow to the head	290 to blow

あおい、あお	ブルーベリー	このナイフのはは にぶく なったので、とがなけれ ばなりません。 *The blade of this knife has become blunt, so it has to be sharpened.*	ほほをあからめる
291 blue	292 blueberries	293 blunt	294 to blush

いのしし	いた	クリスは じまんするのが すきです。 *Chris likes to boast.*	ボート、ふね
295 boar	296 board	297 to boast	298 boat

ヘヤピン
299   bobby pin/hairgrip*

からだ
300   body

にる
301   to boil

ボルト
302   bolt

ほね
303   bone

たきび
304   bonfire

ほん
305   book

ほんだな
306   bookshelf

ブーメラン
307   boomerang

ブーツ、ながぐつ
308   boot

こっきょう
309   border

あなを あける
310   to bore

なんねんに うまれました
か。

うまれ ながらのリーダー
です。

What year were you born?
She is a born leader.

312   born

アシュレイは よく おと
うとのじてんしゃを かり
ます。

Ashley often borrows her
younger brother's bike.

313   to borrow

ボス
314   boss

ボブは しゃべりすぎるの
で、わたしは すぐ たい
くつしてしまいます。

Bob bores me because he
talks too much.

311   to bore

メグも チップも ふたり
とも かわいいです。
きょうも あしたも おや
すみです。

Meg and Chip are both
cute.
Both today and tomorrow
are holidays.

315   both

びん
316   bottle

せんぬき
317   bottle opener

そこ
318   bottom

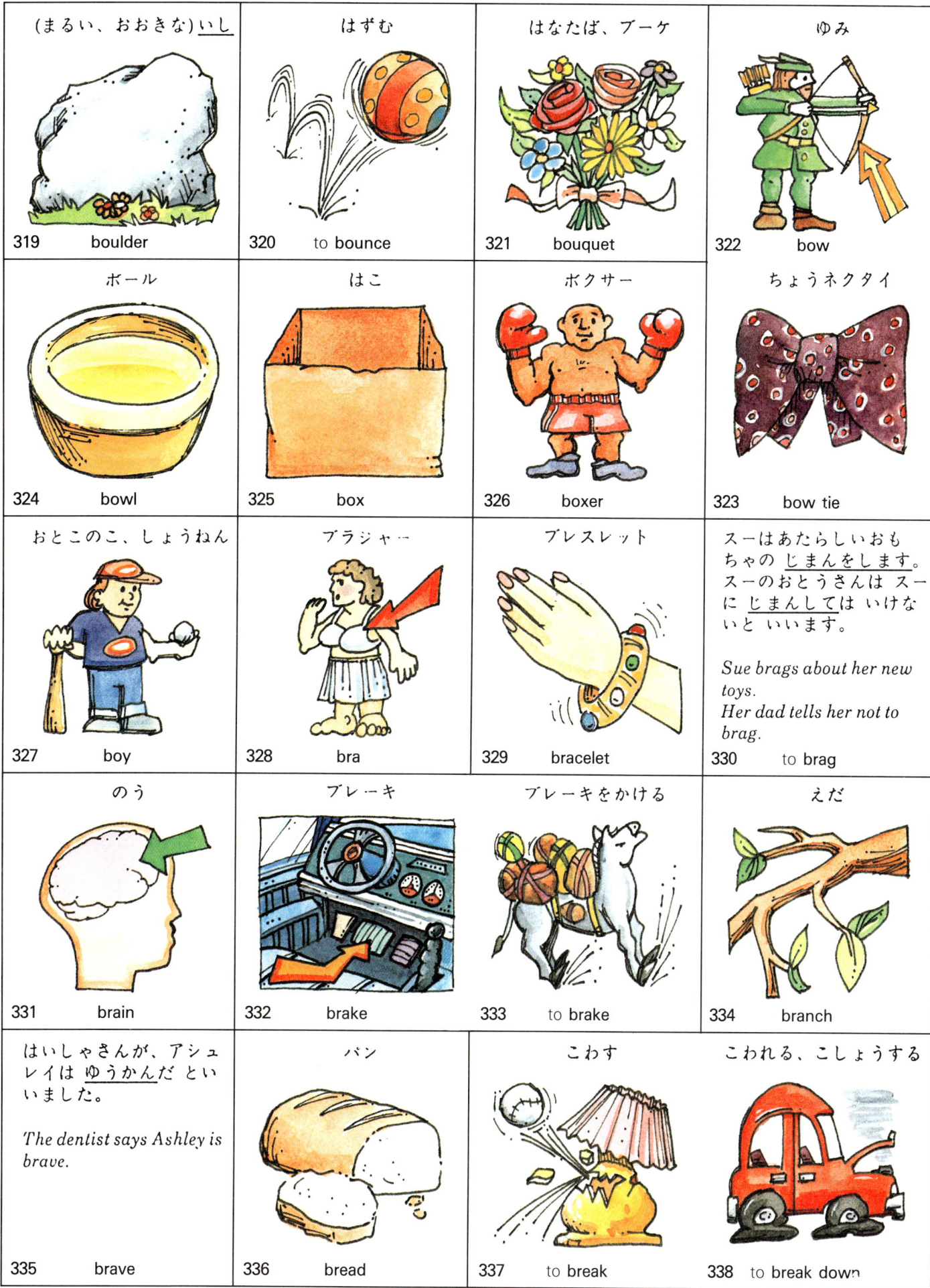

（まるい、おおきな）いし
319   boulder

はずむ
320   to bounce

はなたば、ブーケ
321   bouquet

ゆみ
322   bow

ボール
324   bowl

はこ
325   box

ボクサー
326   boxer

ちょうネクタイ
323   bow tie

おとこのこ、しょうねん
327   boy

ブラジャー
328   bra

ブレスレット
329   bracelet

スーはあたらしいおも
ちゃの じまんをします。
スーのおとうさんは スー
に じまんしては いけな
いと いいます。

*Sue brags about her new
toys.
Her dad tells her not to
brag.*

330   to brag

のう
331   brain

ブレーキ
332   brake

ブレーキをかける
333   to brake

えだ
334   branch

はいしゃさんが、アシュ
レイは ゆうかんだ とい
いました。

*The dentist says Ashley is
brave.*

335   brave

パン
336   bread

こわす
337   to break

こわれる、こしょうする
338   to break down

おしいりごうとうをする	あさごはん、ちょうしょく	いき	いきをする
339 to break in	340 breakfast	341 breath	342 to breathe

れんが	れんがしょくにん	はなよめ、およめさん	はなむこ、おむこさん
343 brick	344 bricklayer	345 bride	346 bridegroom

はし	うまのくつわ	ブリーフケース、かばん	あかるい たいよう
347 bridge	348 bridle	349 briefcase	350 bright sun

もってくる	かえしに くる	こわれやすいガラス	ブロッコリー
351 to bring	352 to bring back	353 brittle glass	354 broccoli

ブローチ	おがわ	ほうき	おとうと
355 brooch	356 brook	357 broom	358 I love my brother.

まゆげ	ちゃいろ	ブラシでとかす	ブラシ
359　brow	360　brown	362　to brush	363　brush

きず、うちみ	めキャベツ	ペンキようの<u>はけ</u>	はブラシ
361　bruise	366　brussels sprouts	364　paintbrush	365　toothbrush

あわ	バケツ	バックル	つぼみ
367　bubble	368　bucket	369　belt buckle	370　bud

バッファロー、すいぎゅう	むし	らっぱ	たてる
371　buffalo	372　bug	373　bugle	374　to build

おうし	ブルトーザー	てっぽうの<u>たま</u>	メガホン、かくせいき
375　bull	376　bulldozer	377　bullet	378 bullhorn/megaphone*

いじめっこ	こぶ	バンパー	アスパラガスひと<u>たば</u>
379 bully	380 bump	381 bumpers	382 bunch

たば	ブイ	どろぼう	もえる
383 bundle	384 buoy	385 burglar	386 to burn

はれつする	うめる	バス	バスてい
387 to burst	388 to bury	389 bus	390 bus stop

やぶ	いそがしい	いきた<u>いけれども</u>、ぼくはいそがしいです。 ボールは おおきい<u>が</u>、いもうとのほうがもっとおおきいです。 *I would like to go, but I am busy.* *Paul is big, but his younger sister is bigger.*	にくや
391 bush	392 I am busy now.	393 but	394 butcher

バター	ちょうちょ(う)	ボタン	かう
395 butter	396 butterfly	397 buttons	398 to buy

キャベツ
399   cabbage

やまごや
400   cabin

とだな、キャビネット
401   cabinet

ケーブル
402   cable/lead*

さぼてん
403   cactus

かご
404   cage

ケーキ
405   cake

けいさんき
406   calculator

カレンダー、こよみ
407   calendar

こうし
408   calf

よぶ
409   to call

おちついている
412   She is calm.

らくだ
413   camel

カメラ
414   camera

あめなら ピクニックは ちゅうしです。
アシュレイは どうぶつえんいきを とりやめました。

We will call off the picnic if it rains.
Ashley has called off our trip to the zoo.

410   to call off

キャンプする
415   to camp

キャンプじょう
416   campsite

かん、かんづめ
417   can

(でんわで)よびだす
411   to call up/to phone*

かんきり
418 can opener/tin* opener

うんが
419 canal

カナリヤ
420 canary

ろうそく
421 candle

ろうそくたて、
しょくだい
422 candlestick

あめ
423 candy/sweets*

つえ
424 cane/walking stick*

たいほう
425 cannon

みることが できない
426 I cannot see.

カヌー
427 canoe

カンタロープ
(メロンのいっしゅ)
428 cantaloupe

きょうこく
429 canyon

ぼうし
430 cap

みさき
431 cape

ケープ
432 cape

おおもじ
433 capital

キャプテン、せんちょう
434 captain

つかまえる、とる
435 to capture

くるま、じどうしゃ
436 car

キャラバン
437 caravan

トランプ	ボールがみ
438　cards	439　cardboard
めんどうをみる	ふちゅうい
440　to care	441　He is careless.
つみに	カーネーション
442　cargo	443　carnation
カーニバル	だいく
444　carnival	445　carpenter
カーペット、じゅうたん	うばぐるま
446　carpet	447　carriage/pram*
にんじん	はこぶ
448　carrot	449　to carry
カート、にぐるま	ボールばこ
450　cart	451　carton
きる	ケース、はこ、トランク
452　to carve	453　case
げんきん	カシューナッツ
454　cash	455　cashew nuts
しろ	ねこ
456　castle	457　cat

カタログ	つかむ、うけとめる	おいつく	けむし
458 catalog/catalogue*	459 to catch	460 to catch up with	461 caterpillar
うし、かちく	おおなべ	カリフラワー	きへいたい
462 cattle	463 cauldron	464 cauliflower	465 cavalry
ほらあな	てんじょう	いわう	セロリ
466 cave	467 ceiling	468 to celebrate	469 celery
さいぼう	ちかしつ	セメント	ちゅうしん
470 cell	471 cellar	472 cement	473 center/centre*
1メートル＝100センチ	むかで	いっせいきは ひゃくねん です。 *A century has one hundred years.*	シリアル
474 centimeter/centimetre*	475 centipede	476 century	477 cereal

いえをでるとき、ドアに
かぎをかけたのは たしか
です

*I am certain that I locked
the door when leaving the
house.*

478   certain

しょうめいしょ

479   certificate

チェーン、くさり

480   chain

チェーンソー

481   chainsaw

いす

482   chair

チョーク

483   chalk

チャンピオン

484   champion

こぜに

485   change

すいろ

487   channel

しょう

488   chapter

アシュレイは せいかくが
つよいです。

この じは どういういみで
すか。

*Ashley has a strong
character.
What does this (printed)
character mean ?*

489   character

かえる

486   to change

すみ

490   charcoal

ふだんそう

491   chard

けいさつは スパットを
ごうとうで きそしまし
た。

でんちを じゅうでんする
のを わすれました。

*The police charged Spud
with robbery.
I forgot to charge the
battery.*

492   to charge

せんしゃ

493   chariot

ずひょう

494   chart

おいかける

495   to chase

しゃべる、
おしゃべりする

496   to chat

やすいえんぴつ

497   cheap pencil, expensive crown

カンニングする	けさ おべんとうばこを しらべましたか。 いりぐちで コートを あづけてください。 *Did you check your lunchbox this morning? Check your coat at the entrance, please.*	ほほ、ほお	チーズ
498 to cheat	499 to check	500 cheek	501 cheese
こぎって	さくらんぼ	むね	くり
502 cheque*/check	503 cherries	504 chest	505 chestnut
かむ	チックピー、エジプトまめ	にわとり、とり	みずぼうそう
506 to chew	507 chick peas	508 chicken	509 chicken-pox
(けいさつ、ぐんたいの) ちょう	こども	はださむい	えんとつ
510 chief	511 child	512 a chilly day	513 chimney
チンパンジー	あご	せともの、とうじき	こっぱ
514 chimpanzee	515 chin	516 china/crockery*	517 chip

のみ	チャイブ	チョコレート	クワイヤー、せいかたい
518　chisel	519　chives	520　chocolate	521　choir

いきがつまる	のどにひっかかる	えらぶ	きざむ
522　to choke	523　to choke on	524　to choose	525　to chop

はし	クローム	きく	せきたんのかたまり
526　chopsticks	527　chrome	528　chrysanthemum	529　a chunk/lump* of coal

はまき	たばこ	まる、えん	サーカス
530　cigar	531　cigarette	532　circle	533　circus

とし	はまぐり	まんりき	てをたたく、はくしゅする
534　city	535　clam	536　clamp	537　to clap

きょうしつ
538 classroom

（かにの）つめ、はさみ
539 claw

ねんどは れんがをつくる のに つかわれます。

Clay is used to make bricks.

540 clay

せいけつ、きれい
541 She is all clean.

かたづける
542 to clear

がけ、ぜっぺき
543 cliff

いわをのぼる
544 to climb

しんりょうじょ、クリニック
545 clinic

きる
546 to clip

とけい
547 clock

とじる
548 to close

クローゼット、ようふくだんす
549 closet/cupboard*

ようふくは きれでつくります。

Clothes are made of cloth.

550 cloth

ようふく、いふく
551 clothes

ものほしづな
552 clothes line

くも
553 cloud

クローバー
554 clover

どうけし
555 clown

こんぼう
556 club

けいさつは そのはんざい の てがかりをつかみました。

ヒントを あげましょう。

The police found a clue to the crime.
I will give you a clue.

557 clue

クラッチ	つかむ、にぎる	コーチ	おおがたバス
558 clutch	559 to clutch	560 coach	561 coach

せきたん	このきれは ざらさらして います。 あらっぽいことばを つかってはいけません。 This cloth is coarse. Do not use coarse language.	かいがん	プリシラは しゅう にかい チームのコーチをしています。 Priscilla coaches the team twice a week.
563 coal	564 coarse	565 coast	562 to coach

あたたかいコート	くものす	ココア	ココナッツ、やしのみ
566 coat	567 cobweb	568 cocoa	569 coconut

たら	コーヒー	ひつぎ、(お)かん、かんおけ	コイル
570 cod	571 coffee	572 coffin	573 coil

こうか、コイン	さむい	えり	あつめる
574 coin	575 I am cold.	576 collar	577 to collect

カレッジ	しょうとつする、ぶつかる	しょうとつ	いろ
578 college	579 to collide	580 collision	581 color/colours*

こうま(おす)	えんちゅう	くし	かみをとかす
582 colt	583 column	584 comb	585 to comb

あわせる		とれる	いしきがもどる
	アシュレイはバスでパーティーにきました。 ここによくきますか。 *Ashley came to the party by bus.* *Do you come here often?*		
586 combine	587 to come	588 to come off	589 to come to

らく(な)、かいてき(な)	コンマ	めいれいする	
			わたしたちはちいさいコミニティーにすんでいます。 コミニティーセンターにプールがあります。 *We live in a small community.* *There is a pool at the community center.*
590 comfortable	591 comma	592 to command	593 community

なかま	なかまといっしょ	くらべる	コンパス、じしゃく
594 companion	595 I am in good company.	596 to compare	597 My compass points north.

さっきょくする	さっきょくか	さっきょく	コンピュータ
598 to compose	599 composer	600 composition	601 computer
しゅうちゅうする	コンサート	コンクリート	しきしゃ
602 to concentrate	603 concert	604 concrete	605 conductor
えんすい	アイスクリーム・コーン	まつぼっくり	しゃしょう
607 cone	608 ice cream cone	609 pine cone	606 conductor/guard*
じしんが ある	わからなくなる、こんらんする	おめでとうという、いわう	つなぐ
610 confident	611 I am confused	612 to congratulate	613 to connect
P, b, t, d, k, g, s, z は しいん です。 *P, b, t, d, k, g, s, z are consonants.*	けいかん	せいざ	たいりく
614 consonant	615 constable	616 constellation	617 continent

かいわ	コック、りょうりにん	りょうりする	クッキー
618 conversation	619 Dad is a good **cook**.	620 He **cooks** breakfast.	621 cookie/biscuit*
つめたい みず	どう	うつす、コピーする	さんご
622 My hand is in the **cool** water.	623 copper	624 to **copy**	625 coral
コード、なわ	コルク	(コルクの)せんぬき	とうもろこし
626 cord	627 cork	628 corkscrew	629 corn/maize*
すみ、かど	したい、しがい	ろうか	うちゅうひこうし
630 corner	631 corpse	632 corridor	633 cosmonaut/astronaut*
いしょう	コテージ	もめん	ながいす
634 costume	635 cottage	636 cotton	637 couch/sofa*

せきをする	かぞえる	カウンター、けいすうき	カウンター
638 to cough	639 to count	640 counter	641 counter

いなか	くに	カップル、ふうふ	ゆうき
642 country	643 country	644 couple	645 courage

テニスコート	いとこ	カバーする	ふた
646 court	647 My cousin is my uncle's daughter.	648 to cover	649 cover

めうし	おくびょうもの	カーボーイ	かに
650 cow	651 This boy is a coward.	652 cowboy	653 crab

ひび	クラッカー	ゆりかご	つる
654 crack	655 cracker	656 cradle	657 crane

クレーン	ぶつかる、じこをおこす	きのわく	はう
658 crane	659 to crash	660 crate	661 to crawl

ざりがに	クレヨン	おとうさんはコーヒーにクリームをいれてのむのがすきです。 *Dad likes cream in his coffee.*	ズボンのおりめ
662 crayfish	663 crayons	664 cream	665 crease

いきもの	おがわ	(ふねの)のりくみいん	ベビーベッド
666 creature	667 creek	668 the crew	669 crib/cot*

こおろぎ	はんざいにん	わに	クロッカス
670 cricket	671 criminal	672 crocodile	673 crocus

わるもの	まがったくい	ゆがんだえ	しゅうかく
674 crook	675 crooked post	676 crooked painting, upright tower	677 crop

じゅうじか 678 cross	わたる、よこぎる 679 to cross	けす 680 to cross out	からす 681 crow
おおぜいのひと 682 A big **crowd** in a small space.	おうかん 683 crown	おういをさずける 684 to crown	くず 685 crumb
つぶす 686 to crush	パイのかわ 687 crust	まつばづえ 688 crutch	なく 689 to cry
すいしょうのたま 690 crystal	こぐま 691 cub	りっぽうたい、キューブ 692 cube	かっこう 693 cuckoo
きゅうり 694 cucumber	カフス 695 cuff	カップ、(お)ちゃわん 696 cup	しょっきだな 697 cupboard

ろかた	なおる	カールする	ちぢれげ、カーリーヘアー
698 curb/kerb*	699 I am cured.	700 to curl	701 curly
こうきしんのつよい、しりたがりや(の)	すぐり	ながれ	カーテン
702 curious	703 currant	704 current	705 curtains
カーブ	クッション	おきゃくさん、おとくいさん	きる
706 curve	707 cushion	708 customer	709 to cut
かわいい	ナイフ・フォークるい	じてんしゃ	わりこむ
712 cute/sweet*	713 cutlery	714 cycle	710 to cut in
シリンダー	シンバル	いとすぎ	きりとる
715 cylinder	716 cymbals	717 cypress	711 to cut out

	すいせん	たんとう	まいにち(の)
D	718 daffodil	719 dagger	720 daily

にゅうぎょう、らくのう	ひなぎく、デージー	ダム	こわれた、そんしょうのある
721 dairy	722 daisy	723 dam	724 damaged

ぬれている	ダンスする	ダンサー	たんぽぽ
725 damp	726 to dance	727 dancer	728 dandelion

きけん	くらい	ダーツ	ダッシュボード
729 danger	730 dark	731 dart	732 dashboard

ひづけ	むすめ	ひ	しんだねずみ
733 date	734 daughter	735 the start of a nice day	736 dead mouse

つんぼ
737   deaf

チャックはしたしい
ともだちです。

あ、（お）さいふをわすれ
た。

Chuck is my dear friend.
Oh dear, I forgot my
wallet.

738   dear

12がつ
739   December

アシュレイは なにをき
たらよいか きめられま
せん。

Ashley cannot decide what
to wear.

740   to decide

かんぱん、デッキ
741   deck

かざる
742   to decorate

かざり
743   decoration

ふかい
744   deep end

しか
745   deer

はいたつする
746   to deliver

へこます
747   to dent

はいしゃ
748   dentist

デパート、ひゃっかてん
749   department store

さばく
750   desert

つくえ
751   desk

デザート
752   dessert

はかいする
753   to destroy

くちくかん
754   destroyer

たんてい
755   detective

つゆ
756   dew

たいかくせん	ず	ダイヤモンド	おむつ
757　diagonal	758　diagram	759　diamond	760　diaper/nappy*

にっき	じしょ、じびき	しぬ	ひるとよるとでは たいへんな ちがいがあります。ひとはみなびょうどうであって、さはまったくありません。
761　diary	762　dictionary	763　to die	*There is quite a difference between night and day. All people are equal, there is no difference between them.* 764　difference

ちがった、ことなった	ほる	しょうかする	うすぐらい
765　different people	766　to dig	767　The snake digests an elephant.	768　dim

えくぼ	ちいさいふね	しょくどう	ゆうしょく、ばんごはん
769　dimple	770　dinghy	771　dining room	772　dinner

きょうりゅう	ほうこう	ほこり	きたない、よごれた
773　dinosaur	774　direction	775　dirt	776　dirty

いけんが あわない	きえる	さいがい	はっけんする
777 to **disagree**	778 to **disappear**	779 **disaster**	780 to **discover**
ぎろんする、はなしあう	びょうき	へんそう	さら
781 to **discuss**	782 **disease**	783 **disguise**	784 **dishes**
しょうじきではないひと	さらあらいき、しょっきあらいき	きらう	とける
785 a **dishonest** person	786 **dishwater**	787 to **dislike**	788 to **dissolve**
きょり	とおい、はなれた	ちいき	みぞ
789 **distance** between two trees	790 a **distant** tree	791 **district**	792 **ditch**
とびこむ	わける	めまいがする	どうしようかな。
793 to **dive**	794 to **divide**	795 I feel **dizzy**.	796 What shall I **do**?

さんばし、ドック	いしゃ	いぬ	にんぎょう
797　dock	798　doctor	799　dog	800　doll
いるか、ドルフィン	ドーム	ろば	ドア、と
801　dolphin	802　dome	803　donkey	804　door
ドアの とって	ダブル、かえだま	ねりこ	はと
805　doorknob	806　double	807　dough	808　dove
わたげ	いねむり(を)する	いち ダース	ひきずる
809　down	810　to doze	811　dozen	812　to drag
りゅう、ドラゴン	とんぼ	はいすいぐち	えをかく
813　dragon	814　dragonfly	815　drain/plug hole*	816　to draw

はねばし
817 drawbridge

ひきだし
818 drawer

ゆめ
819 a nice dream

ゆめをみる
820 I dream of sheep.

ドレス
821 dress

ようふくをきる
822 to dress

たんす、ドレッサー
823 dresser/chest of drawers*

よだれをたらす
824 to dribble

ひょうりゅうする
825 to drift

あなをあける
826 to drill

ドリル、きり
827 drill

のみもの、ドリンク
828 drink

たれる、したたる、おちる
830 to drip

うんてんする、ドライブする
831 I drive carefully.

うんてんしゅ、ドライバー
832 crazy driver

のむ
829 to drink

あめから きりさめに なりました。

The rain has become a drizzle.

833 drizzle

よだれをながす
834 to drool

いってき
835 drop

おとす
836 to drop

よる	おいていく	とちゅうでやめる	ねむい、うとうとする
837　to drop in	838　Dad drops off the cat at the vet.	839　to drop out	840　I feel drowsy.

ドラム、たいこ	かわいている	ほす、かわかす	ドライクリーニング
841　drum	842　dry	843　to dry	844　dry cleaner

かんそうき、ドライヤー	こうしゃくふじん	あひる	けっとう
845　dryer	846　duchess	847　duck	848　duel

こうしゃく	ごみのやま	すてる	ダンプカー
849　duke	850　dump	851　to dump	852　dumptruck/lorry*

つちろう	ゆうぐれ	ほこり	こびと
853　dungeon	854　dusk	855　dust	856　dwarf

E

それぞれ
857 Each rabbit has a carrot.

わし
858 eagle

みみ
859 ear

はやい
860 early

おかねを つかうまえに
まず かせがなければな
りません。

You must earn money
before you spend it.

861 to earn

ちきゅう
862 Earth

つち
863 earth

じじん
864 earthquake

イーゼル
865 easel

ひがし
866 east

やさしい、らく(な)
867 Swimming is easy.

たべる
868 to eat

あさごはんをたべる
869 to eat breakfast

おひるごはんをたべる
870 to eat lunch

ばんごはんをたべる
871 to eat dinner/supper*

やまびこ
872 echo

にっしょく
873 eclipse

はし
874 The tree is at the edge.

うなぎ
875 eel

たまご	なす	やっつ、はち	やっつめ、はちばんめ
876 egg	877 eggplant/aubergine*	878 eight	879 eighth
わゴム	ひじ	せんきょで だれが かち ましたか。 せんきょは せっせんでし た。 *Who won the election? The election was very close.*	でんきや
880 elastic	881 elbow	882 election	883 electrician
でんき	ぞう	エレベーター	おおじか
884 electricity	885 elephant	886 elevator/lift*	887 elk
にれ	はずかしがる	だきあう	ししゅう
888 elm	889 to embarrass	890 to embrace	891 embroidery
ひじょうじたい	から、からっぽ	おわり	てき
892 emergency	893 The jar is empty.	894 This is the end.	895 enemies

エンジン	ぎし	たのしむ	きょだい（な）
896 engine	897 engineer/engine driver*	898 to enjoy	899 enormous dinosaur

それでじゅうぶん。	はいる	いりぐち	ふうとう
900 That is enough.	901 to enter	902 entrance	903 envelope

おなじ、びょうどう	せきどう	アシュレイは おとうさんの(お)つかいを しています。 けさは いろいろ ようじ があります。 *Ashley is running an errand for Dad. She has many errands this morning.*	エスカレーター
904 equal	905 equator	906 errand	907 escalator

にげる	ヨーロッパ	じょうはつ	ぐうすう
908 to escape	909 Europe	910 evaporation	911 Four is an even number.

たいらなひょうめん	じょうりょくじゅ	アシュレイは まいにち ベッドをつくります。 まいしゅう おばあさんに あいに いきます。 *Ashley makes her bed every day. Every week she visits her grandmother.*	しけん
912 an even surface	913 evergreen	914 every	915 exam

しらべる
916   to examine

れいを あげると、わかり
やすくなるものです。

Things are easier to
understand when you give
an example.

917   example

かんたんふ
918   exclamation mark

「ごめんなさい。」、
「しつれい。」
919   Excuse me!

うんどうする
920   to exercise

アシュレイは
「そんなものはない。」
といいましたが、
それは「そんなものは
そんざいしない。」とい
ういみです。

Ashley said "There is no
such thing," and she
meant "it does not exist."

921   to exist

そとへでる
922   to exit/leave*

おおきくなる、ひろがる
923   to expand

おとうさんは アシュレイ
が いいこであることを
きたいしています。

Dad expects Ashley to be a
good girl.

924   to expect

たかい、こうか(な)
925   expensive

じっけん
926   experiment

エキスパート
927   expert

せつめいする
928   to explain

たんけんする
929   to explore

ばくはつ
930   explosion

しょうかき
931   extinguisher

め
932   eye

まゆげ
933   eyebrow

めがね
934   eyeglasses/spectacles*

まつげ
935   eyelash

	はなし、ぐうわ	かお	こうじょう
	936　fable	937　face	938　factory

しけんに しっぱいする。
939　to fail

こわれる
940　to fail

（お）まつり
941　fair

ようせい
942　fairy

あなたを しんらいしています よ。

We have faith in you.

943　faith

にせもの
944　fake painting

あき
945　fall/autumn*

おちる
946　to fall

まちがい
949　false alarm

かぞく
950　family

ころぶ
947　to fall down

おちる
948　to fall off

ゆうめいな じょゆう
951　famous actress

せんぷうき
952　fan

しゃれた、すてきな
953　fancy clothes

きば
954　fang

とおい	さようなら	のうじょう	のうふ
955 The city is **far** away.	956 Farewell !	957 farm	958 farmer
はやい	しめる	ふとっている	ちめいてき
959 fast	960 I **fasten** my seatbelt.	961 fat	962 fatal
おとうさん、ちちおや	じゃぐち	だれの<u>せい</u>かな？	ちょっと おねがいがあるんですが……。 アシュレイは、ひとにしんせつをするのがすきです。 *Can I ask you a favor ?* *Ashley likes doing people favors.*
963 father	964 faucet/tap*	965 Whose **fault** is it?	966 favor/favour*
すき(な)、きにいった	おそれる	おいわいのごちそう	はね
967 favorite/favourite*	968 to **fear** the worst	969 feast	970 feather
にがつ	たべさせる	かんじる、おもう	めす
971 February	972 to feed	973 I **feel** well.	974 female

さく	フェンダー	しだ	フェリー、わたしぶね
975 fence	976 fender/wing*	977 fern	978 ferry
まつり	ねつ	ひとが すこししか こない	はらっぱ
979 festival	980 fever	981 Few people came.	982 field
いつつめ、ごばんめ	けんかする、たたかう	つめを みがく	みたす、いっぱいにする
983 fifth	984 to fight	985 to file	986 to fill
フィルム	きたない	ひれ	いっぱいにする
988 film	989 filthy	990 fin	987 to fill up
ばっきん	ぼくは げんきだよ。	ゆび	しもん
991 fine	992 I am fine.	993 finger	994 fingerprint

おえる、おわる
995 to finish

もみ
996 fir

ひ
997 fire

しょうぼうしゃ
998 fire engine

ひじょうぐち
999 fire escape

はなび
1000 firecracker/banger*

しょうぼうし
1001 firefighter

だんろ
1002 fireplace

アシュレイはしっかりしたあくしゅをします。

ペニーのかいしゃは おもちゃをつくっています。

Ashley has a firm handshake.
Penny's firm makes toys.

1003 firm

いちばん、いちばんめ、
1004 first

さかな
1005 fish

さかなをつる
1006 to fish

つりばり
1007 fishhook

こぶし、げんこつ
1008 fist

いつつ、ご
1009 five

なおす
1010 to fix

はた
1011 flag

せっぺん
1012 flake

ほのお
1013 flame

はばたきする
1014 to flap

しょうめい	フラッシュ	フラシュライト、かいちゅうでんとう	フラスコ
1015　flare	1016　flash	1017　flashlight/torch*	1018　flask
たいら	たいらにのばす	フレーバー、あじ	のみ
1019　flat	1020　to flatten	1021　flavor/flavour*	1022　flea
にげる	ひつじのけ、ようもう	にく	うかぶ
1023　to flee	1024　fleece	1025　flesh	1026　to float
とりのいちぐん、むれ	こうずい	ゆか	こな
1027　flock	1028　flood	1029　floor	1030　flour
ながれる	はな	りゅうかんで ねている。	ふわふわした わたげ
1031　to flow	1032　flower	1033　flu	1034　fluff

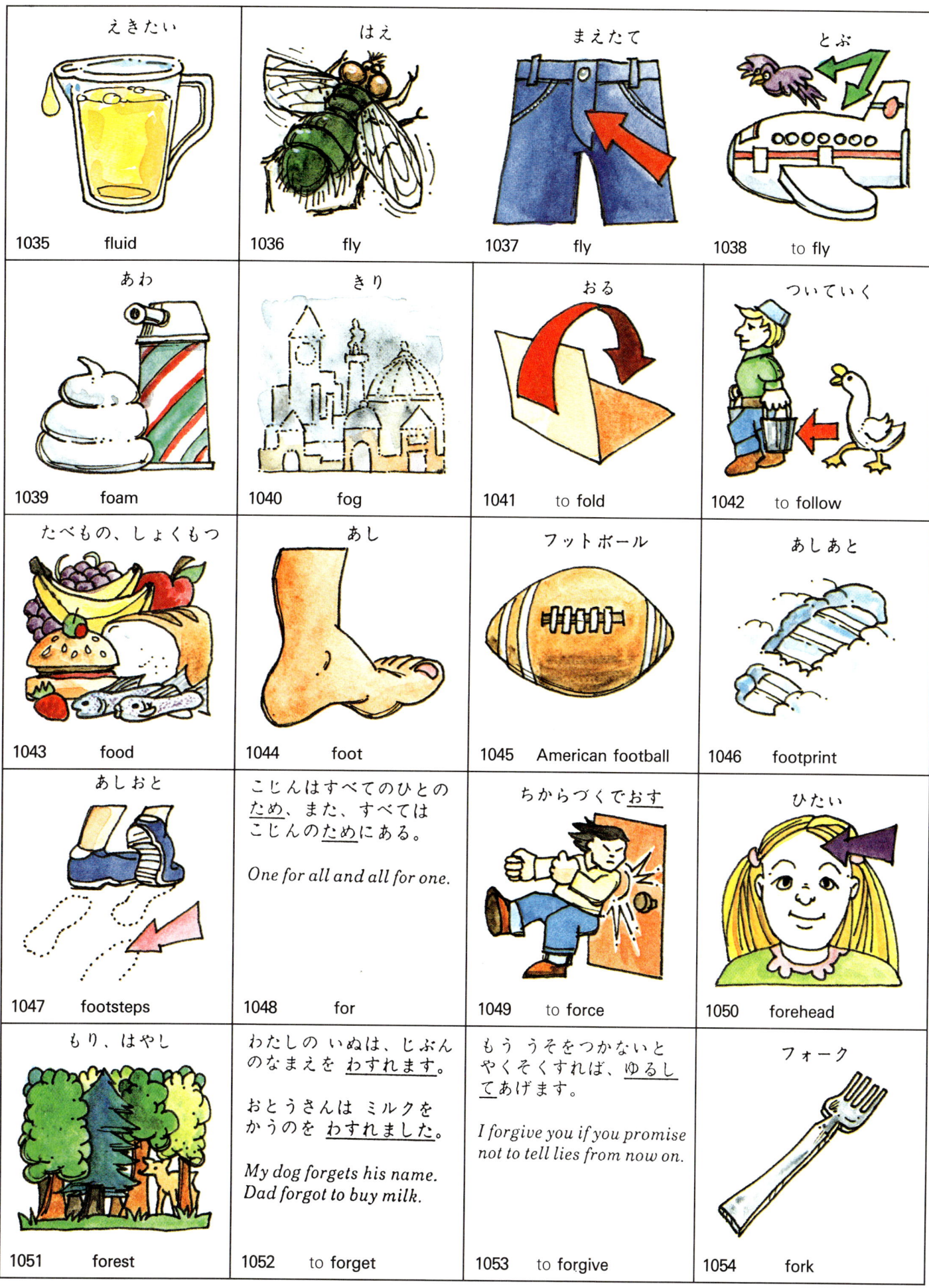

えきたい	はえ	まえたて	とぶ
1035 fluid	1036 fly	1037 fly	1038 to fly
あわ	きり	おる	ついていく
1039 foam	1040 fog	1041 to fold	1042 to follow
たべもの、しょくもつ	あし	フットボール	あしあと
1043 food	1044 foot	1045 American football	1046 footprint
あしおと	こじんはすべてのひとの ため、また、すべては こじんのためにある。 *One for all and all for one.*	ちからづくでおす	ひたい
1047 footsteps	1048 for	1049 to force	1050 forehead
もり、はやし	わたしの いぬは、じぶん のなまえを わすれます。 おとうさんは ミルクを かうのを わすれました。 *My dog forgets his name.* *Dad forgot to buy milk.*	もう うそをつかないと やくそくすれば、ゆるし て あげます。 *I forgive you if you promise* *not to tell lies from now on.*	フォーク
1051 forest	1052 to forget	1053 to forgive	1054 fork

フォークリフト	じんだい、かた	ようさい	しょうめんのドアのところまで あるいていってください。 *Keep walking forward until you reach the front door.*
1055 forklift	1056 form/tailor's dummy*	1057 fort	1058 forward
かせき	<u>いや</u>なにおい	きそ、どだい	ふんすい
1059 fossil	1060 foul odor/odour*	1061 foundation	1062 fountain
きつね	はち<u>ぶん</u> の いち	こわれやすい、もろい	わく、がくぶち
1063 fox	1064 fraction	1065 fragile	1066 frame
そばかす	じゆう(な)	こおる	<u>しんせん</u>なりんご
1067 freckle	1068 free	1069 to freeze	1070 fresh
アシュレイは <u>きんようび</u>には やきゅうのしあいにいきます。 *Ashley goes to a baseball game on Fridays.*	れいぞうこ	ともだち	おどかす、びっくりさせる
1071 Friday	1072 fridge	1073 friends	1074 to frighten

かえる
1075   frog

かせいからきました。
1076   I am from Mars.

まえ
1077   front

しも
1078   frost

しかめつらをする
1079   to frown

くだもの、フルーツ
1080   fruit

やく、いためる、あげる
1081   to fry

フライパン
1082   frying pan

ねんりょう
1083   Cars need fuel.

いっぱい
1084   full

たのしむ
1085   having fun

ぼきん
1086   charity fund

そうしき
1087   funeral

ろうと、じょうご
1088   funnel

がっこうへ いくとちゅう で おかしなことが おこりました。
アシュレイは そのきのこ を たべたら、（おなかが）おかしくなりました。

A funny thing happened on the way to school. Ashley felt funny after eating that mushrooom.
1089   funny

けがわのコート
1090   fur coat

ろ
1092   furnace/boiler*

かぐ
1093   furniture

ヒューズ
1094   fuse

けのふさふさした
1091   furry

G

とっぷう、おおかぜ
1095 gale

ギャラリー、がろう
1096 gallery

うまがかける、ギャロップ
1097 to gallop

ゲーム
1098 game

がちょう
1099 gander

ギャング ぼうりょくだん
1100 gang

ギャップ、すきま
1101 gap

ガレージ、しゃこ
1102 garage

ごみ
1103 garbage/rubbish*

ごみいれ
1104 garbage can/rubbish bin*

やさいばたけ
1105 vegetable garden

うがいする
1106 to gargle

にんにく
1107 garlic

ガーター
1108 garter

あるきたいは くうきより かるいです。
しょうぼうふは けむりを さけるために ガスマスク をします。
Some gases are lighter than air.
Firemen wear gas masks against the smoke.
1109 gas

ガソリン
1110 gas/petrol*

アクセル
1111 gas pedal/accelerator*

ガソリンポンプ
1112 gas/petrol pump*

ガソリンスタンド
1113 gas/petrol station*

もん	あつめる	はぐるま、ギヤ	ほうせき
1114　gate	1115　to **gather**	1116　**gears**	1117　**gem**

たいしょう	きまえのよい	きのやさしい	しんし
1118　**general**	1119　a **generous** friend	1120　a **gentle** person	1121　**gentleman**

ほんもの(の)、じゅんすい(の)	ちり	ゼラニューム	ペットのジャービル
1122　a **genuine** pig	1123　**geography**	1124　**geranium**	1125　**gerbil**

きん、さいきん	つかまえる	とりかえす	はいる
1126　**germ**	1127　**Get** that mouse!	1128　I want to **get** it **back**.	1129　to **get in** the pool

おりる	のる	すてる	おきる
1130　to **get off**	1131　to **get on**	1132　to **get rid of**	1133　to **get up**

おばけ、ゆうれい	きょじん	ギフト、おくりもの	きょだい(な)
1134 ghost	1135 giant	1136 gift	1137 gigantic
くすくすわらう	えら	しょうが	ジンジャーブレッド
1138 to giggle	1139 gills	1140 ginger	1141 gingerbread
ジプシー	きりん	おんなのこ	あげる
1142 gipsy	1143 giraffe	1144 girl	1145 to give
ひょうが	うれしい	ガラス	かえしてあげる
1148 glacier	1149 I am glad.	1150 glass	1146 to give back
めがね	すべる	コップ	こうさんする
1152 glasses	1153 to glide	1151 glass	1147 I give up!

グライダー 1154　glider	てぶくろ 1155　gloves	のり、せっちゃくざい 1156　glue	いく 1157　to go
ゴール 1161　goal	やぎ 1162　goat	ゴーグル、 すいちゅうめがね 1163　goggles	おりる 1158　to go down
きん 1164　gold	きんぎょ 1165　goldfish	ゴルフ 1166　golf	はいる 1159　to go in
いい、よい 1167　good	さようなら 1168　Goodbye!	がちょう 1169　goose	あがる、のぼる 1160　to go up
すぐり 1170　gooseberry	ゴージャス(な)、 ごうか(な) 1171　gorgeous	ゴリラ 1172　gorilla	せいふはくにをおさめる。 くにをおさめる ということは いっけん やさしそうに みえるが、けっして やさしくは ない。 *The government governs the country.* *It is not as easy to govern a country as it seems.* 1173　to govern

せいふは こくみんに よって えらばれる。

リサのおとうさんはせいふのしごとをしている。

The government is elected by the people.
Lisa's dad works for the government.

1174 government

ひったくる

1175 to grab

じょうひん (な)

1176 He is very gracious.

いちねんせい

1177 grade / form*

こくもつ

1178 grain

グラム

1179 gram

まご

1180 grandchild

おじいさん

1181 grandfather

おばあさん

1182 grandmother

みかげいし

1183 granite

ゆうきゅう きゅうかを とうか あげましょう。

ようせいが ねがいを みっつ かなえてくれる でしょう。

I grant you ten days' leave of absence.
The fairy will grant you three wishes.

1184 to grant

ぶどう

1185 grapes

グレープフルーツ

1186 grapefruit

グラフ、づひょう

1187 graph

くさ

1188 grass

ばった

1189 grasshopper

おろしがね

1190 grater

はか

1191 grave

じゃり

1192 gravel

じゅうりょく

1193 Gravity makes apples fall.

くさをたべる	あぶら	すばらしい、とてもいい	けち(な)、よくばり(の)
1194 to **graze**	1195 **grease**	1196 a **great** toy	1197 **greedy**

みどりいろ	グリーンピース	グリーンハウス、おんしつ	あいさつする
1198 **green**	1199 **green** bean	1200 **greenhouse**	1201 to **greet**

グレイ、ねずみいろ	やく	よごれた、きたない	にやにやする
1202 **grey***/**gray**	1203 to **grill**	1204 **grimy**	1205 to **grin**

ひく	つかむ	うめく	しょくりょうひんてん
1206 to **grind**/to **mince***	1207 to **grip**	1208 to **groan**	1209 **grocer**

しんろう、はなむこ	ばてい	ブラシをかけてきれいにする	しょくりょうひん
1211 **groom**	1212 **groom**	1213 to **groom**	1210 shopping for **groceries**

みぞ、へこみ
1214   groove

おおきな、ふとった
1215   gross/disgusting*

じめん、つち
1216   ground

マーモット
1217   groundhog

グループ、しゅうだん
1218   group

はえる、そだつ
1219   to grow

うなる
1220   to growl

おとな
1221   grown-up

みはる、まもる
1222   to guard

あてる、すいそくする
1223   to guess

きゃく、おきゃくさん
1224   guest

あんないする
1225   to guide

アシュレイは じぶんには つみがないといいます。

りんごをとっていったのは だれでしょうか。

Ashley says that she is not guilty.
Who is guilty of taking the apple?
1226   guilty

モルモット
1227   guinea pig

ギター
1228   guitar

メキシコわん
1229   Gulf of Mexico

かもめ
1230   gull

はぐき
1231   gum

ガム
1232   gum/chewing gum*

とい、
(はいすいようの)みぞ
1233   gutter

	わるいしゅうかん、くせ	たら（のいっしゅ）	ひょう
	1234　bad habit	1235　haddock	1236　hail

かみのけ、け	ヘアーブラシ	びようし	ヘアードライヤー
1237　hair	1238　hairbrush	1239　hairdresser	1240　hairdryer

はんぶん	（げんかんの）ひろま、ホール	ハロウィーン	ろうか
1241　half	1242　hall	1243　Halloween/Hallowe'en*	1244　hallway/corridor*

とまる	かなづち、ハンマー	うつ	ハンモック
1245　to halt	1246　hammer	1247　to hammer	1248　hammock

ハムスター	て	だす、てわたす	ハンドブレーキ
1249　hamster	1250　hand	1251　to hand out	1252　hand brake

てじょう
1253 handcuffs

めがみえない ということ
は ハンディキャップだ。

どんな しょうがいでも
のりこえることができま
す。

*Being blind is a handicap.
People can overcome any
handicap.*

1254 handicap

ハンドル、とって
1255 handle

てすり
1256 handrail

ハンサム (な)
1257 handsome

きような ひと
1258 handy person

えを かける
1259 to hang

しがみつく、がんばる
1260 to hang on

かくのうこ
1262 hangar

ハンガー
1263 hanger

ハンカチ
1264 handkerchief

かける、つるす
1261 to hang up

じこが おこる
1265 Accidents happen.

しあわせ (な)、
こうふく (な)
1266 He is happy.

みなと
1267 harbor/harbour*

かたい
1268 hard

のうさぎ
1269 hare

きずつける、
がいを あたえる
1270 to harm

ハーモニカ
1271 harmonica

ばぐ
1272 harness

ハープ	きびしいふゆ	かりいれる	ぼうし
1273 harp	**1274** a **harsh** winter	**1275** to **harvest**	**1276** hat
たまごがかえる	おの	ひきずる、ひっぱる	おばけやしき
1277 to **hatch**	**1278** hatchet	**1279** to **haul**	**1280** haunted house
もっている	たか	ほしぐさ	もや
1281 to **have**	**1282** hawk	**1283** hay	**1284** **Haze** makes for a hazy day.
へーぜる、はしばみ	ヘーゼルナッツ	あたま	づつう
1285 hazel	**1286** hazelnut	**1287** head	**1288** I have a **headache.**
ヘッドレスト	なおる	げんき(な)、けんこう(な)	ごみのやま
1289 headrest	**1290** to **heal**	**1291** **healthy** flower	**1292** heap/pile*

こえがきこえる	しんぞう	あたためる	ヒーター
1293 I **hear** a voice.	1294 **heart**	1295 to **heat**	1296 **heater**/radiator*
もちあげる	てんごく	おもいぞう	かきね
1297 to **heave**	1298 **heaven**	1299 one **heavy** elephant	1300 **hedge**
はりねずみ	かかと	ヘリコプター	じごく
1301 **hedgehog**	1302 **heel**	1303 **helicopter**	1304 **hell**
こんにちは。	かじ	ヘルメット	たすける、てつだう
1305 **hello**	1306 **helm**	1307 **helmet**	1308 to **help**
むりょく(な)	すそ、へり	はんきゅう	めんどり
1309 **helpless**	1310 **hem**	1311 **hemisphere**	1312 **hen**

しちかっけい、ななかっけい	やくそう	うしのむれ	ここにいらっしゃい!
1313 heptagon	1314 herbs	1315 herd	1316 Come here!
よすてびと	えいゆう、ヒーロー	ヒロイン	にしん
1317 hermit	1318 hero	1319 heroine	1320 herring
ためらう、ちゅうちょする	ろっかっけい	とうみんする	しゃっくりがでる
1321 to hesitate	1322 hexagon	1323 to hibernate	1324 to hiccup/hiccough*
どうぶつのかわ	かくれる	かくれば	たかいやま
1325 hide	1326 to hide	1327 hiding-place	1328 a high mountain
こうそうけんちく	こうとうがっこう、こうこう	ハイウェイ	ハイジャックする
1329 highrise/tower block*	1330 high school/secondary school*	1331 highway/motorway*	1332 to hijack a plane

おか	ちょうつがい、とめがね	うしろあし	こし、ヒップ
1333 hill	1334 hinge	1335 hind legs	1336 hand on hip

かば	れきし	うつ、たたく	はちのす
1337 hippopotamus	1338 I study history.	1339 to hit	1340 hive

ためこむ	がらがらごえ	しゅみ	アイスホッケー
1341 to hoard	1342 hoarse voice	1343 hobby	1344 hockey/ice hockey*

くわ	だく、もつ	おさえつける	パック
1347 hoe	1348 to hold	1349 to hold down	1345 hockey puck

あな	やすみ、さいじつ、きゅうじつ	くうどう、うろ	スティック
1350 hole	1351 holiday	1352 hollow tree	1346 hockey stick

ひいらぎ	<u>しんせいなうし</u>	<u>いえにいる</u>	しゅくだい
1353 holly	1354 a holy cow	1355 home	1356 homework
しょうじき(な)	はちみつ	(こけいの)はちみつ	ハニーデュー・メロン
1357 Is he honest?	1358 honey	1359 honeycomb	1360 honeydew melon
クラクションをならす	めいよ、えいよ	フード	ボンネット、フード
1361 to honk	1362 honor/honour*	1363 hood	1364 hood/bonnet*
ひづめ	つりばり、かぎばり	フープ、わ	ぴょんぴょんとぶ
1365 hoof	1366 hook	1367 jump through a hoop	1368 to hop
きぼうする	きぼうがない	いしけりゲーム	ちへいせん
1369 I hope to win.	1370 hopeless	1371 hopscotch/hop-scotch*	1372 horizon

すいへいの	けいてき	ホルン	つの
1373 horizontal	1374 horn	1375 French **horn**	1376 horn

すずめばち	うま	せいようわさび	ていてつ
1377 hornet	1378 horse	1379 horseradish	1380 horseshoe

ホース	びょういん	あつい	からい
1381 hose	1382 hospital	1383 hot	1384 hot

ホテル	じかん	すなどけい	とうがらし
1386 hotel	1387 hour	1388 hourglass	1385 hot pepper

いえ、うち	ホーバークラフト	どうするか おしえて あげる。	とおぼえ
1389 house	1390 hovercraft	1391 I will show you **how.**	1392 to **howl**

ホイールキャップ
1393   hub cap

ハックルベリー、こけもも
1394   huckleberry

みをかがめる
1395   to huddle

きょだい(な)、おおきな
1396   huge

せんたい
1397   hull

はちどり
1398   hummingbird

らくだのこぶ
1399   hump

ひゃく
1400   hundred

おなかがすいている
1401   She is hungry.

かりをする
1402   to hunt

なげる
1403   to hurl

ハリケーン、ぼうふう
1404   hurricane

いそぐ
1405   to hurry

てくびがいたい
1406   My wrist hurts.

おっと、しゅじん
1407   husband

こや
1408   hut

しょっきだな
1409   hutch/sideboard*

ヒヤシンス
1410   hyacinth

さんびか
1411   hymn

ハイフンとは、ことばとことばをむすぶ みじかいせんのことです。

Hyphens are short lines between words.

1412   hyphen

アイス、こおり
1413 ice

アイスクリーム
1414 ice cream

ひょうざん
1415 iceberg

つらら
1416 icicle

アイシング
1417 icing

アイディア、かんがえ
1418 idea

まったくおなじ
1419 identical twins

ばか、はくち
1420 idiot

ぶらぶらしている
1421 idle

もしかうことができれば、あなたにかってあげるんですが…。

I would buy it for you if I could.

1422 if

イグルー
1423 igloo

イグニッション・キー
1424 ignition key

びょうき
1425 ill

てらす
1426 to illuminate

ほんのなかのえを さしえ といいます。

このじびきには さしえ が たくさんあります。

Pictures in a book are called illustrations. This dictionary has many illustrations.

1427 illustration

アシュレイにとってたいせつなことは、ジャックにとってじゅうようなことかもしれません。

What is important to Ashley may not be important to Jack.

1428 important

トニーさんは いますか。

みずうみに とびこみなさい。

Is Tony in?

Go jump in the lake!

1429 in

(お)こう
1430 incense

インチ
1431 inch

ほんのうしろに さくいん があります。
インデックスには じしょ にでてくる ことばが ぜんぶ ふくまれています。

There is an index at the back of this book.
The index contains all the words in the dictionary.

1432   index

あいいろ

1433   indigo

おくない、しつない

1434   indoors

ちのみご、ようじ

1435   infant

かんせん、でんせん

1436   infection

でんせんびょうにかかり ますよ。

ときどきわらいは うつり ます。

You could catch an infectious disease. Sometimes laughter is infectious.

1437   infectious

しらせる、おしえる

1438   to inform

くまは ほらあなに すんでいる。

1439   The bear **inhabits** a cave.

イニシャル、かしらもじ

1440   initials

ちゅうしゃ

1441   injection

けが

1442   injury

インク

1443   ink

こんちゅう

1444   insect

はこのなか

1445   inside

いいはる、 しゅちょうする

1446   to insist

しらべる、けんさする

1447   to inspect

フォークのかわりに スプーンをつかう。

1449   Use a spoon **instead** of a fork!

つかいかたの せつめい、 しじ

1450   instruction

こうし、せんせい

1451   instructor

けいぶ

1448   inspector

でんせんのまわりには
ひとが さわっても
かんでんしないように
ぜつえんたいが まいて
あります。

There is insulation around the wires so people will not get a shock.

1452　insulation

こうさてん

1453　intersection/crossroads*

インタビュー、めんせつ

1454　interview

へやの なかに はいる

1455　into the room

しょうかいする

1456　to introduce

しんにゅうする

1457　to invade

びょうにん

1458　invalid

はつめいする

1459　to invent

めにみえない

1460　invisible

しょうたい

1461　invitation

しょうたいする、まねく

1462　He is inviting her.

あやめ、アイリス

1463　iris

アイロンをかける

1464　to iron

アイロン

1465　iron

てっかめん

1466　iron mask

しま

1467　island

アシュレイは うでに はっ
しんが できて かゆいです。

The rash on Ashley's arm makes her skin itch.

1468　itch

かく

1469　to itch

かゆい

1470　My skin is itchy.

つた

1471　ivy

	つっつく	うわぎ、ジャケット	ほんのカバー
	1472　to jab	1473　jacket	1474　dust jacket
ぎざぎざ	けいむしょ、かんごく	ジャム	おしこむ、つめこむ
1475　jagged edge	1476　jail/gaol*	1477　jam	1478　to jam
いちがつ	びん	あご	ジーパン、ジーンズ
1479　January	1480　jar	1481　jaw	1482　jeans
ジープ	ゼリー	ジェットエンジン	ジェットき
1483　jeep	1484　jelly	1485　jet engine	1486　jet plane
ほうせき	ジグソーパズル	しごとをする	ふきだし
1488　jewel	1489　jigsaw puzzle	1490　doing a job	1487　jet of water

きしゅ、ジョッキー	ジョギングする	あわせる、つける	かんせつ
1491 jockey	1492 to jog	1493 to join	1494 joint

じょうだん、ジョーク	はんじ、さいばんかん	てじなし	ジュース
1495 joke	1496 judge	1497 juggler	1498 juice

しちがつ	ジャンプする、とぶ	とびこむ	とびのる
1499 July	1500 to jump	1501 to jump in	1502 to jump on

ちょうやくのせんしゅ	ジャンパー	ジャンパーケーブル	ろくがつ
1503 jumper	1504 jumper/pinafore*	1505 jumper cables/jump leads*	1506 June

ジャングル	ジャンク	がらくた、くず	アシュレイは ちょうど うちに かえったところ です。 はんじは ただしいひと です。 *Ashley just got home. The judge is a just person.*
1507 jungle	1508 junk	1509 junk	1510 just

K

ひゃくしょくめがね
まんげきょう
1511　kaleidoscope

カンガルー
1512　kangaroo

（ふねの）キール
1513　keel

いぬごや
1514　kennel

とうもろこしの<u>つぶ</u>
1515　kernel

やかん
1516　kettle

かぎ
1517　key

キックする、ける
1518　to kick

こども
1519　kid

こやぎ
1520　kid

ゆうかいする
1521　to kidnap

じんぞう
1522　kidney

ころす
1523　to kill

<u>かま</u>でやく
1524　kiln

キログラム
1525　kilogram

キロメートル
1526　kilometer/kilometre*

スコットランドの<u>キルト</u>
1527　kilt

ドレスはようふくの
<u>しゅるい</u>
1528　A dress is a **kind** of garment.

<u>しんせつな、やさしい</u>
おんなの こ
1529　**kind** girl

おう、おうさま	かわせみ	キオスク、ばいてん	にしんのくんせい
1530 king	1531 kingfisher	1532 kiosk	1533 kippers
キスする、せっぷんする	キス	キッチン、だいどころ	<u>たこ</u>をあげる
1534 to kiss	1535 kiss	1536 kitchen	1537 kite
こねこ	キーウィ	ひざ	ひざをつく
1538 kitten	1539 kiwi	1540 knee	1541 to kneel
ナイフ	あむ	ドアの<u>とって</u>	ドアをノックする、たたく
1542 knife	1543 to knit	1544 knob	1545 to knock
なわの<u>むすびめ</u>	このことばのいみを <u>しっ</u> ています か？ アシュレイは フランスご をよく<u>しって</u>います。 *Do you know what this word means ? Ashley knows French well.*	ゆびの<u>かんせつ</u>	<u>コアラ</u>はオーストラリア にすんでいる。
1546 knot	1547 to know	1548 knuckle	1549 koala bear

	ラベル	ラボ、じっけんしつ	レースのえり
L	1550 label	1551 laboratory	1552 lace

はしご	ひしゃく	じょせい、ふじん	(くつの)ひもをむすぶ
1554 ladder	1555 ladle	1556 lady	1553 to lace

てんとうむし	レディフィンガー (おかしのなまえ)	(けものの)すみか	みずうみ
1557 ladybug/ladybird*	1558 ladyfingers	1559 lair	1560 lake

こひつじ	フロシーはびっこを ひいている	ランプ	がいとう
1561 lamb	1562 lame	1563 lamp	1564 lamp-post

やり	りく	ちゃくりくする	かいだんのおどりば
1565 lance	1566 land	1567 to land	1568 landing

このアパートは おおやさんのものです。

まいつきおおやさんにやちんをはらいます。

This apartment belongs to our landlord.
We pay our landlord rent every month.

1569　landlord

しゃせん

1570　lane

なんかこくご はなせますか。

アシュレイは がいこくのことばが ならいたいです。

How many languages can you speak?
Ashley wants to learn a foreign language.

1571　language

こさげランプ

1572　lantern

あかちゃんをひざにのせる。

1573　lap

からまつ

1574　larch

ラード

1575　lard

おおきい、おおきな

1576　large

ひばり

1577　lark

ながいまつげ

1578　lash

さいごのひときれ

1579　the **last** piece

あるものはよくもつ。

1580　Some things do **last**.

かけがねをかける

1581　to latch

きみ、ちこくだよ。

1582　You are **late**.

せっけんのあわ

1583　lather

わらう

1584　to laugh

ランチ、モーターボート

1585　launch

はっしゃする

1586　to launch

はっしゃだい

1587　launchpad

よごれたせんたくもの

1588　laundry/washing*

せんたくば	ラベンダー	ほうりつにしたがえ。	しばふ
1589 laundry/launderette*	1590 lavender	1591 Obey the law!	1592 lawn

タイルをはる	かさねる	なまけもの	しばかりき
1594 to lay tiles	1595 layer upon layer	1596 He is lazy.	1593 lawn mower

うまをリードする	リーダー、しどうしゃ	は、はっぱ	このバケツはもる
1597 to lead	1598 leader	1599 leaf	1600 to leak

かたむく	よみかたをならう	いぬのくさり	くつはかわでできている。
1601 to lean	1602 I learn to read.	1603 leash/lead*	1604 Shoes are made of leather.

おく	でる	まどのつきだし	リーク
1605 to leave	1606 to leave	1607 ledge of a window	1608 leek

ひだり	ひだりきき	あし	でんせつ
1609 left	1610 He is left-handed.	1611 leg	1612 legend
レモン	レモネード	このほんを かして あげましょう。	レンズ
1613 lemon	1614 lemonade	1615 to lend	1616 lens
ひょう	レオタード	すくない	レッスン
1617 leopard	1618 leotard	1619 There is less here.	1620 lesson
はなして！	アルファベットの もじ	てがみをかく	レタス
1621 Let me go!	1622 letter of the alphabet	1623 letter	1624 lettuce
たいらなひょうめん	てこ、レバー	うそつき	としょかん、としょしつ
1625 level surface	1626 lever	1627 liar	1628 library

ナンバー・プレート
1629   licence plate/number plate*

なめる
1630   to lick

ふた
1631   lid

うそをつく
1632   to lie

じんせいは はじまった ところ。
1634   life

きゅうめいボート
1635   lifeboat

もちあげる
1636   to lift

よこになる
1633   to lie down

でんきをつける
1637   light/table lamp*

ろうそくにひをつける
1638   to light

でんきゅう
1639   lightbulb

にを かるくする
1640   She lightens the load.

とうだい
1641   lighthouse

かみなり
1642   lightning

ひらいしん
1643   lightning rod

シャロンはねこがすき。
1644   to like

ソフィアはあした きそう もありません。

ありそうな はなしです。

Sophia is not likely to come tomorrow.
That is a likely story.

1645   likely

ライラック
1646   lilac

ゆり
1647   lily

おおきなえだ
1648   limb

ライム

1649   lime

スピードせいげんは 50 キロです。

ジョーのしんせつには かぎりがありません。

The speed limit is 50 kilometers per hour. There is no limit to Joe's kindness.

1650   limit

びっこをひく

1651   to limp

まっすぐなせん

1652   line

リネン

1653   linen

ていきせん

1654   liner

うらあて

1655   lining

うでをくむ

1656   to link

せんいくず

1657   lint

ライオン

1658   lion

くちびる

1659   lips

くちべに

1660   lipstick

えきたい

1661   liquid

リスト

1662   list

みんなきいている。

1663   They are listening.

リットル

1664   liter/litre*

ちらかさないで!

1665   to litter

ちいさなりんご

1666   a little apple

アシュレイはまちにすんでいます。

つきにすむのは むずかしいでしょう。

Ashley lives in the city. It would be difficult to live on the moon.

1667   to live

げんきがいい、かっぱつ（な）

1668   lively

いま	とかげ	たいほうにたまをこめる	トラックに にをつむ
1669　living room/lounge*	1670　lizard	1671　to load	1672　to load

パン	コリンは アシュレイに おかねを かしました。 *Colin loaned money to Ashley.*	いせえび、ロブスター、	かぎをかける
1673　loaf	1674　to loan/lend*	1675　lobster	1676　to lock

きかんしゃ	いなご、ばった	やまごや、ロッジ	じょう
1678　locomotive	1679　locust	1680　lodge/chalet*	1677　lock

やねうら	まるた	ロリーポップ	さびしい
1681　loft	1682　log	1683　lollipop	1684　lonely

きりんのくびは ながい。	みる、ながめる	はたで スカーフをおる	なわのわ
1685　long	1686　to look	1687　loom	1688　loop

ゆるい	てぶくろをなくす	ローション	おおきなおと
1689 loose	1690 to lose	1691 lotion	1692 loud
かくせいき	やすむ、なまける	あいはすべてだと アシュレイは いいます。 Ashley says that love is everything.	あいする
1693 loudspeaker	1694 to lounge	1695 love	1696 to love
うつくしい、すばらしい	ひくいところにあるえだ	さげる	おてんきがよくてほんとうにこううんでした。 なんてうんがいいんでしょう。 We were really lucky to have such nice weather. How lucky you are!
1697 lovely	1698 low branch	1699 to lower	1700 lucky
にもつ	なまぬるいおゆ	こもりうた	もくざい
1701 luggage	1702 lukewarm water	1703 lullaby	1704 lumber/timber*
こぶ	ランチ、べんとう	べんとうばこ	はい
1705 lump	1706 lunch	1707 lunchbox	1708 lung

ざっし	うじ	まほう
1709 magazine	1710 maggot	1711 magic

じしゃく	りっぱ(な)	むしめがね、かくだいきょう	てじなし
1713 magnet	1714 magnificent	1715 magnifying glass	1712 magician

かささぎ	ゆうびんでてがみをだす	ゆうびんはいたつ	つくる
1716 magpie	1717 to mail/post*	1718 mail carrier/postman*	1719 to make

(お)けしょう	おす	つち	だんせい、おとこのひと
1720 makeup	1721 male	1722 mallet	1723 man

みかん	マンドリン	たてがみ	マンゴー
1724 mandarin	1725 mandolin	1726 mane	1727 mango

れいぎただしい ぎょうぎがいい	たくさん	ちず	だいりせき
1728 He has good **manners.**	1729 many	1730 map	1731 marble
こうしんする	さんがつ	(めすの)うま	ビーだま
1733 to march	1734 March	1735 mare	1732 marbles
マリーゴールド	マークする、 さいてんする	いい<u>てんすう</u>をもらう	マーケット
1736 marigold	1737 to mark	1738 mark	1739 market
けっこんする	ぬま、しっち	じゃがいもを<u>つぶす</u>	(お)めん
1740 to marry	1741 marsh	1742 to mash potatoes	1743 mask
しつりょう	マスト	マスターする、おぼえる	テニスの<u>しあい</u>
1744 mass	1745 mast	1746 to master	1747 match

マッチ	さんすう、すうがく	ゴーディはどうかしたんですか? なんでもないんですよ。 かなしそうにみえるだけです。 *What is the matter with Gordie?* *Nothing is the matter with him. He just looks sad.*	マットレス
1748　match	1749　mathematics	1750　matter	1751　mattress
ごがつ	たぶんアシュレイはいえにいるべきでしょう。 たぶんトムがしゅくだいをてつだってくれるでしょう。 *Maybe Ashley should stay home.* *Maybe Tom could help her do her homework.*	しちょう	めいろ
1752　May	1753　maybe	1754　mayor	1755　maze
くさはら	ひばり	しょくじ	いじのわるいひと
1756　meadow	1757　meadowlark	1758　meal	1759　mean person
はしか	はかる	にく	メカニック
1760　measles	1761　to measure	1762　meat	1763　mechanic
メダル	くすり	ちゅうぐらい(の)	ともだちにあう
1764　medal	1765　medicine	1766　medium	1767　to meet

かい、かいぎ、かいごう	メロン	こおりが**とける**	クラブの**メンバー**は よにん。
1768　meeting	1769　melon	1770　to melt	1771　Our club has four members.
メニュー	てんこうに さゆうされる。 わるものは だれにも じょうをしめしません でした。 *We are at the mercy of the weather.* *The bandits showed no mercy to anyone.*	にんぎょ	**ようきなひと**
1772　menu	1773　mercy	1774　mermaid	1775　merry
ほんとうに**めちゃくちゃ**	でんごん	ししゃ	**きんぞく**でできている
1776　a real mess	1777　message	1778　messenger	1779　metal
いんせき	メーター	1**メートル**＝やく40インチ	アシュレイは はやく おぼえる**ほうほう**をしっ ています。 *Ashley has a method to learn quickly.*
1780　meteorite	1781　meter	1782　meter/metre*	1783　method
メトロノーム	マイク	けんびきょう	でんしレンジ
1784　metronome	1785　microphone	1786　microscope	1787　microwave oven

まひる、しょうご	まんなか	こびと	まよなか
1788 midday	1789 in the middle	1790 midget	1791 midnight

1 マイルは 1.6 キロメートルです。 *One mile equals 1.6 kilometers.*	ミルク、ぎゅうにゅう	せいふんじょ、すいしゃごや	こころ、せいしん
1792 mile	1793 milk	1794 mill	1795 mind

E=MC²

こうざん	こうふ	こうぶつ	はや
1796 mine	1797 miner	1798 minerals	1799 minnow

ミント	マイナス	いちじかんは ろくじゅっぷん。	きせき
1800 mint	1801 minus	1802 minute	1803 miracle

$7-5=2$

しんきろう	かがみ	けち、けちんぼ	かぞくが こいしい。
1804 mirage	1805 mirror	1806 miser	1807 to miss

ミサイル	きり、もや	やどりぎ	てぶくろ
1808　missile	1809　mist	1810　mistletoe	1811　mittens
まぜる、ミックスする	ミキサー	(お)ほり	まねる、ばかにする
1812　to mix	1813　mixer	1814　moat	1815　to mock
つぐみ	もけいひこうき	モダンないす	しめっている
1816　mockingbird	1817　model airplane/aeroplane*	1818　modern chair	1819　moist
もぐら	ほくろ	ちょっと、しょうしょう	げつようびにはアシュレイは はやおきします。 *On Mondays Ashley gets up early.*
1820　mole	1821　mole	1822　One moment please.	1823　Monday
おかね	さる	モンクフィッシュ	かいぶつ、モンスター
1824　money	1825　monkey	1826　monkfish	1827　monster

じゅうにかげつ	きねんひ	きげんがいい	きげんがわるい
1828 month	1829 monument	1830 He is in a good **mood**.	1831 He is in a bad **mood**.
つき	ムース	あさ	にゅうばちとにゅうぼう
1832 moon	1833 moose	1834 morning	1835 **mortar** and pestle
モザイク	か	こけ	ははおや、おかあさん
1836 mosaic	1837 mosquito	1838 moss	1839 mother
モーター	オートバイ	ゼリーのかた	こやま
1840 motor	1841 motorcycle	1842 mould*/mold	1843 mound
うまにのる	やま	はつかねずみ	くちひげ
1844 to mount	1845 mountain	1846 mouse	1847 moustache*/mustache

くち
1848 mouth

かたつむりはゆっくり
うごく。
1849 to move

うんどう
1850 movement

えいがかん
1851 movie/film*

しばをかる
1852 to mow the lawn

わたしには おおすぎる
1853 too much for me

どろ
1854 mud

ろば
1855 mule

かける、かけざんする
1856 multiply

おたふくかぜ
1857 mumps

ころす
1858 to murder

きんにく
1859 muscle

はくぶつかん
1860 museum

きのこ
1861 mushroom

おんがく
1862 music

おんがくか
1863 musician

ムールがい
1864 mussel

とびこまなければ
いけない
1865 You must jump.

からし
1866 mustard

くちわ
1867 muzzle

N

くぎ
1868   nail

つめ
1869   fingernail

つめきり
1870   nail clipper

はだか
1872   naked

なまえは ......。
1873   My name is...

ナプキン
1874   napkin/serviette*

くぎをうつ
1871   to nail

せますぎて とおれない
1875   too narrow to pass

くに
1876   nation

くだものには しぜんの とうぶんが ふくまれています。

Fruit contains natural sugar.

1877   natural

しぜんは うつくしい。
1878   nature

いたずら
1879   She is naughty.

そうじゅうする
1880   to navigate

ちかい
1881   near

きちんとした、かっこ (うの) いい
1882   neat

ひつよう
1883   Not pleasant, but necessary.

くび
1884   neck

ネックレス
1885   necklace

はなのみつ
1886   nectar

ネクタリン

1887   nectarine

さばくでは みずが なに
よりも <u>ひつよう</u>です。

*There is a great need for
water in the desert.*

1888   need

すいぶんが <u>いる</u>。

1889   I **need** water.

はり

1890   needle

むしする、
あいてにしない

1891   He **neglects** his dog.

うまが <u>いななく</u>

1892   to **neigh**

となりのひと

1893   neighbors/neighbours*

<u>どれもあわない</u>

1894   **neither** one fits

ネオンサイン

1895   neon sign

おい

1896   My **nephew** is my brother's son.

しんけい

1897   nerve

ロンは<u>しんけいしつだ</u>。

1898   nervous

す

1899   nest

いらくさ

1900   nettle

ひあそびは <u>ぜったいに</u>
<u>しないこと</u>。

1901   **Never** play with fire!

あたらしい

1902   new

このしんぶんにきょうの
ニュースがのっています。

いい<u>ニュース</u>があります
よ。

*This paper has today's
news.*
I have good news for you.

1903   news

しんぶん

1904   newspaper

<u>つぎ</u> どうぞ。

1905   Next !

くるみを すこしずつ
<u>かむ</u>。

1906   to nibble

いいこ
1907 nice

ニッケル
1908 nickel

なまえはアシュレーです
が、ニックネームは
スポッツです。

Her name is Ashley but her
nickname is Spots.
1909 nickname

めい
1910 My **niece** is my brother's daughter.

よる
1911 night

うぐいす
1912 nightingale

わるいゆめ、あくむ
1913 nightmare

ここのつ、きゅう、く
1914 nine

こたえは「いいえ」。
1916 no

ガラハドこうは みぶんが
たかくて、かんだいなひ
とでした。

Sir Galahad was a noble
and generous person.
1917 noble

きぞく
1918 nobleman

ここのつめ、
きゅうばんめ
1915 ninth

ここには だれもいない。
1919 nobody

うるさいおと
1920 noise

しょうご
1921 noon

きた
1922 north

はな
1923 nose

くるみ
1924 nuts

くるみわり
1925 nutcracker

ナイロン
1926 nylon stockings/tights*

かしのき
1927 oak

オール
1928 oar

オアシス
1929 oasis

ちょうほうけい
1930 oblong

かんさつする
1931 to observe

たいかい、たいよう
1932 ocean

はっかっけい
1933 octagon

じゅうがつ
1934 October

たこ
1935 octopus

オドメーター
1936 odometer/milometer*

におい
1937 odor/odour*

でんきが きえています。

キャシーはコートを ぬぎます。

The light is off.
Cathy takes off her coat.

1938 off

かいたいともうしでる
1939 to offer

しょうこう
1940 officer

ろくがつには あめが よくふります。

アシュレイは たびたび しつもんします。

It often rains in June.
Ashley often asks questions.

1941 often

あぶら
1942 oil

ぬりぐすり
1943 ointment

としをとったひと、ろうじん
1944 old

オリーブ
1945 olive

オムレツ 1946　omelette	つくえのうえ 1947　on the table	カールはやまに いちどし かいったことがありません。 むかしむかしリサという おんなのこがいました。 *Carl has been to the mountain only once.* *Once upon a time, there was a little girl called Lisa.* 1948　once	ひとつ、いち 1949　one
たまねぎ 1950　onion	あなただけを あいしている 1951　my only love	あいている 1952　open	あける、ひらく 1953　to open
しゅじゅつ 1954　operation	ふくろねずみ 1955　opossum	ぜんの はんたいはあくです。 「こうふく」の はんたい は なんでしょう？ *Good is the opposite of bad.* *What is the opposite of "happy"?* 1956　opposite	なしと りんごと どっち がすきですか。 にほんごをならっていま すか、ちゅうごくごをな らっていますか。 *Do you prefer a pear or an apple?* *Are you learning Japanese or Chinese?* 1957　or
オレンジ 1958　orange	オレンジいろ、だいだい 1959　orange	かじゅえん 1960　orchard	オーケストラ 1961　orchestra
らん 1962　orchid	ちゅうもんする 1963　to order	オレガノ 1964　oregano	オルガン 1965　organ

うぐいす	こじ、みなしご	だちょう	かわうそ
1966 oriole	1967 orphan	1968 ostrich	1969 otter
1ポンドは 16オンス。	そと、やがい	いでたち、かっこう	だえんけい、たまごがた
1970 ounce	1971 outdoors	1972 outfit	1973 oval
オーブン	ひとがおちたぞ！	オーバー	あふれる
1974 oven	1975 Man overboard!	1976 overcoat	1977 to overflow
オーバーシューズ	ひっくりかえる	せんせいには けいいを ひょうすべきです。 しゃっきんは しないほうがいいです。 You owe respect to your teacher. It is best not to owe any money.	ふくろう
1978 overshoe	1979 to overturn	1980 to owe	1981 owl
このいえはわたしたちの もちいえです。 みずうみに コテージを もっています。 We own our house. They own a cottage on a lake.	(おすの)うし	さんそ	かき
1982 to own	1983 ox	1984 oxygen	1985 oyster

P

カバンに つめる	つつみ	メモ ようし
1986 to pack	1987 package	1988 pad

かい、オール	オールで こぐ	かぎ、じょう	パット
1990 paddle	1991 to paddle	1992 padlock	1989 pad

ページ	バケツ	ペンキ	ペンキ ぬりたて
1993 page	1994 pail	1996 paint	1997 wet paint

いたみ	ペンキや	ペンキを ぬる	ペンキ ようの はけ
1995 pain	2000 painter	1998 to paint	1999 paintbrush

え	くつ いっそく	きゅうでん	いろが うすい
2001 painting	2002 a pair of shoes	2003 palace	2004 pale

パレット	てのひら	さら、ひらなべ	パンケーキ
2005 palette	2006 palm	2007 pan	2008 pancake
パンダ	はいでんばん	パンパイプ	パンジー
2009 panda	2010 panel	2011 panpipe	2012 pansy
はあはあ あえぐ	ひょう	ズボン	パパイヤ
2013 to pant	2014 panther	2015 pants/trousers*	2016 papaya
かみ	パラシュート	パレード	へいこうせん
2017 paper	2018 parachute	2019 parade	2020 parallel lines
まひする	こづつみ	りょうしん	こうえん
2021 paralyzed/paralysed*	2022 parcel	2023 parent	2024 park

くるまを<u>とめる</u>、ちゅうしゃする	パルカ	ぎかい	おうむ
2025 to park	2026 parka	2027 parliament	2028 parrot
パセリ	パースニップ	りゅうし	パートナー
2029 parsley	2030 parsnip	2031 particle	2032 partner
パーティー	パスする	きを うしなう	ろうか、つうろ
2033 party	2034 to pass	2035 to pass out	2036 passage
じょうきゃく、せんきゃく	パスポート	<u>むかし</u>は ひこうきもくるまもありませんでした。 はちじ ごふん <u>すぎ</u>です。 *In the past, there were no planes or cars.* *It is five past eight.*	パスタ
2037 passenger	2038 passport	2039 past	2040 pasta
のりで <u>はる</u>	きばらし (にすること)	(こなを ねってつくった) <u>おかし</u>	ぼくじょう
2041 to paste	2042 pastime	2043 pastry	2044 pasture

つぎ	みち	がまんづよい	かんじゃ
2045 patch	2046 path	2047 She is patient.	2048 patient
パターン、げんけい	にほんごをよむとき てんのところで やすんでください。 やすまずに、きのところまで はしっていってこられますか。 *When reading Japanese you pause at a comma. Can you run to that tree and back without a pause?*	しゃどう	（いぬやねこの）あし、て
2049 pattern	2050 to pause	2051 pavement/road*	2052 paw
はらう	こうしゅうでんわ	へいわ	もも
2053 to ´pay	2054 pay phone/phone box*	2055 peace	2056 peach
くじゃく	ちょうじょう	なりひびくかねのおと	ピーナッツ
2057 peacock	2058 peak	2059 peal of a bell	2060 peanut
なし	しんじゅ	グリーンピース	みずごけ
2061 pear	2062 pearl	2063 peas	2064 peat moss

こいし	ピーカンのみ	つっつく、ついばむ	ペダル
2065　pebbles	2066　pecan	2067　to peck	2068　pedal
ほこうしゃ	おうだんほどう	むく	ペダルをふんではしる
2070　pedestrian	2071　pedestrian crossing	2072　to peel	2069　to pedal
ペリカン	ペン	えんぴつ	ふりこ
2073　pelican	2074　pen	2075　pencil	2076　pendulum
ペンギン	こがたな	ごかっけい	ひとびと
2077　penguin	2078　penknife	2079　pentagon	2080　people
こしょう	はっか、ミント	すずき(のいっしゅ)	とまりぎ
2081　pepper	2082　peppermint	2083　perch	2084　perch

えんそう	こうすい	ピリオド、しゅうしふ	つるにちにちそう、ピンカ
2085 performance	2086 perfume	2087 period/full stop*	2088 periwinkle

ひと	がいちゅう	こまらす、なやます	ペット
2089 person	2090 pest	2091 to pester	2092 pet

はなびら	ペチュニア	やくざいし	かわいがる
2094 petal	2095 petunia	2096 pharmacist/chemist*	2093 to pet

やっきょく	きじ	でんわ	しゃしん
2097 pharmacy/chemist's*	2098 pheasant	2099 phone	2100 photograph

ピアノ	えらぶ、とる	だきあげる	ピッケル
2101 piano	2102 to pick	2103 to pick up	2104 pickaxe

つけもの	つける	ピクニック	え
2105　pickles	2106　to pickle	2107　picnic	2108　picture
パイ	パイひときれ	つぎあわせる	ふとう
2109　pie	2110　a piece/slice* of pie	2111　to piece together	2112　pier
ぶた	はと	ぶたごや	つちのやま
2113　pig	2114　pigeon	2115　pigsty	2116　pile
くすり、じょうざい	はしら	まくら	まくらカバー
2117　pill/tablet*	2118　pillar	2119　pillow	2120　pillowcase
ひこうし、パイロット	にきび	かにのはさみ	つまむ、つねる
2121　pilot	2122　pimple	2123　pincers	2124　to pinch

まつ
2125 pine

パイナップル
2126 pineapple

ピンク
2127 pink

パイプ
2128 pipe

かいぞく
2129 pirate

ピスタチオ
2130 pistachio

ピストル
2131 pistol

なげる
2132 to pitch

アシュレイは こねこを なくしたおんなのこを かわいそうに おもっています。

Ashley pities the girl who lost her kitten.

2136 to pity

ピクニックに いいところ です。

かなづちは もとのばしょ に かえしてください。

It is a good place for a picnic.
Please return the hammer to its place.

2137 place

かれい
（ひらめのいっしゅ）

2138 plaice

マーブ、いい ピッチ だね。

このピアノは おとがはずれています。

Hey Merv, that was a good pitch !
This piano is off pitch.

2133 pitch

むじのシャツ
2139 plain shirt

へいや、はらっぱ
2140 plain

けいかくする、
2141 to plan

くまで
2134 pitchfork

かんな
2142 plane

わくせい
2143 planets

いた
2144 plank

コールタールピッチ
2135 pitch tar

しょくぶつ	うえる
2145 plants	2146 to plant

プラスター	プラスターをぬる
2147 plaster	2148 to plaster

プラスチック	ねんど	さら	こうげん、プラトー
2149 plastic	2150 plasticine	2151 plate	2152 plateau

ホーム	あそぶ あそびば	トランプ
2153 platform	2154 to play 2155 playground	2156 playing cards

たんがんする	きもちのいいひ	どうぞミルクをください	プリーツ、ひだ
2157 to plead	2158 a pleasant day	2159 A glass of milk, please.	2160 pleat

ペンチ	すき	むしる	さしこみ
2161 pliers	2162 plow/plough*	2163 to pluck	2164 plug

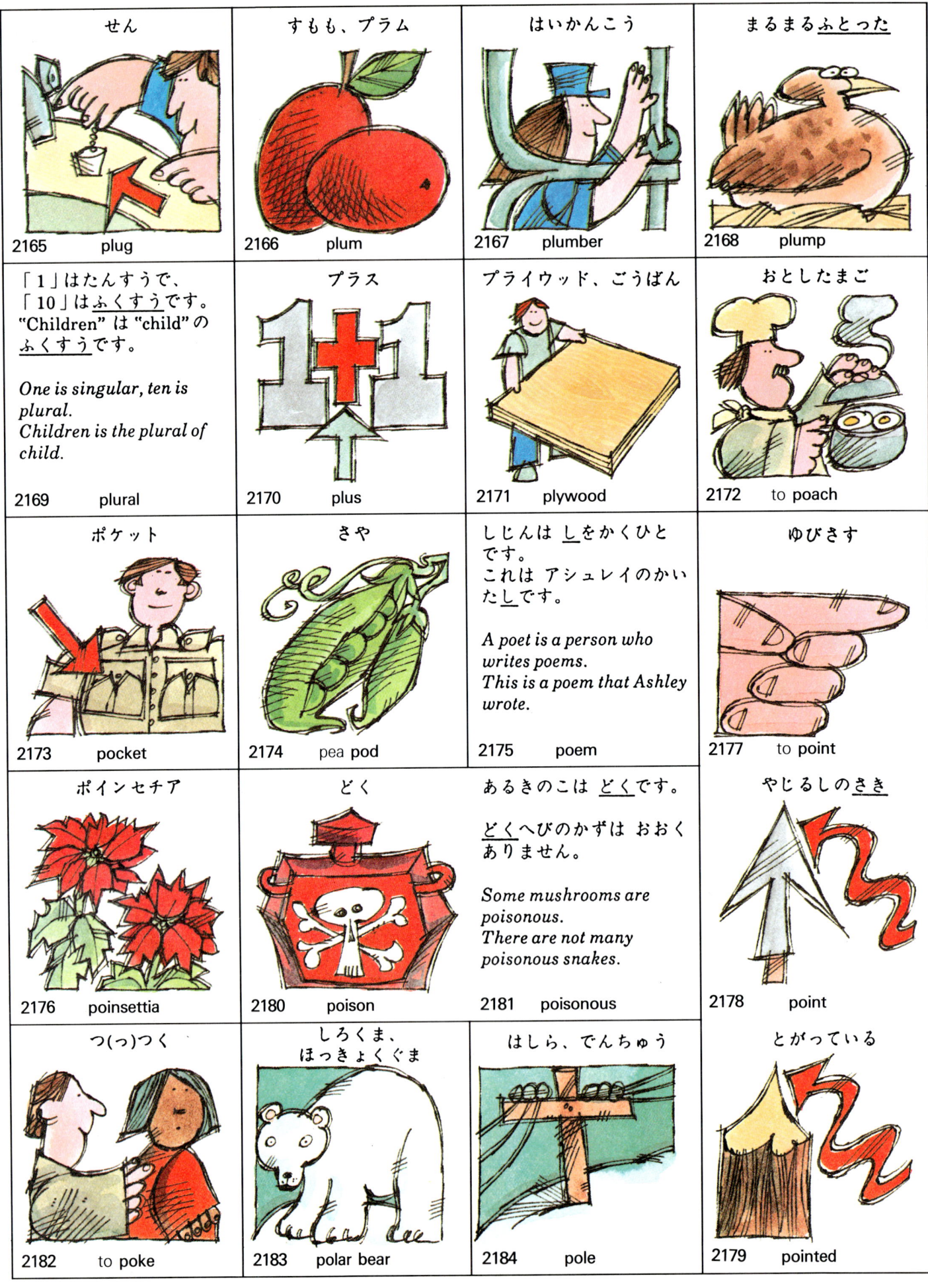

せん 2165 plug	すもも、プラム 2166 plum	はいかんこう 2167 plumber	まるまる<u>ふとった</u> 2168 plump

「1」はたんすうで、
「10」は<u>ふくすう</u>です。
"Children" は "child" の
<u>ふくすう</u>です。

One is singular, ten is plural.
Children is the plural of child.

2169   plural

プラス 2170 plus	プライウッド、ごうばん 2171 plywood	おとしたまご 2172 to poach

ポケット 2173 pocket	さや 2174 pea pod		ゆびさす 2177 to point

しじんは <u>し</u>をかくひと
です。
これは アシュレイのかい
た<u>し</u>です。

A poet is a person who writes poems.
This is a poem that Ashley wrote.

2175   poem

ポインセチア 2176 poinsettia	どく 2180 poison		やじるしの<u>さき</u> 2178 point

あるきのこは <u>どく</u>です。

<u>どく</u>へびのかずは おおく
ありません。

Some mushrooms are poisonous.
There are not many poisonous snakes.

2181   poisonous

つ(っ)つく 2182 to poke	しろくま、 ほっきょくぐま 2183 polar bear	はしら、でんちゅう 2184 pole	とがっている 2179 pointed

けいかん **2185** policeman	ふじんけいかん **2186** policewoman	みがく **2187** to polish	だれでも れいぎただしい こどもが すきです。 「はい」は「うん」より ていねいです。 *Everybody likes polite children.* *"Hai" is more polite than "un".* **2188** polite
かふん **2189** pollen	さくろ **2190** pomegranate	いけ **2191** pond	ポーニー **2192** pony
プール **2193** pool	お金をプールする **2194** to pool	アシュレイのりょうしん は びんぼうではありませんが、かねもちでもありません。 *Ashley's parents are not poor, but they are not rich either.* **2195** poor	ぽんととびでる **2196** to pop
ポプラ **2197** poplar	けし、ポピー **2198** poppy	アシュレイは にんきもの です。 このほんは こどもに にんきがあります。 *Ashley is a popular girl. This book is popular among children.* **2199** popular	ポーチ **2200** porch
けあな **2201** Pores are little holes in the skin.	ポリッジ **2202** porridge	みなと **2203** port	アシュレイは ポータブル・ラジオ がほしいです。 ボブはポータブルのコンピュータをほしがっています。 *Ashley wants a portable radio.* *Bob wants a portable computer.* **2204** portable

ポーター 2205　porter	しょうぞうが 2206　portrait	ポスト 2207　post	ポストにいれる 2208　to post
えはがき 2210　postcard	ポスター 2211　poster	なべ 2212　pot	ゆうびんきょく 2209　post office
じゃがいも 2213　potato	とうき 2214　pottery	ポーチ、ちいさいふくろ 2215　pouch	きゅうに とびつく 2216　to pounce
バナナ よんほんで 1ポ ンド ぐらいです。 ポンドは イギリスの おかねの なまえです。 *Four bananas weigh about a pound. Pound is the name of English money.* 2217　pound	(ハンマーなどで)たたく 2218　to pound	つぐ 2219　to pour	くちをとがらす、 ふくれっつらする 2220　to pout
パウダー 2221　powder	れんしゅうする 2222　to practice/practise*	だいそうげん 2223　prairie	ほめる 2224　to praise

あとあしではねまわる
2225   to prance

いのる
2226   to pray

このほうがすきです。
2227   to prefer

にんしん している
2228   She is pregnant.

しゅっせき
2229   I am present.

おくりもの、プレゼント
2230   birthday present

トロフィーをわたす
2231   to present

くだもののさとうづけ
2232   preserved fruit

おす
2233   to press

きれいなドレス
2234   pretty

えじき
2235   prey

ねだん
2236   price

ちくりとさす
2237   to prick

はりのあるどうぶつ
2238   prickly animal

しょうがっこう
2239   primary school

プリムラ
2240   primrose

プリンス、おうじ、
こうたいし
2241   prince

プリンセス、おうじょ、
こうたいしひ
2242   princess

がっこうのこうちょう
2243   school principal/Head teacher*

げんそくとしては きんせ
いです。
げんそくの だいいちは
いっしょうけんめいに
はたらくことです。

*In principle, I agree with
you.*
*The first principle is to
work hard.*
2244   principle

いんさつする	プリズム	ろうや、けいむしょ	しゅうじん
2245 to print	2246 prism	2247 prison	2248 prisoner

	いっとうしょうをもらう	もんだい	のうさんぶつ、さくもつ
トムは こじんレッスンを うけています。 アシュレイは しりつがっこうに いっています。 *Tom takes private lessons. Ashley goes to a private school.* 2249 private	2250 prize	2251 problem	2252 produce

プログラム、ばんぐみ	きんじられている	シャーレイは プロジェクトの べんきょうをしています。 それは りかの プロジェクトです。 *Shirley is working on a project.* *It is a science project.*	せいさんする、つくる
2254 program/programme*	2255 prohibited	2256 project	2253 This factory **produces** cars.

やくそくする	(フォークやくまでの)また	はつおんする	しょうこ
2257 I promise.	2258 prong	2259 to pronounce	2260 proof of guilt

ささえる	プロペラ	きちんとしたみなりを している	アシュレイのうちは いなかに とちを もっています。 ざいさんのあるひと。 *Ashley's family owns property in the country.* *A man of property.*
2261 to prop	2262 propeller	2263 properly dressed	2264 property

こうぎする	ほこる、ほこりたかい	しょうめいする	これは ことわざです。「さるも きから おちる。」 *Here is a proverb;* *"Even a genius can make a mistake."*
2265　to protest	2266　I am a proud cat.	2267　to prove	2268　proverb
いすを よういする	プルーン	えだをおろす	こうしゅうでんわ
2269　to provide chairs	2270　prune	2271　to prune	2272　public telephone/phone box*
プリン	みずたまり	ぱっぱっと ふく	パフィン
2273　pudding/afters*	2274　puddle	2275　to puff	2276　puffin
ひく、ひっぱる	かっしゃ	プルオーバー	みゃく
2277　to pull	2278　pulley	2279　pullover/sweater*	2280　pulse
ポンプ	ポンプでくうきをいれる	かぼちゃ	なぐる
2281　pump	2282　to pump	2283　pumpkin	2284　to punch

じかんをまもる	タイヤをパンクさせる	ばっする	ばつ
2285 You are punctual.	2286 to puncture	2287 to punish	2288 punishment
あやつりにんぎょう	こいぬ	よごれて(い)ない、きれい(な)	むらさきいろ
2289 puppet	2290 puppy	2291 pure water	2292 purple
ごろごろのどをならす	さいふ、ハンドバッグ	おう、ついせきする	おす
2293 to purr	2294 purse/handbag*	2295 to pursue	2296 to push
ここにおいてください。	かたづける	のばす、おくらせるあとまわしにする	パテ
2297 to put	2298 to put away	2299 to put off	2300 putty
パズル	パジャマ	ピラミッド	にしきへび
2301 puzzle	2302 pyjamas*/pajamas	2303 pyramid	2304 python

Q

うずら
2305   quail

しつのたかい、こうきゅう(な)
2306   quality watch

りょう
2307   quantity

けんかする
2308   to quarrel

いしきりば
2309   quarry

よんぶんの いち
2310   quarter

ふなつきば、はとば
2311   quay

クイーン、じょうおう
2312   queen

しつもんする
2313   to ask a question

はやい
2314   quick

うきずな、クイックサンド
2315   quicksand

しずか(な)、おとなしい
2316   She is quiet.

はねペン
2317   quill

はりねずみのはり
2318   porcupine quill

はねぶとん
2319   quilt/eiderdown*

まるめろのみ
2320   quince

やづつ
2321   quiver

ふるえる
2322   to quiver

きょう がっこうで かんじの しけんが ありました。

At school we had a Kanji quiz today.

2323   quiz

R

	うさぎ	ラクーン、あらいぐま	きょうそうする
	2324 rabbit	2325 raccoon	2326 to race
ぼうしかけ	おおさわぎ	ラジエーター	ラジオ
2327 rack/hat-stand*	2328 racket	2329 radiator	2330 radio
ラディッシュ	はんけい	いかだ	ふいの しゅうげき
2331 radish	2332 radius	2333 raft	2334 a raid in progress
てすり	てつどうの せんろ	あめが ふる	にじ
2335 handrail/banister*	2336 railroad track/railway track*	2337 to rain	2338 rainbow
レインコート	アシュレイは クラスで よく てをあげます。アシュレイはおもしろい もんだいを だしました。 *Ashley often raises her hand in class. She has raised an interesting question.*	ほしぶどう	くまで
2339 raincoat	2340 to raise	2341 raisin	2342 rake

とをトントンたたく	はやい	めずらしい	ほっしん、はっしん
2343　to rap/knock*	2344　rapid	2345　rare	2346　rash
ラズベリー	ねずみ	がらがら	がらがらへび
2347　raspberry	2348　rat	2349　rattle	2350　rattlesnake
わたりがらす	がつがつ たべる	きょうこく、けいこく	なまたまご
2351　raven	2352　ravenous	2353　ravine	2354　a raw egg
たいようのこうせん	ひげそり、シーザー	とどく	よむ
2355　ray of sunlight	2356　razor	2357　to reach	2358　to read
いちについて、 ようい、ドン	ほんとう(の)、 ほんもの(の)	わかる	ほんとうに
2359　ready	2360　real	2361　to realize/realise*	2362　Are you really here?

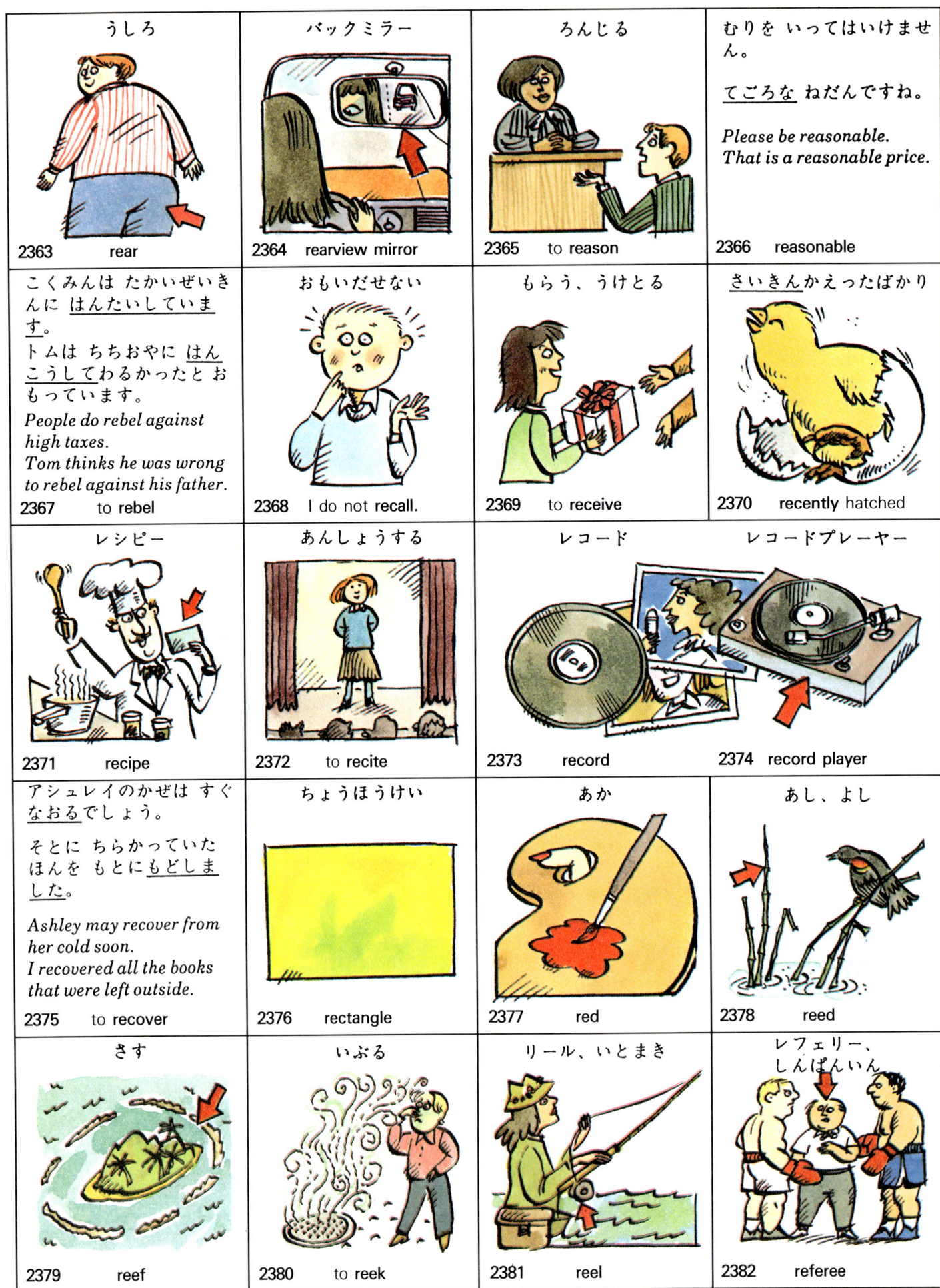

うしろ **2363** rear	バックミラー **2364** rearview mirror	ろんじる **2365** to reason	むりを いってはいけません。 てごろな ねだんですね。 *Please be reasonable.* *That is a reasonable price.* **2366** reasonable
こくみんは たかいぜいきんに はんたいしています。 トムは ちちおやに はんこうしてわるかったとおもっています。 *People do rebel against high taxes.* *Tom thinks he was wrong to rebel against his father.* **2367** to rebel	おもいだせない **2368** I do not recall.	もらう、うけとる **2369** to receive	さいきんかえったばかり **2370** recently hatched
レシピー **2371** recipe	あんしょうする **2372** to recite	レコード **2373** record	レコードプレーヤー **2374** record player
アシュレイのかぜは すぐ なおるでしょう。 そとに ちらかっていた ほんを もとにもどしました。 *Ashley may recover from her cold soon.* *I recovered all the books that were left outside.* **2375** to recover	ちょうほうけい **2376** rectangle	あか **2377** red	あし、よし **2378** reed
さす **2379** reef	いぶる **2380** to reek	リール、いとまき **2381** reel	レフェリー、しんぱんいん **2382** referee

はんしゃする、うつる	れいぞうこ	ことわる、きょひする	ちいき
2383 reflection	2384 refrigerator	2385 to refuse	2386 region
とうろくする	こうかいする	れんしゅうする	トナカイ
2387 to register	2388 to regret	2389 Actors rehearse a play.	2390 reindeer
たずな	しんせき、しんるい	リラックスする、のんびりする	はなす
2391 reins	2392 relatives	2393 to relax	2394 to release
おぼえている、わすれない	はなれじま	ぼうしをとる	アパートをかりています。 くるまをかりて、しまをぐるりとまわりました。 We rent an apartment. We rented a car and went around the island.
2395 Remember to brush your teeth.	2396 remote island	2397 to remove	2398 to rent
なおす、しゅうぜんする	くりかえす	とりかえる	こたえる
2399 to repair	2400 to repeat	2401 to replace	2402 to reply

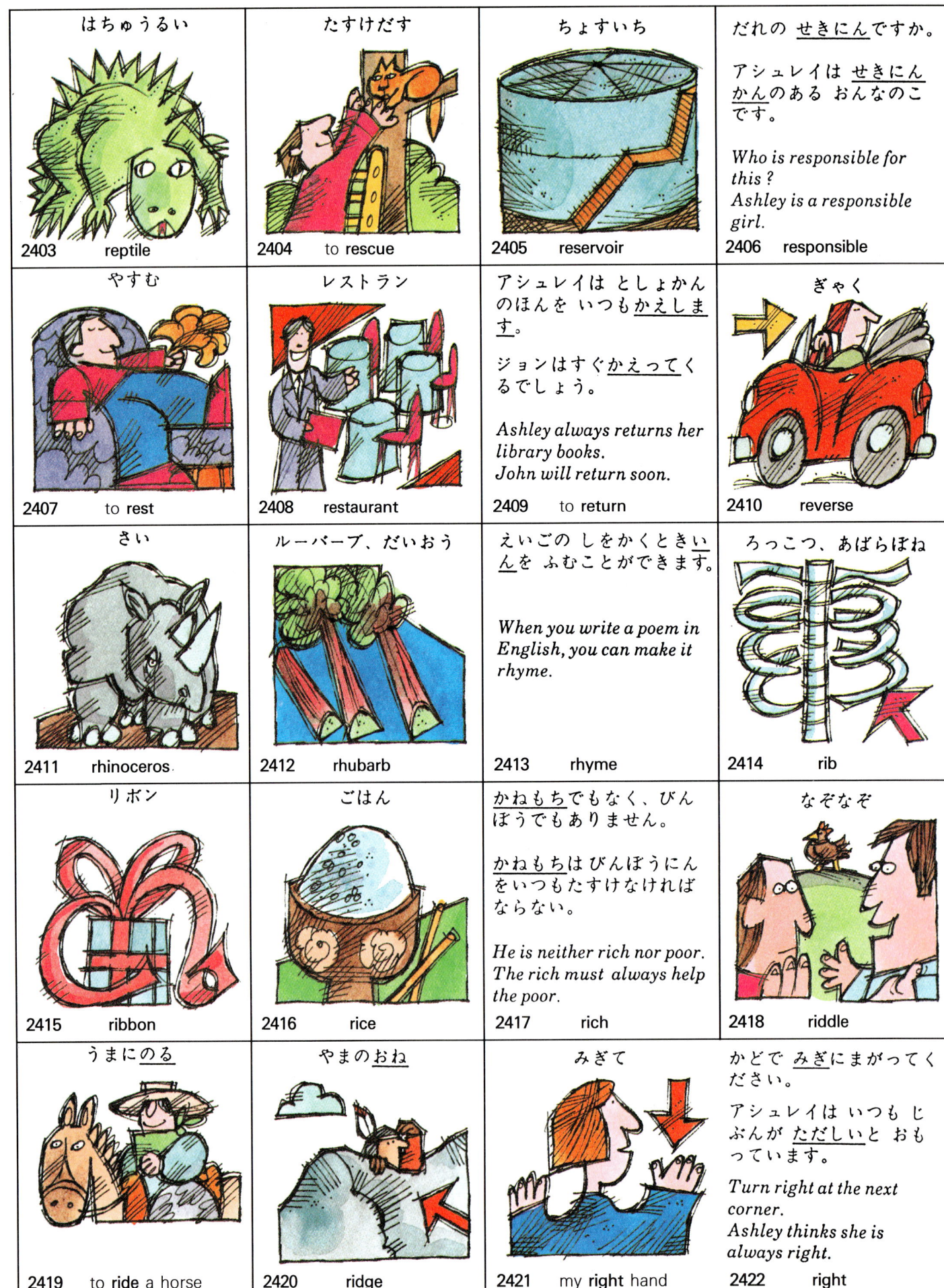

はちゅうるい	たすけだす	ちょすいち	だれの せきにんですか。
			アシュレイは せきにんかんのある おんなのこです。
			Who is responsible for this? *Ashley is a responsible girl.*
2403 reptile	**2404** to rescue	**2405** reservoir	**2406** responsible

やすむ	レストラン	アシュレイは としょかんのほんを いつもかえします。	ぎゃく
		ジョンはすぐかえってくるでしょう。	
		Ashley always returns her library books. *John will return soon.*	
2407 to rest	**2408** restaurant	**2409** to return	**2410** reverse

さい	ルーバーブ、だいおう	えいごの しをかくときいんを ふむことができます。	ろっこつ、あばらぼね
		When you write a poem in English, you can make it rhyme.	
2411 rhinoceros	**2412** rhubarb	**2413** rhyme	**2414** rib

リボン	ごはん	かねもちでもなく、びんぼうでもありません。	なぞなぞ
		かねもちは びんぼうにんをいつもたすけなければならない。	
		He is neither rich nor poor. *The rich must always help the poor.*	
2415 ribbon	**2416** rice	**2417** rich	**2418** riddle

うまにのる	やまのおね	みぎて	かどで みぎにまがってください。
			アシュレイは いつも じぶんが ただしいと おもっています。
			Turn right at the next corner. *Ashley thinks she is always right.*
2419 to ride a horse	**2420** ridge	**2421** my right hand	**2422** right

みぎきき 2423 right-handed	かわ 2424 rind	ゆびわ 2425 ring	ベルをならす 2426 to ring
アイスホッケーのリンク 2427 rink	ゆすぐ、すすぐ 2428 to rinse	ほうどう 2429 riot	さく 2430 to rip
じゅくしている 2431 ripe	ちいさななみ、こなみ さざなみ 2432 ripple	たいようが のぼる 2433 The sun rises.	きけんなことをするとき は いつもきをつけたほう がいいですよ。 あした しものおそれがあ ります。 *Always be careful when taking risks.* *There will be a risk of frost tomorrow.* 2434 risk
ライバル 2435 rivals	かわ 2436 river	みち 2437 road	ほえる 2438 to roar
ロースト 2439 roast	ごうとう、おいはぎ 2440 robber	ロビン、こまどり 2441 robin	いわ 2442 rock

ゆする	ロケット	ゆりいす	さお、つりざお
2443 to rock	2444 rocket	2445 rocking chair	2446 rod

ロール	ころがる	ローラースケート	めんぼう
2447 roll	2448 to roll	2449 roller skate	2450 rolling pin

やね	へや	とまりぎに とまる	ね
2451 roof	2452 room	2453 to roost	2454 root

なわ、ロープ	ばら	ローズマリー	ばらいろ(の)
2455 rope	2456 rose	2457 rosemary	2458 rosy

くさったりんご	ざらざらする、あらっぽい	まるい	ならんだボタン
2459 rotten apple	2460 rough	2461 round	2462 4 buttons in a row

こぐ	おうしつ(の)	ゴム	がらくた
2463　to row	2464　royal	2465　rubber	2466　rubbish

ルビー	かじ	れいぎをしらない	けわしいとち
2467　ruby	2468　rudder	2469　He is rude.	2470　rugged terrain

むかしのしろのあと、いせき	アシュレイはいつもきそくをまもります。 このいえのきそくは りょうしんがつくります。 *Ashley always obeys the rules.* *The rules in this house are made by my parents.*	しはいしゃ、とうちしゃ	ガタゴトというおと
2471　ruin	2472　rule	2473　ruler	2474　I hear a rumble.

はしる	にげる	ひく	エネルギーがなくなる
2475　to run	2476　to run away	2477　to run over	2478　to run out of energy

いそいで かけていく	さび	わだち	ライむぎ
2479　to rush	2480　rust	2481　rut	2482　rye

	おおきなふくろ	しんせい(な)	かなしい
S	2483　sack	2484　Truth is a **sacred** principle.	2485　sad
くら	あんぜん(な)	ほ	ウィンドサーフィン
2486　saddle	2487　safe	2488　sail	2489　sailboard
セールボート、ほかけぶね	すいへい	サラダ	セール
2490　sailboat/sailing boat*	2491　sailor	2492　salad	2493　sale
さけ、しゃけ	しお	けいれいする	おなじ
2494　salmon	2495　salt	2496　to salute	2497　same
すな	サンダル	サンドイッチ	じゅえき
2498　sand	2499　sandal	2500　sandwich	2501　sap

いわし 2502 sardine	えいせい 2503 satellite	<u>サテン</u>のドレス 2504 satin dress	<u>どようび</u>は あそぶひ です。 アシュレイは <u>どようび</u> が だいすきです。 *Saturday is play day.* *Ashley likes Saturdays.* 2505 Saturday
ソース 2506 sauce/gravy*	ソーセージ 2507 sausage	おかねを<u>ためる</u> 2508 I save my money.	のこぎり 2509 saw
おがくず 2511 sawdust	おもったとおりに<u>いう</u> 2512 I say what I think.	だい、やぐら 2513 scaffolding	(のこぎりで) きる 2510 to saw
やけどする 2514 to scald	はかり 2515 scale	ほたてがい、かいばしら 2516 scallop	あたまのかわ 2517 scalp
きず 2518 scar	おどかす 2519 to scare	かかし 2520 scarecrow	スカーフ 2521 scarf

まっか 2522 scarlet	はんざいげんば 2523 scene of a crime	けしき 2524 scenery	がくもん、 しょうがっきん 2525 scholarship
がっこう 2526 school	スクーナー 2527 schooner	はさみ 2528 scissors	スコップで すくう 2529 to scoop
スクーター 2530 scooter	こげたかみ 2531 scorched paper	とくてんする 2532 to score	ボーイスカウト 2533 scout
かみきれ 2534 scraps of paper	すりむき 2535 scrape	けずるどうぐ 2536 scraper	ひっかく 2537 scratch
スクリーン、 かなあみ、あみど 2538 screen	ねじ 2539 screw	ねじまわし 2540 screwdriver	ごしごしこする 2541 to scrub

ちょうこくか **2542　sculptor**	たつのおとしご **2543　seahorse**	アドリア<u>かい</u>、<u>うみ</u> **2544　Adriatic sea**	かもめ **2545　seagull**
おっとせい **2546　seal**	ぬいめ **2547　seam**	さがす **2548　to search**	サーチライト **2549　searchlight**
よっつの<u>きせつ</u>は、 　はる 　なつ 　あき 　ふゆです。 *The four seasons are:* *spring, summer, autumn* *and winter.* **2550　seasons**	ざせき **2551　seat**	ざせきベルト、 シートベルト **2552　seatbelt**	かいそう **2553　seaweed**
ふたつめ、にばんめ **2554　second**	ひみつ **2555　I have a secret.**	みる **2556　to see**	シーソー **2557　see-saw**
たね **2558　seed**	しんだ<u>ように</u> みえる **2559　It seems to be dead.**	つかまえる **2560　to seize**	わがまま、りこてき **2561　You are selfish.**

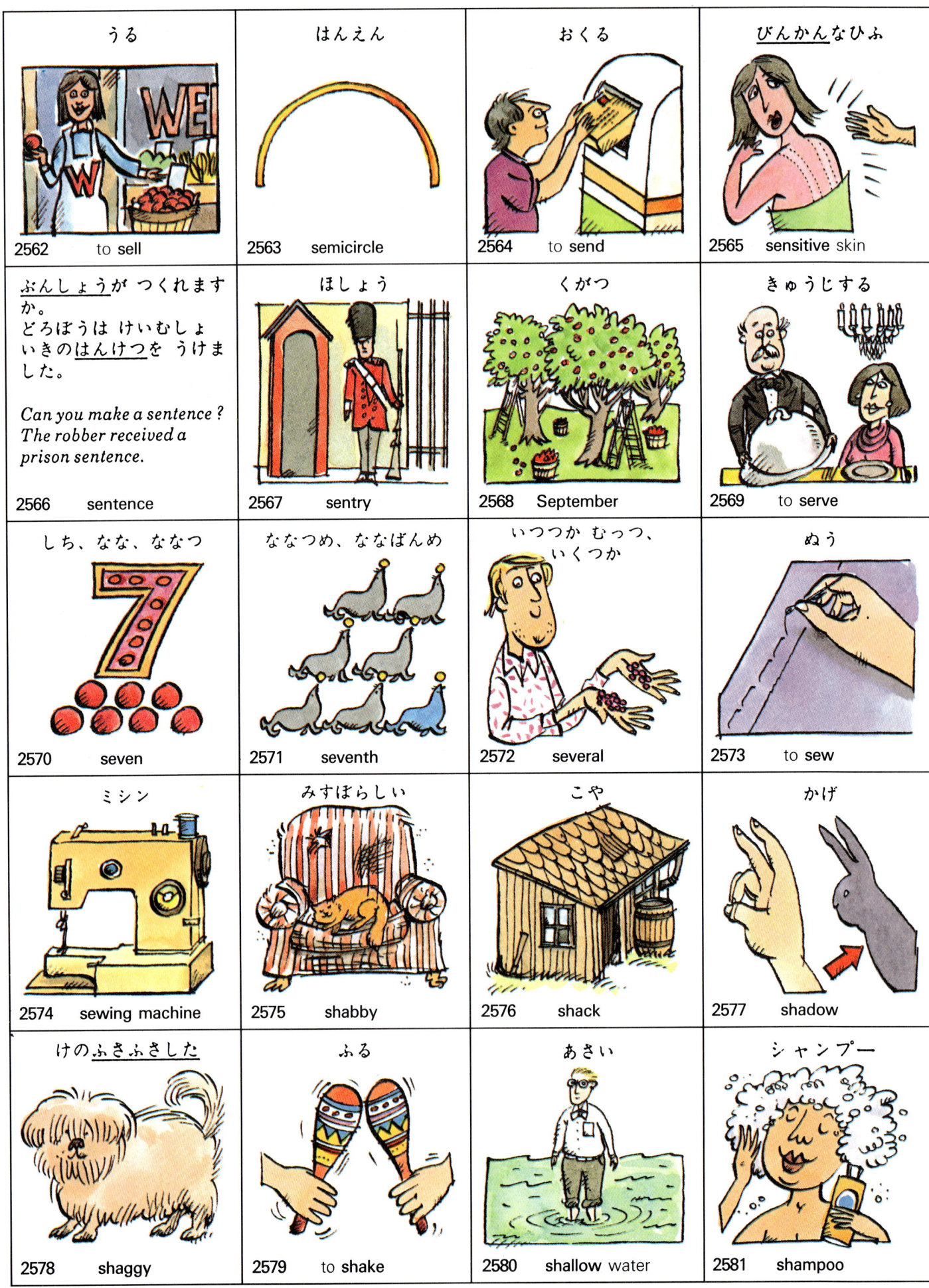

うる 2562 to sell	はんえん 2563 semicircle	おくる 2564 to send	<u>びんかんな</u>ひふ 2565 sensitive skin
ぶんしょうが つくれます か。 どろぼうは けいむしょ いきの<u>はんけつ</u>を うけま した。 *Can you make a sentence ?* *The robber received a* *prison sentence.* 2566 sentence	ほしょう 2567 sentry	くがつ 2568 September	きゅうじする 2569 to serve
しち、なな、ななつ 2570 seven	ななつめ、ななばんめ 2571 seventh	いつつか むっつ、 いくつか 2572 several	ぬう 2573 to sew
ミシン 2574 sewing machine	みすぼらしい 2575 shabby	こや 2576 shack	かげ 2577 shadow
けの<u>ふさふさした</u> 2578 shaggy	ふる 2579 to shake	あさい 2580 shallow water	シャンプー 2581 shampoo

わけあう	さめ	シャープなナイフ	ナイフとぎ
2582　to share	2583　shark	2584　sharp	2585　knife sharpener

こなごなにこわす	ひげをそる	うえきばさみ	スケートシャープナー
2588　to shatter	2589　to shave	2590　shears	2586　skate sharpener

かたなのさや	ひつじ	シーツ	えんぴつけずり
2591　sheath	2592　sheep	2593　sheet	2587　pencil sharpener

たな	かい、かいがら	かくれば、ひなんじょ	ひつじかい
2594　shelf	2595　shell	2596　shelter	2597　shepherd

たて	むこうずね	かがやく、てる	いた、やねいた
2598　shield	2599　shin	2600　to shine	2601　shingle

シングルはびょうきの なまえ	ぴかぴかひかった	ふね	なんぱせん
2602 shingles	2603 shiny	2604 ship	2605 shipwreck
シャツ	ふるえる	ショック	くつ
2606 shirt	2607 to shiver	2608 shock	2609 shoes
くつひも	くつや	うつ、うちおとす	みせ
2610 shoelace	2611 shoemaker	2612 to shoot	2613 shop
みせのしゅじん、 てんしゅ	ショーウィンドー	かいがん、きし	せがひくい
2614 shopkeeper	2615 shop window	2616 shore	2617 short
ショートパンツ	かた	どなる	おす、おしのける
2618 shorts	2619 shoulder	2620 to shout	2621 to shove

シャベル	みせる	みせびらかす	やっとあらわれた。
2622　shovel	2623　to show	2624　to show off	2625　to show up/appear*

シャワー	さけぶ	えび	ちぢむ
2626　shower	2627　to shriek	2628　shrimp	2629　to shrink

かんぼく	まぜる、(トランプを)きる	シャッター、あまど	はずかしがり
2630　shrub	2631　shuffle	2632　shutters	2633　shy

びょうき	わき、そくめん	ほどう	ためいきをつく
2634　sick	2635　side	2636　sidewalk/pavement*	2637　to sigh

サイン	あいずする、しんごうをおくる	サイン	しずかに！
2638　sign	2639　to signal	2640　signature	2641　silent

アシュレイはしずかにしていられません。

Be silent.
It is difficult for Ashley to be silent.

まどの<u>し</u>きい	ジョンは アンが <u>ばか</u>だ と おもっています。 アンは ジョンが <u>ばか</u>な ことを すると おもいま す。 *John thinks Ann is silly. Ann thinks John does silly things.*	ぎん	<u>かんたん</u>なかいけつほう ほうが あるはずです。 <u>シンプル</u>なデザインで いいですね。 *There must be a simple solution.* *It is a simple design. I like it.*
2642 sill	2643 silly	2644 silver	2645 simple
うたう	「一」は<u>たんすう</u>で、 「五」は<u>ふくすう</u>です。 *"One" is singular and "five" is plural.*	ながし	しずむ
2646 to sing	2647 singular	2648 sink	2649 to sink
すする	サイレン	いもうと	すわる
2650 to sip	2651 siren	2652 sister	2653 to sit
ろく、むっつ	ろくばんめ、むっつめ	サイズ	スケートする
2654 six	2655 sixth	2656 size	2657 to skate
スケートボード	がいこつ	スケッチ する	スキー
2658 skateboard	2659 skeleton	2660 to sketch	2661 skis

スキーする	よこにそれる、よこすべりする	ひふ、はだ	スキップする、とびはねる
2662 to ski	2663 to skid	2664 skin	2665 to skip

せんちょう	スカート	ずがいこつ	そら
2666 skipper/captain*	2667 skirt	2668 skull	2669 sky

ひばり	まてんろう、こうそうビル	バタンと しめる	ななめ(の)、けいしゃした
2670 skylark	2671 skyscraper	2672 to slam	2673 slanting floor

ぴしゃりと たたく	ふかくきる、きりつける	スレート	そり
2674 to slap	2675 to slash	2676 slate	2677 sled/sleigh*

ねむる	スリーピング・バッグ	ねむい	みぞれ
2678 to sleep	2679 sleeping bag	2680 sleepy	2681 sleet

そで	すべりだい	ほっそりした	ぬるぬるした
2682　sleeve	2683　slide	2684　slim	2685　slimy
つりほうたい	パチンコ	すべる	スリッパ
2686　sling	2687　slingshot/catapult*	2688　to slip	2689　slipper
つるつるした	ぶしょうもの、だらしのないひと	しゃめん、スロープ	スロット、とうにゅうぐち
2690　slippery	2691　slob	2692　slope	2693　slot
まえかがみになる	まがるとき くるまは スピードをおとします。「スピードをおとして、おとうさん、はやすぎるよ。」 The car slows down at the corner. "Slow down, Dad ! You are going too fast."	ゆきどけ、どろどろのゆき	ちいさい
2694　to slouch	2695　to slow down	2696　slush	2697　small
アシュレイは じぶんは とても あたまがいいと おもっています。 かっこいいドレスです ね。 Ashley thinks she is very smart . That is a smart dress.	こなごなにする	ぬる、なすりつける	はなのにおいをかぐ
2698　smart/clever*	2699　to smash	2700　to smear	2701　to smell

いやな においがする、あくしゅうを はなつ
2702　smelly

たばこをすう
2703　to smoke

こおりのひょうめんは なめらかです。

ひこうきは<u>スムーズ</u>に ちゃくりくしました。

The ice is smooth.
The plane has made a
smooth landing.
2704　smooth

<u>おやつ</u>をたべる
2705　to have a snack

かたつむり
2706　snail

へび
2707　snake

ポキッと おる
2708　to snap

うんどうぐつ、スニーカー
2709　sneakers/trainers*

くしゃみをする
2710　to sneeze

スノーケル
2711　snorkel

ゆき
2712　snow

ゆきのけっしょう
2713　snowflake

スノーシュー、かんじき
2714　snowshoes

せっけん
2715　soap

サッカー
2716　soccer

ソックス
2717　sock

ソケット
2718　socket

ソファー
2719　sofa/couch*

ソフト(な)、やわらかい
2720　soft

へいたい
2721　soldier

ひらめ	とく、かいけつする	ちゅうがえり	むすこ
2722 sole	2723 She **solves** the problem.	2724 to **somersault**	2725 son
うた	すぐ くらくなります。 アシュレイは すぐ うち にかえってくるでしょう。 *Soon it will be dark. Ashley will be home soon.*	まじゅつし	うでがいたい。
2726 song	2727 soon	2728 sorcerer	2729 My arm is **sore**.
ソレル、かたばみ	わるかったとおもう。	よりわける	スープ
2730 sorrel	2731 sorry	2732 to **sort**	2733 soup
すっぱい	みなみ	(めす)ぶた	たねをまく
2734 sour	2735 south	2736 sow	2737 to **sow**
スペースシップ、 うちゅうせん	くわ	たたく	よびのタイヤ
2738 spaceship	2739 spade	2740 to **spank**	2741 spare tire/tyre*

ひばな	ひかる、きらめく	すずめ	はなす
2742　spark	2743　to sparkle	2744　sparrow	2745　to speak
やり	スピードをだす、いそぐ	つづる	つかう
2746　spear	2747　to speed up	2748　to spell	2749　to spend
きゅう	ぴりっとした、やくみのきいた	くも	スパイク
2750　sphere	2751　spicy	2752　spider	2753　spike
こぼす、こぼれる	まわる	ほうれんそう	せぼね
2754　to spill	2755　to spin	2756　spinach	2757　spine
らせんじょう(の)	とがったやね	つばを はく	はねかす
2758　spiral	2759　spire	2760　to spit	2761　to splash

きの はへん、こっぱ	くさった、いたんだ	スポンジ	いとまき
2762 splinter	2763 spoiled/rotten* fruit	2764 sponge	2765 spool/reel*
スプーン	しみ、よごれ	くち	くじく
2766 spoon	2767 spot	2768 spout	2769 to sprain
ふきかける	ぬる	スプリング	はる
2770 to spray	2771 to spread	2772 spring	2773 spring
ふりかける	(たんきょりを) ぜんそくりょくではしる	もみ	いずみ
2775 to sprinkle	2776 to sprint	2777 spruce	2774 spring
しかく	かぼちゃ	しゃがむ	だきしめる
2778 square	2779 squash	2780 to squat	2781 to squeeze

いか	りす	みずを ふきつける	うまや
2782 squid	2783 squirrel	2784 to squirt	2785 stable

ステージ、ぶたい	しみ	かいだん	くい
2786 stage	2787 stain	2788 staircase	2789 wooden stake

ふるい、<u>ぱさぱさのパン</u>より、やきたてのほかほかのパンのほうがずっといいです。

Freshly baked bread is much better than old stale bread.

2790 stale bread

セロリの<u>くき</u>	たねうま	きって
2791 celery stalk	2792 stallion	2793 stamp

たつ	ほし	じっとみる	むくどり
2794 to stand	2795 star	2796 to stare	2797 starling

スタートする	アシュレイはいえにかえると いつも「<u>おなかがすいた</u>。」といいます。	ガソリンスタンド	えき
	When Ashley comes home, she always says,"I'm starving."		
2798 to start a car	2799 to starve	2800 gas/petrol* station	2801 train/railway* station

ぞう	うごかないで。	ステーキ	ぬすむ
2802 statue	2803 Stay there!	2804 steak	2805 to steal

ゆげ	はがね	きゅう(な)、けわしい	(お)うし
2806 steam	2807 Kinves are made of steel.	2808 steep	2809 steer/bullock*

くき	だん	ふみこむ	かじをとる、そうじゅうする
2811 stem	2812 step	2813 to step in	2810 to steer

シチュー	こえだ、ぼうきれ	そとにでる	べとべとした
2815 stew	2816 stick	2814 to step out	2817 sticky

このはブラシは <u>かたすぎ</u>ます。

メリーおばさんは <u>かたが</u>こっています。

This toothbrush is too stiff.

Aunt Mary has a stiff shoulder.

2818 stiff	さす 2819 to sting	さすこと、さしきず 2820 sting	におう、あくしゅうをはなつ 2821 to stink

かきまわす	ストッキング	ひをおこす、ねんりょうをくべる	い
2822　to stir	2823　stockings	2824　to stoke	2825　stomach
いし	ふみだい、こしかけ	こしをまげる、かがむ	ストップ、ていし
2826　stone	2827　stool	2828　to stoop/bend down*	2829　stop
みせ	こうのとり	あらし	きしゃをとめる
2832　store/shop*	2833　stork	2834　storm	2830　He stops the train.
はなし、ものがたり	オーブン	まっすぐ	よる
2835　story	2836　stove/cooker*	2837　straight	2831　to stop over
こす	ひっぱる	ふしぎ(な)	しめころす
2838　to strain	2839　to strain	2840　strange	2841　to strangle

ひも	ストロー	いちご	おがわ
2842 strap	2843 straw	2844 strawberry	2845 stream
ふきながし	みち	がいとう	のばす
2846 streamer/pennant*	2847 street	2848 street light/lamp*	2849 to stretch
たんか	ろうどうしゃが ちんぎん の ねあげのために スト をしています。 *The workers are on strike for more money.*	たたく、ぶつ、うつ	ひも
2850 stretcher	2851 strike	2852 to strike	2853 string
しま	つよい	せいと、がくせい	べんきょうする
2854 stripe	2855 strong	2856 student	2857 to study
ぬいぐるみのどうぶつ	きりかぶ	せんすいかん	ひく
2858 a stuffed animal	2859 stump	2860 submarine	2861 to subtract

しゃぶる、すう
2862 to suck

きゅうに あめが ふりはじめました。

パメラが とつぜん がっこうを やめました。

Suddenly, it began to rain. Pamela left school suddenly.

2863 suddenly

さとう
2864 sugar

スーツ
2865 suit

スーツケース
2866 suitcase

なつ
2867 summer

たいよう
2868 sun

にちようびには、おかあさんは ケーキをやきます。

My mother bakes a cake on Sundays.

2869 Sunday

ひどけい
2870 sundial

ひまわり
2871 sunflower

ひので
2872 sunrise

にちぼつ
2873 sunset

スーパー
2874 supermarket

ゆうしょく、ゆうごはん
2875 supper/dinner*

あしたは きっと はれるでしょう。
そうすれば かならずかてます。

I am sure tomorrow will be a sunny day.
That is a sure way to win.

2876 sure

ひょうめん
2877 surface

げかい
2878 surgeon

みょうじは ポターで、なまえは アシュレイです。

My surname is Potter and my first name is Ashley.

2879 surname

びっくりパーティー
2880 surprise party

こうさんする
2881 to surrender

とりかこむ	づぼんつり、サスペンダー	のみこむ	はくちょう
2882 to surround	2883 suspenders/braces*	2884 to swallow	2885 swan
とりかえる	はちのいちぐん	あせをかく	セーター
2886 to swap	2887 swarm	2888 to sweat	2889 sweater/sweatshirt*
はく	あまい	それる、そらす	およぐ
2890 to sweep	2891 sweet	2892 to swerve	2893 to swim
ブランコ	ブランコに のる	スイッチ	でんきの スイッチを いれてください。 よくみえるように、せきを とりかえましょうか。 *Switch on the light, please. Shall we switch seats so that you can see better?*
2894 swing	2895 to swing	2896 switch	2897 to switch
とびかかる、おそう	かたな	すずかけ	シロップ
2898 to swoop	2899 sword	2900 sycamore	2901 syrup

テーブル
2902 table

テーブルクロス
2903 tablecloth

じょうざい
2904 tablet

びょう
2905 tack

アシュレイはそのもんだいと とりくまなければなりません。
フットボールのしあいでポールがヘクターと とっくみあいをしました。

Ashley must tackle that problem.
Paul tackled Hector during the football game.
2906 to tackle

おたまじゃくし
2907 tadpole

しっぽ
2908 tail

もっていく
2910 to take

とりはずす
2911 to take apart

もちさる
2912 to take away

もちかえる
2913 to take back

ぼうしをとる
2914 to take off

とびたつ
2915 to take off

とりだす
2916 to take out

もちかえり
2917 take-out/take-away*

ようふくや、したてや
2909 tailor

はなし
2918 tale

アシュレイとリサはタレントショーにでます。
シルビアは おんがくのさいのうがあります。

Ashley and Lisa are in the talent show.
Sylvia has a great talent for music.
2919 talent

はなす、はなしあう
2920 to talk

せがたかい	タンバリン	なれた、おとなしい	ひやけ
2921 tall	2922 tambourine	2923 tame	2924 tan
みかん	もつれる	タンク	タンカー
2925 tangerine	2926 tangled	2927 tank	2928 tanker
すいどうのじゃぐち	テープ	テープではる	テープレコーダー
2929 tap	2930 tape	2931 to tape	2932 tape recorder
コールタール	まと	タラゴン	タルト
2933 tar	2934 target	2935 tarragon	2936 tart
じごと	あじわう	このタートはとても おいしいです。 *This tart is very tasty.*	タクシー
2937 task	2938 to taste	2939 tasty	2940 taxi

こうちゃ
2941　a cup of **tea**

おしえる
2942　to **teach**

せんせい、きょうし
2943　**teacher**

チーム
2944　**team**

ティーポット
2945　**teapot**

なみだ
2946　**tear**

やぶく
2947　to **tear**

はぎとる
2948　to **tear** out

でんぽう
2949　**telegram**

でんわ
2950　**telephone**

でんわする
2951　to **telephone**

ぼうえんきょう
2952　**telescope**

テレビ
2953　**television**

いう、つたえる
2954　to **tell**

グローバーは おこりっぽいです。

アシュレイは きぶんのあんていしたこです。

Grover has a bad temper.
Ashley has an even temper.

2955　**temper**

おんど
2956　**temperature**

とう、じゅう
2957　**ten** apples

テニス
2958　**tennis** racquet and ball

テニスシューズ
2959　**tennis** shoe

テント
2960　**tent**

じゅうばんめ	ターミナル、たんまつ	テストする	かんしゃする
2961 tenth	2962 terminal	2963 to test the water	2964 to thank
こおりが とける	げきじょう	そこ	おんどけい
2965 to thaw	2966 theater/theatre*	2967 there	2968 thermometer
ふとい	どろぼう	もも、また	ゆびぬき
2969 thick	2970 thief	2971 thigh	2972 thimble
ほそい	ひとは ものでは ありません。 アシュレイは おかしな ことをよくいいます。 A person is not a thing. Ashley often says funny things.	かんがえる	みっつめ、さんばんめ
2973 thin	2974 thing	2975 to think	2976 third
のどが かわいている	あざみ	とげ	いと
2977 thirsty	2978 thistle	2979 thorn	2980 thread

いとをとおす 2981 to thread	みっつ、さん 2982 three	しきい 2983 threshold	のど 2984 throat
クィーンのぎょくざ、 おうざ 2985 throne	なげる 2986 to throw	もどす、あげる、はく 2987 to throw up/be sick*	おやゆび 2988 thumb
かみなり 2989 thunder	らいう 2990 thunderstorm	もくようびに アシュレイ は すいえいのクラスに いきます。 *Ashley goes to swimming class on Thursday.* 2991 Thursday	タイム 2992 thyme
きっぷ 2993 ticket	くすぐる 2994 to tickle	きちんとしている 2995 tidy	ネクタイ 2996 tie
とら 2998 tiger	しめる 2999 to tighten	タイル 3000 tiles	むすぶ 2997 to tie

かたむく
3001 to tilt

じかんは なんじですか。
3002 What **time** is it?

ちいさな、ちっちゃな
3003 tiny

ひっくりかえる
3004 to tip

つまさきで あるく
3006 tiptoe

タイヤ
3007 tire/tyre*

つかれている
3008 tired

チップを あげる
3005 to tip

がまがえる
3009 toad

トースト
3010 toast

トースター
3011 toaster

がっこうは きょうから
はじまります。

きょうは ははのひです。

School starts today.
Today is Mother's Day.
3012 today

あしのゆび
3013 toes

いっしょにすわっている
3014 We are sitting **together.**

トイレ
3015 toilet

トマト
3016 tomato

はか
3017 tomb

あしたは ちちのひです。

アシュレイは あしたはく
ぶつかんに きょうりゅう
を みにいきます。

Tomorrow is Father's Day.
Ashley is going to see
dinosaurs at the museum
tomorrow.
3018 tomorrow

トング
3019 tongs

した
3020 tongue

トン	へんとうせん	どうぐ	は
3021　It weighs a **ton**.	3022　**tonsils**	3023　**tools**	3024　**tooth**
はが いたい	はブラシ	はみがき	てっぺん、いちばんうえ
3025　**toothache**	3026　**toothbrush**	3027　**toothpaste**	3028　**top**
ひっくりかえる	トーチ	たつまき	こま
3030　to **topple**	3031　**torch**	3032　**tornado**	3029　**top**
げきりゅう、きゅうりゅう	かめ	なげる	さわる
3033　**torrent**	3034　**tortoise**	3035　to **toss**	3036　to **touch**
タフ(な)、つよい、たくましい	ひっぱる	タオル	とう
3037　I am **tough**.	3038　to **tow**	3039　**towel**	3040　**tower**

まち	おもちゃ	なぞる	せんろ
3041　town	3042　toys	3043　to trace	3044　track
トラクター	こうかんする	こうつう	しんごう
3045　tractor	3046　to trade	3047　traffic	3048　traffic light
とおったあと	トレーラー	きしゃ、れしゃ	トレーニングする
3049　trail	3050　trailer	3051　train	3052　to train
ふろうしゃ	ふみつける	トランポリン	とうめい(な)、すきとおった
3053　tramp	3054　to trample	3055　trampoline	3056　transparent
はこぶ、うんぱんする	うんぱんしゃ	わな	トラピーズ
3057　to transport	3058　transporter/lorry*	3059　trap	3060　trapeze

りょこうする	おぼん	タイヤのやま	たからもの
3061 to travel	3062 tray	3063 tread	3064 treasure
き	ふるえる	みぞ、ほり	さいばん
3065 tree	3066 to tremble	3067 trench	3068 trial
さんかく	トリック	たらたら こぼれる	さんりんしゃ
3069 triangle	3070 trick	3071 to trickle	3072 tricycle
ひきがね	そろえて きる	みじかいりょこう	つまずく
3073 trigger	3074 to trim	3075 a short trip	3076 to trip
トロリーバス	ゆっくり はしる	えさをいれるおけ	ズボン
3077 trolley bus	3078 to trot	3079 trough	3080 trousers

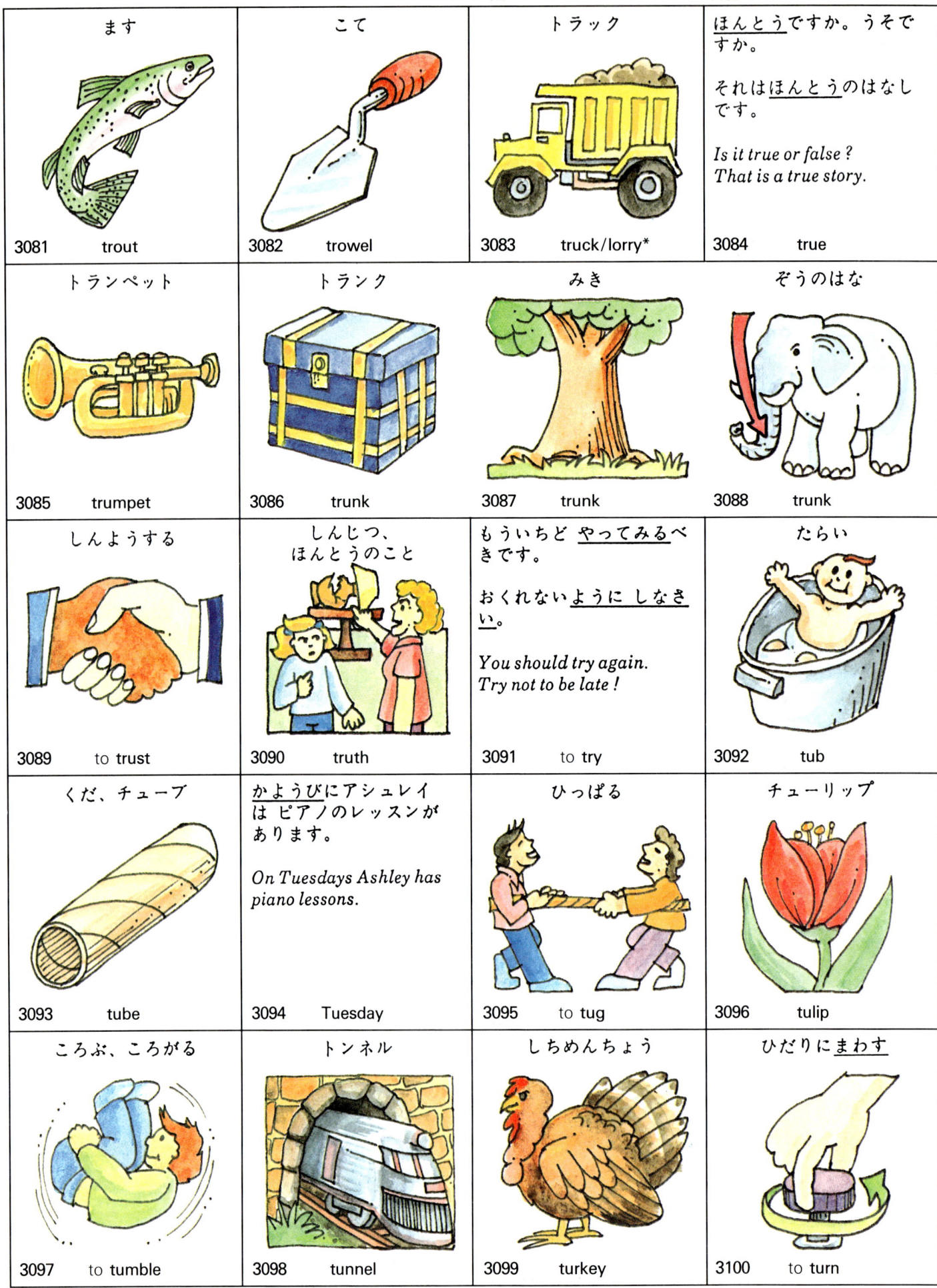

ます	こて	トラック	ほんとうですか。うそで すか。 それはほんとうのはなし です。 *Is it true or false ?* *That is a true story.*
3081 trout	3082 trowel	3083 truck/lorry*	3084 true

トランペット	トランク	みき	ぞうのはな
3085 trumpet	3086 trunk	3087 trunk	3088 trunk

しんようする	しんじつ、 ほんとうのこと	もういちど やってみるべ きです。 おくれない ように しなさ い。 *You should try again.* *Try not to be late !*	たらい
3089 to trust	3090 truth	3091 to try	3092 tub

くだ、チューブ	かようびにアシュレイ は ピアノのレッスンが あります。 *On Tuesdays Ashley has piano lessons.*	ひっぱる	チューリップ
3093 tube	3094 Tuesday	3095 to tug	3096 tulip

ころぶ、ころがる	トンネル	しちめんちょう	ひだりにまわす
3097 to tumble	3098 tunnel	3099 turkey	3100 to turn

けす	つける	ジョンは いいせいねんに なりました。	ひっくりかえす
		きっと うまくいく でしょう。	
		John turned out to be a fine young man. *I am sure things will turn out alright.*	
3101 to turn off	3102 to turn on	3103 to turn out	3104 to turn over
かぶ	ターンテーブル	トルコいしのいろ、そらいろ	ちいさなとう
3105 turnip	3106 turntable	3107 turquoise	3108 turret
うみがめ	きば	けぬき	アシュレイは にど どうぶつえんに いったことが あります。 トムは ぼくのにばいも ほんをもっています。
			Ashley has been to the zoo twice. *Tom has twice as many books as me.*
3109 turtle	3110 tusk	3111 tweezers	3112 twice
こえだ	ふたご	ほしがきらきらひかる	くるくるまわす
3113 twig	3114 twins	3115 Stars twinkle.	3116 to twirl
ねじる、よる	ふたつ、に	タイプする	タイプライター
3117 to twist	3118 two	3119 to type	3120 typewriter

U

3121 ugly — みにくい

3122 umbrella — かさ

3123 uncle — トムおじさんは おかあさんの おにいさんです。もうひとりの おじさんは おとうさんの おとうとです。
Uncle Tom is my mother's elder brother.
My other uncle is my father's younger brother.

3124 under — アシュレイは テーブルの したに かくれています。ごさいいかの こどもは いかれません。
Ashley is hiding under the table.
Children under 5 cannot go.

3125 to understand — わかる、りかいする

3126 underwear — したぎ

3127 to undress — ぬぐ

3128 unhappy — かなしい、ふこう(な)

3129 unicorn — ユニコーン

3130 uniform — ユニフォーム

3131 university — だいがく

3132 to unload — にをおろす

3133 to unlock — かぎをはずす

3134 to unwrap — つつみをあける

3135 upright — まっすぐ

3136 upside-down — さかさま

3137 to use — つかう

3138 to use up — つかいきる

3139 useful — やくにたつ ナイフ

きゅうか、やすみ	じょうき	ニスをぬる
3140 vacation/holiday*	3141 vapor/vapour*	3142 to varnish

かびん	こうしのにく	やさい	のりもの
3143 vase	3144 veal	3145 vegetable	3146 vehicle

ベール	けっかん	ベノムは どくへびのどく です。 *Venom is the poison of a poisonous snake.*	すいちょく(の)、 たて(の)
3147 veil	3148 vein	3149 venom	3150 vertical

スポットは とてもいい いぬです。 アシュレイは カールが たいへんあたまがいいと おもいます。 *Spot is a very nice dog. Ashley thinks Carl is very clever.*	ベスト、チョッキ	じゅうい	ぎせいしゃ
3151 very	3152 vest/waistcoat*	3153 veterinarian/veterinary surgeon*	3154 victim

ビデオ	ビデオのテープ	やまのうえのけしきは す ばらしかったです。 ひとりひとり もののみか たが ちがいます。 *What a wonderful view from the top of the mountain! We each have our own point of view.*	むら
3155 video recorder	3156 video tape	3157 view	3158 village

わるもの	つる	す	すみれ
3159　villain	3160　vine	3161　vinegar	3162　violet

バイオリン	ビザ、さしょう	こんやは くもが おおくて ほしが ほとんど <u>みえません</u>。 *There are many clouds tonight and the stars are barely visible.*	ほうもんする、たずねる
3163　violin	3164　visa	3165　visible	3166　to visit

バイザー	このじしょは <u>ごい</u>をふやすのに やくだちます。 *This dictionary helps increase your vocabulary.*	こえ	かざん
3167　visor	3168　vocabulary	3169　voice	3170　volcano

バレーボール	ボランティア	はく、もどす	とうひょうする
3171　volleyball	3172　volunteer	3173　to vomit	3174　to vote

ゆうけんしゃ	A,E,I,O,U は えいごの <u>ぼいん</u>です。 *A,E,I,O,U are vowels in English.*	こうかい	はげたか
3175　voter	3176　vowel	3177　voyage	3178　vulture

あさいプール 3179 to wade	ワッフル 3180 waffle	ワゴン 3181 wagon/cart*

なきさけぶ 3182 to wail	ウエスト 3183 waist	まつ 3184 to wait	おこす 3185 to wake
あるく 3186 to walk	かべ 3187 wall	さいふ 3188 wallet	くるみ 3189 walnut
せいうち 3190 walrus	まほうつかいのつえ 3191 wand	ほうろうする、さまよう 3192 to wander	ケーキが もっとほしい ひとは（だれですか）？ おかあさんは アシュレイ に おさらあらいをてつだ ってもらいたいのです。 *Who wants more cake ? Mother wants Ashley to help wash the dishes.* 3193 to want
せんそう 3194 war	いしょう 3195 wardrobe	そうこ 3196 warehouse	あたたかい 3197 warm

あたたまる	ちゅういする	うさぎのはんしょくち	ぐんじん、ぶし
3198 to warm up	3199 to warn	3200 warren	3201 warrior
いぼ	あらう	せんたくき	(お)てあらい、トイレ
3202 wart	3203 to wash up	3204 washing machine	3205 washroom/toilet*
すずめばち	むだにする	とけい	じっとみる
3206 wasp	3207 to waste	3208 watch	3209 to watch
みず	じょうろ	クレソン	たき
3210 water	3211 watering can	3212 watercress	3213 waterfall
すいか	ぼうすい	すいじょうスキー	なみ
3214 watermelon	3215 waterproof	3216 waterskiing	3217 wave

てをふる	ウェーブのある	ろう	よわい
3218　to wave	3219　wavy	3220　wax	3221　weak
ぶき	きる	いたち	てんき
3222　weapon	3223　to wear	3224　weasel	3225　weather
おる	みずかきあし	けっこんしき、こんれい	くさび (がたのもの)
3226　to weave	3227　web foot	3228　wedding	3229　wedge

すいようびには アシュレイは ごみをだします。

On Wednesdays, Ashley takes out the garbage.

3230　Wednesday

ざっそう	しゅう	
3231　weed	3232　week	

ベラおばさんが しゅうまつ あそびにきます。
ラジオでは、この しゅうまつ あめがふるといっています。

Aunt Vera will visit us this weekend.
The weatherman says it will rain this weekend.

3233　weekend

なく	はかる	ふしぎ(な)、きみょう(な)、へん(な)	むかえる、かんげいする
3234　to weep	3235　to weigh	3236　weird	3237　to welcome

いど
3238　well

げんき
3239　I feel well.

にし
3240　west

ぬれている
3241　wet

くじら
3243　whale

はとば
3244　wharf

ねこを どうしたんです
か？
あさごはんになにをたべ
ますか。

*What did you do to your
cat ?*
*What are you going to have
for breakfast ?*

3245　what

ぬらす
3242　to wet

むぎ
3246　wheat

しゃりん
3247　wheel

いちりんしゃ
3248　wheelbarrow

くるまいす
3249　wheelchair

いつ ベロおばさんは
きますか。

おたんじょうびは いつで
すか。

*When is Aunt Vera
coming ?*
When is your birthday ?

3250　when

どこで うまれましたか。

ねこがまいごになって
どこにいるか わかりま
せん。

Where were you born ?
*Our cat is lost and we have
no idea where she is.*

3251　where

どれ
3252　which one

めそめそする
3253　to whine

むち
3254　whip

よたか
3255　whippoorwill

あわたてき
3256　whisk

ほおひげ
3257　whisker

ささやく 3258　to whisper	ふえ 3259　whistle	くちぶえを ふく 3260　to whistle	しろ 3261　white
だれが きますか。 3262　Who is going?	どうしてか しりたいです。 どうして アシュレイは おぼえられないのですか。 *I want to know why. Why can Ashley not remember?* 3263　why	ろうそくのしん 3264　wick	わるい 3265　wicked
はばが ひろい 3266　wide	(きみの) おくさん、 (ぼくの) かない 3267　wife	やせいのどうぶつ 3268　The lion is a wild animal.	やなぎ 3269　willow
しおれる 3270　to wilt	ずるい 3271　wily	かつ、ゆうしょうする 3272　to win	ちぢみあがる、すくむ 3273　to wince
かぜ 3274　wind	まく 3275　to wind	ウィンドブレーカー 3276　windbreaker	ふうしゃ 3277　windmill

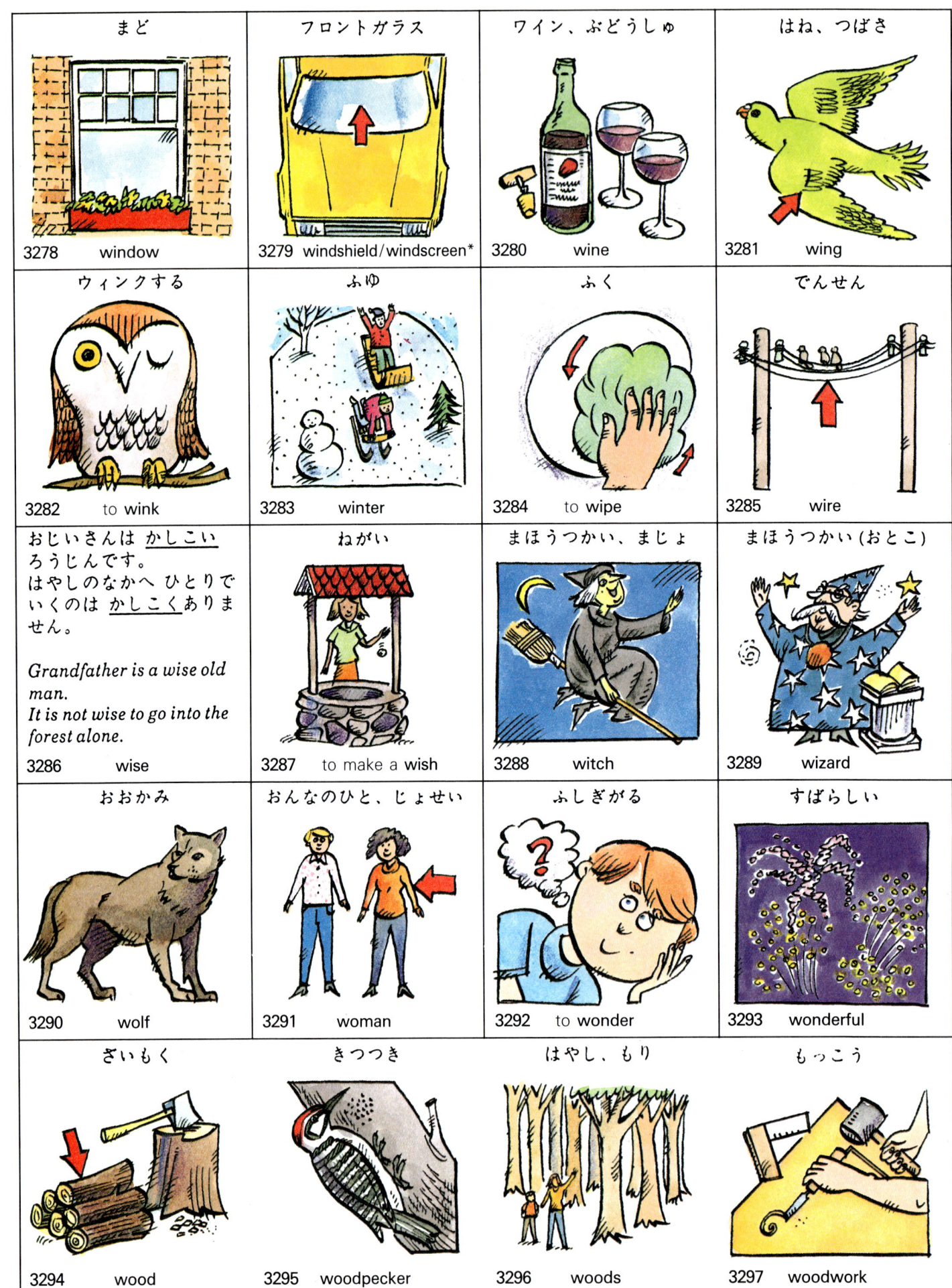

まど	フロントガラス	ワイン、ぶどうしゅ	はね、つばさ
3278 window	3279 windshield/windscreen*	3280 wine	3281 wing
ウィンクする	ふゆ	ふく	でんせん
3282 to wink	3283 winter	3284 to wipe	3285 wire
おじいさんは かしこい ろうじんです。 はやしのなかへ ひとりで いくのは かしこく ありません。 *Grandfather is a wise old man.* *It is not wise to go into the forest alone.* 3286 wise	ねがい 3287 to make a wish	まほうつかい、まじょ 3288 witch	まほうつかい（おとこ） 3289 wizard
おおかみ	おんなのひと、じょせい	ふしぎがる	すばらしい
3290 wolf	3291 woman	3292 to wonder	3293 wonderful
ざいもく	きつつき	はやし、もり	もっこう
3294 wood	3295 woodpecker	3296 woods	3297 woodwork

ウール	ことば	しごと	はたらく
3298 wool	3299 word	3300 work	3301 to work

ワークショップ、しごとば	せかい	みみず	うんどうする
3303 workshop	3304 world	3305 worm	3302 to work out

しんぱいする	けが、きず	つつむ	はなわ
3306 to worry	3307 wound	3308 to wrap	3309 wreath

こわれたもの、ざんがい	みそささい	レスリングする	しぼる
3310 wreck	3311 wren	3312 to wrestle	3313 to wring

| てくび | うでどけい | かく | ひとをだましたり、うそをついたりするのは わるいことです。このバスは まちがったほうこうに いっています。

It is wrong to cheat and to lie.
Our bus is going the wrong way. |
|---|---|---|---|
| 3314 wrist | 3315 wristwatch | 3316 to write | 3317 wrong |

	レントゲン	もっきん	ヨット
	3318 X-ray	3319 xylophone	3320 yacht

にわ	あくびする	とし	さけぶ
3321 yard/garden*	3322 to yawn	3323 year	3324 to yell

きいろ	こたえは イエスですか、 ノーですか。 もし こたえが 「はい」な ら、てをあげてください。 *Is it yes or no ?* *If your answer is "yes",* *please raise your hand.*	アイスクリームを たべす ぎて きのうアシュレイは びょうきになりました。 *Yesterday Ashley was sick* *from eating too much ice* *cream.*	ゆずる
3325 yellow	3326 yes	3327 yesterday	3328 to yield/give way*

たまごのきみ	わかい	しまうま	ゼロ、れい
3329 yolk	3330 young	3331 zebra	3332 zero

ジッパー	どうぶつえん	(きゅうに) じょうしょうする	ズッキーニ
3333 zipper/zip*	3334 zoo	3335 to zoom	3336 zucchini/courgette*

HIRAGANA INDEX

The following index lists in alphabetical order all the Hiragana terms used in this dictionary. The number(s) following each term refer to the picture number(s) in which the term appears. For a complete listing of Hiragana, Kanji and Romaji terms, see the Concordance at the back of this book.

ジッパー 3333
しっぱい 939
しっぽ 2908
しつもんする 2313
しつりょう 1744
しつれい 919
じてんしゃ 244, 246, 714
じどう 130
しどうしゃ 1598
じどうしゃ 436
しぬ 763
しはいしゃ 2473
しばかりき 1593
しばふ 1592
しばる 250
じびき 762
ジプシー 1142
しへい 247
しぼる 3313
しま¹ 1467
しま² 2854
しまうま 3331
じまんする 297, 330
しみ 287, 2767, 2787
しめころす 2841
しめる¹ 1819
しめる² 960, 2999
しめる³ 2672
じめん 1216
しも 1078
しもん 994
ジャービル 1125
シャープ(な) 2584
じゃがいも 2213
しゃがむ 2780
じゃぐち 964, 2929
しゃけ 2494
ジャケット 1473
しゃこ 1102
しゃしょう 606
しゃしん 2100
しゃせん 1570
シャツ 2606
しゃっくり 1324
シャッター 2632
しゃどう 2051
しゃぶる 2862
しゃべる 496

シャベル 2622
ジャム 1477
しゃめん 2692
じゃり 1192
しゃりん 3247
しゃれた 953
シャワー 2626
ジャンク 1508
ジャングル 1507
ジャンパー 1504
ジャンパーケーブル 1505
シャンプー 2581
ジャンプする 1500
しゅう 3232
じゅう 2957
じゆう(な) 1068
じゅうい 3153
しゅうかく 677
じゅうがつ 1934
しゅうかん 1234
しゅうげき 2334
じゅうじか 678
しゅうしふ 2087
じゅうしょ 17
しゅうじん 2248
じゅうしん 180
ジュース 1498
しゅうぜんする 2399
しゅうだん 1218
じゅうたん 446
しゅうちゅうする 602
じゅうでんする 492
じゅうにがつ 739
じゅうばんめ 2961
じゅうぶん 900
しゅうまつ 3233
じゅうよう 1428
じゅうりょく 1193
じゅえき 2501
じゅくす 2431
しゅくだい 1356
しゅじゅつ 1954
しゅじん 1407
しゅちょうする 1446
しゅっけつする 274
しゅっせき 2229
しゅみ 1343

しゅるい 1528
じゅんしゅ(の) 1122
しょう¹ 488
しょう² 2250
じょう 1677, 1992
じょうおう 2312
しょうが 1140
しょうがい 1254
しょうかいする 1456
しょうかき 931
しょうかする 767
しょうがっきん 2525
しょうがっこう 2239
じょうき 3141
じょうきゃく 2037
しょうこ 2260
しょうご 1788, 1921
じょうご 1088
しょうこう 1940
じょうざい 2117, 2904
しょうじき 781, 1357
しょうしょう 1822
じょうしょうする 3335
しょうぞうが 2206
しょうたい 1461, 1462
じょうだん 1495
しょうとつ 579, 580
しょうねん 327
じょうはつ 910
じょうひん(な) 1176
しょうぼうし 1001
しょうぼうしゃ 998
しょうめい 1015
しょうめいしょ 479
しょうめいする 2267
じょうりょくじゅ 913
じょうろ 3211
ショーウィンドー 2615
ジョーク 1495
ショートパンツ 2618
ジョギングする 1492
しょくじ 1758
しょくだい 422
しょくどう 771
しょくぶつ 2145
しょくもつ 1043
しょくりょうひん 1210
しょくりょうひんてん

1209
じょせい 1556, 3291
しょっきあらいき 786
ジョッキー 1491
しょっきだな 697, 1409
ショック 2608
しらせる 1438
しらべる 499, 916, 1447
シリアル 477
しりたがりや 702
しりつ(の) 2249
シリンダー 715
しろ 456, 3261
しろくま 2183
シロップ 2901
しろのあと 2471
しん 3264
しんきろう 1804
シングル 2602
しんけい 1897
しんけいしつ 1898
しんごう 3048
しんごうをおくる 2639
しんし 1121
しんしつ 215
しんじつ 3090
ジンジャーブレッド 1141
しんじゅ 2062
しんじる 228
しんせい(な) 1354, 2484
じんせい 1634
しんせき 2392
しんせつ(な) 1529
しんせん(な) 1070
しんぞう 1294
じんぞう 1522
しんだ 736
じんだい 1056
しんにゅうする 1457
しんぱいする 3306
シンバル 716
しんばんいん 2382
シンプル(な) 2645
しんぶん 1904
しんようする 3089
しんらい 943
しんりょうじょ 545
しんるい 2392

そだつ 1219
ソックス 2717
そって 52
そっとする 1215
そで 2682
そと 1971
そとにでる 2814
そばかす 1067
ソファー 2719
ソフト(な) 2720
そら 36, 2669
そらいろ 3107
そらす 2892
そり 2677
それぞれ 857
それる 2663, 2892
ソレル 2730
そろえる 3074
そろばん 1
そんざい(する) 921
そんしょうのある 724

た　タ

ダース 881
ダーツ 731
ターミナル 2962
ターンテーブル 3106
だい 2513
だいおう 2412
たいかい 1932
だいがく 3131
たいかくせん 757
だいく 445
たいくつ 311
たいこ 841
たいしょう 18, 1118
だいじょうぶ 56
だいすき 19
たいせつ(な) 1428
だいだい 1959
だいどころ 1536
タイプする 3119
タイプライター 3120
たいへん 3151
たいほう 425
たいほする 101
タイム 2992

タイヤ 3007, 3063
ダイヤモンド 759
たいよう¹ 1932
たいよう² 2868
たいら 912, 1019, 1625
たいらにのばす 1020
たいりく 617
だいりせき 1731
タイル 3000
だえんけい 1973
タオル 3039
たか 1282
たかい 925, 1328
たからもの 3064
たき 3213
だきあう 890
だきあげる 2103
だきしめる 2781
たきび 304
だく 1348
たくさん 1729
タクシー 2940
たくましい 3037
だけ 1951
たこ¹ 1537
たこ² 1935
たしか 478
たす 16
だす 1251, 1717, 2340
たすけだす 2404
たすける 34, 1308
たづな 2391
たずねる 3166
たたかう 984
たたく 164, 1339, 1545
　　　2218, 2343, 2674
　　　2740, 2852
ただしい 1510, 2422
だちょう 1968
たつ 2794
ダッシュボード 732
たつのおとしご 2543
たつまき 3032
たて 2598
たて(の) 3150
たてがみ 1726
たてる 374
たな 2594

たね 2558
たねうま 2792
たねをまく 2737
たのしむ 898, 1085
たば 383
たばこ 531, 2703
たびたび 1941
タフ(な) 3037
ダブル 806
たぶん 1753
たべさせる 972
たべもの 1043
たべる 868, 870
　　　871, 2352
たま 377
たまご 876
たまごがた 1973
たまつき 249
たまねぎ 1950
たまをこめる 1671
ダム 723
ため 1048
ためいきをつく 2637
ためこむ 1341
ためらう 1321
ためる 2508
たら 570, 1235
たらい 3092
タラゴン 2935
だらしのないひと 2691
たらたらおちる 3071
たる 179
タルト 2936
だれ 3262
だれも 1919
たれる 830
タレント 2919
だん 2812
たんか 2850
タンカー 2928
たんがんする 2157
タンク 2927
たんけんする 929
ダンサー 727
たんじょうび 254
たんす 823
たんすう 2647
ダンスする 726

だんせい 1723
たんてい 755
たんとう 719
タンバリン 2922
ダンプカー 852
たんぽぽ 728
たんまつ 2962
だんろ 1002

ち　チ

ち 284
ちいき 791, 2386
ちいさい 1666, 2697
　　　3003
ちいさいふね 770
ちいさなとう 3108
ちいさななみ 2432
チーズ 501
チーム 2944
チェーン 480
チェーンソー 481
ちがでる 274
ちかい 1881
ちがい 764
ちかしつ 186, 471
ちかづく 86
ちがった 765
ちきゅう 862
ちこく 1582
ちず 119, 1730
ちずちょう 119
ちちおや 963
ちぢみあがる 3273
ちぢむ 2629
ちぢれげ 701
チックピー 507
ちっちゃな 3003
チップ 3005
ちのみご 1435
ちへいせん 1372
ちめいてき(な) 962
チャイブ 519
ちゃいろ 360
ちゃくりくする 1567
ちゃわん 696
チャンピオン 484
ちゅういする 123, 3199

にぎる 559
にきび 2122
にく 1025, 1762
にくや 394
にぐるま 450
にげる 908, 1023, 2476
にし 3240
にじ 2338
にしきへび 2304
にしん 1320
にしんのくんせい 1533
ニスをぬる 3142
にせもの 944
にちぼつ 2873
にちようび 2869
にっき 761
ニックネーム 1909
ニッケル 1908
にっしょく 873
にど 3112
にばい 3112
にばんめ 2554
にぶい 293
にもつ 1701
にやにやする 1205
にゅうぎょう 721
ニュース 1903
にゅうばち 1835
にる 301
にれ 888
にわ 3321
にわとり 508, 1312
にをおろす 3132
にをつむ 1672
にんき 2199
にんぎょ 1774
にんぎょう 800
にんじん 448
にんしんする 2228
にんにく 1107

ぬ ヌ

ぬいぐるみ 2858
ぬいめ 2547
ぬう 2573
ぬぐ 1938, 3127
ぬすむ 2805

ぬの 550
ぬま 1741
ぬらす 3242
ぬりぐすり 1943
ぬりたて 1997
ぬる 1998, 2700, 2771
ぬるぬるした 2685
ぬれている 725, 3241

ね ネ

ね 2454
ネオンサイン 1895
ねがい 3287
ネクタイ 2996
ネクタリン 1887
ねこ 457
ねじ 2539
ねじまわし 2540
ねじる 3117
ねずみ 2348
ねずみいろ 1202
ねだん 2236
ねつ 980
ネックレス 1885
ねむい 840, 2680
ねむっている 111
ねむる 2678
ねらう 35
ねりこ 807
ねんど 540, 2150
ねんりょう 1083, 2824
ねんれい 30

の ノ

のう 331
のうさぎ 1269
のうさんぶつ 2252
のうじょう 957
のうふ 958
のこぎり 2509
ノックする 1545
のど 2984
のどがかわいている 2977
のどにひっかかる 523
のどをならす 2293
のばす¹ 2299

のばす² 2849
のぼる¹ 544, 1160
のぼる² 2433
のみ¹ 518
のみ² 1022
のみこむ 2884
のみもの 828
のむ 829
のり 1156
のりあげる 32
のりくみいん 668
のりもの 3146
のる 1131, 1844, 2419
のんびりする 2393

は ハ

は¹ 265
は² 3024
は、はっぱ 1599
バー 168
バーゲン 172
パースニップ 2030
パーティー 2033
パートナー 2032
ハープ 1273
ハーモニカ 1271
はい¹ 107
はい² 3326
はい³ 1708
はい、はえ 1036
パイ 2109
ハイウェイ 1331
バイオリン 3163
はいかんこう 2167
バイザー 3167
はいざら 108
はいしゃ 748
ハイジャックする 1332
はいすいぐち 815
はいたつする 764
ばいてん 1532
はいでんばん 2010
パイナップル 2126
パイプ 2128
ハイフン 1412
はいる 901, 1129, 1159
パイロット 2121

はう 661
パウダー 2221
はえ、はい 1036
はえる 1219
はか 1191, 3017
ばか 1420, 2643
はがいたい 3025
はかいする 753
ばかにする 1815
はがね 2807
はかり 2515
はかる 1761, 3235
はぎとる 2948
はく¹ 2890
はく² 2987, 3173
ばぐ 1272
はぐき 1231
はくしゅする 83, 537
はくち 1420
はくちょう 2885
ばくはする 270
ばくはつ 269, 930
はくぶつかん 1860
はぐるま 1116
はけ 364, 1999
はげたか 3178
バケツ 368, 1994
はげている 154
はこ 325, 453
はこぶ 449, 3057
バザー 198
ばさばさのパン 2790
はさみ 539, 2123, 2528
はし¹ 347
はし² 526
はし³ 874
はしか 1760
はしご 1554
はしばみ 1285
はじまる 224
パジャマ 2302
ばしょ 2137
はしら 2118, 2184
はしる 2475, 2776
バス 389
はずかしがり 2633
はずかしがる 889
バスケット 188

ふりこ 2076
プリズム 2246
プリムラ 2240
プリン 2273
プリンス 2241
プリンセス 2242
ふる 2579
フルーツ 1080
ブルーベリー 292
プルーン 2270
ふるえる 2322, 2607, 3066
プルオーバー 2279
ブルトーザー 376
ブレーキ 332
ブレーキをかける 333
フレーバー 1021
ブレザー 272
ブレスレット 329
プレゼント 2230
ブレンダー 275
ふろ 192
ふろうしゃ 3053
ブローチ 355
プログラム 2254
プロジェクト 2256
ブロック 281
ブロックする 282
ブロッコリー 354
ふろば 193
プロペラ 2262
ブロンド 283
フロントガラス 3279
ふん、ぶん、ぶん 1802
ぶん 1064, 2310
ぶんしょう 2566
ふんすい 1062

へ ヘ

ヘアードライヤー 1240
ヘアーバンド 161
ヘアーブラシ 1238
へいえい 178
へいげん 2223
へいこうせん 2020
へいたい 2721
へいや 2140

ベイリーフ 197
へいわ(な) 2055
ベーコン 144
ページ 1993
ベージュ 227
ベース 184
ヘーゼル 1285
ヘーゼルナッツ 1286
ベール 3147
へこます 747
へこみ 1214
ベスト 3152
へそ 230
ペダル 2068, 2069
ペチュニア 2095
ベッド 213
ペット 2092
ベッドルーム 215
ヘッドレスト 1289
べとべとした 2817
へび 2707
ベビーベッド 669
へや 2452
ヘヤクリップ 181
ヘヤピン 299
へり 1310
ペリカン 2073
ヘリコプター 1303
ベル 229
ベルト 233
ヘルメット 1307
ベレーぼう 237
ペン 2074
へん(な) 3236
ペンキ 1996
ペンキや 2000
べんきょうする 2857
ペンギン 2077
へんそう 783
ベンチ 234
ペンチ 2161
べんとう 1706
へんとうせん 3022
べんとうばこ 1707

ほ ホ

ほ 2488

ホイールキャップ 1393
ぼいん 3176
ポインセチア 2176
ぼうえんきょう 2952
ほうき 357
ぼうきれ 2816
ぼうけん 23
ほうこう 774
ぼうし 430, 1276
ぼうしかけ 2327
ぼうすい 3215
ほうせき 1117, 1488
ほうたい 163
ぼうどう 2429
ぼうふう 1404
ほうほう 1783
ほうもんする 3166
ほうりつ 1591
ぼうりょくだん 1100
ほうれんそう 2756
ほうろうする 3192
ほえる 174, 2438
ほお 500
ボーイスカウト 2533
ホース 1381
ポーター 2205
ポータブル 2204
ポーチ¹ 2200
ポーチ² 2215
ボート 298
ポーニー 2192
ホーバークラフト 1390
ほおひげ 3257
ホーム 2153
ホール 1242
ボール 155, 324
ボールがみ 439
ボールばこ 451
ほかけぶね 2490
ほかに 239
ポキッとおる 2708
ぼきん 1086
ボクサー 326
ぼくじょう 2044
ほくろ 1821
ポケット 2173
ほこうしゃ 2070
ほこり 775, 855

ほこりたかい 2266
ほこる 2266
ほし 2795
ほしい 3193
ほしぐさ 1283
ほしぶどう 2341
ほしょう 2567
ほす 843
ボス 314
ポスター 2211
ポスト 2207, 2208
ほそい 2973
ほたてがい 2516
ボタン 397
ほっきょく 93
ほっきょくぐま 2183
ほっしん 2346
ほっそりした 2684
ホテル 1386
ほどう 2636
ほとんど 50
ほね 303
ほのお 271, 1013
ポピー 2198
ポプラ 2197
ほほ 500
ほほをあからめる 294
ほめる 2224
ほらあな 466
ボランティア 3172
(お)ほり 1814, 3067
ポリッジ 2202
ほる 766
ボルト 302
ホルン 1375
ほん 305
ほんだな 306
ポンド 2217
ほんとう 3084, 2360
ほんとうに 2362
ほんとうのこと 3090
ポンド 1970
ボンネット 1364
ポンプ 2281, 2282
ほんもの(の) 1122, 2360

もう 55
もうしでる 1939
もうじん 276
もうひとつ 69
もうふ 268
もえる 386
モーター 1840
モーターボート 1585
もくざい 1704
もくようび 2991
もぐら 1820
もけい 1817
モザイク 1836
もし 1422
もじ 1622
モダン 1818
もちあげる 1297, 1636
もちかえり 2917
もちかえる 2913
もちさる 2912
もつ 1580
もつ、もっている **1281**,
    1348, **1982**
もっきん 3319
もっこう 3297
もっていく 2910
もってくる 351
もつれる 2926
もどす 2375, 2987
    3173
もの 2974
ものがたり 2835
ものほしづな 552
もみ 996, 2777
もめん 636
もも 2056, 2971
もや 1284, 1809
もらう 2369
もり 1051, 3296
もる 1600
もろい 1065
モルモット 1227
もん 114
モンクフィッシュ 1826
モンスター 1827
もんだい 2251

や　ヤ

や 103
やがい 1971
やかん 1516
やぎ 1162
やきゅう 185
やく 149, 1081, 1203
やくざいし 2096
やくそう 1314
やくそくする 2257
やくにたつ 3139
やくみのきいた 2751
やぐら 2513
やけどする 2514
やさい 3145
やさいばたけ 1105
やさしい¹ 867
やさしい² 1120, 1529
やしのみ 569
やすい 497
やすうり 172
やすまずに 2050
やすみ 1351, 3140
やすむ 1694, 2407
やせい 3268
やっきょく 2097
やっつ 878
やづつ 2321
やっつめ 879
やってみる 3091
やどりぎ 1810
やなぎ 3269
やね 2451
やねいた 2601
やねうら 124, 1681
やぶ 391
やぶく 2947
やま **1845**, 2116
やまごや 400, 1680
やまびこ 872
やり 1565, 2746
やわらかい 2720

ゆ　ユ

ゆうかいする 1521
ゆうかん(な) 335
ゆうき 645

ゆうぐれ 854
ゆうけんしゃ 3175
ゆうごはん 2875
ゆうしょうする 3272
ゆうしょく 772, 2875
ゆうびんきょく 2209
ゆうびん 1717
ゆうびんはいたつ 1718
ゆうめい 951
ゆうり 22
ゆうれい 1134
ゆか 1029
ゆがんだ 676
ゆき 2712
ゆきどけ 2696
ゆげ 2806
ゆすぐ 2428
ゆする 2443
ゆずる 3328
ゆっくり 3078
ユニコーン 3129
ユニフォーム 3130
ゆび 993
ゆびさす 2177
ゆびぬき 2972
ゆびわ 2425
ゆぶね 194
ゆみ 322
ゆめ **819**, 820, 1913
ゆり 1647
ゆりいす 2445
ゆりかご 656
ゆるい 1689
ゆるす 1053

よ　ヨ

よい 1167
ようい 2359
よういする 2269
ようき(な) 1775
ようさい 1057
ようし 1988
ようじ 906, 1435
ようせい 942
ようふく 551
ようふくだんす 549
ようふくや 2909

ようほうじょう 80
ようもう 1024
ヨーロッパ 909
よくばり(の) 1197
よこぎる 15, 679
よこすべり 2663
よこになる 1633
よごれ 2767
よごれた 776, 1204
よし 2378
よすてびと 1317
よたか 3255
よだれかけ 243
よだれ 824, 834
ヨット 3320
よびのタイヤ 2741
よびだす 411
よぶ 409
よむ 2358
よりわける 2732
よる¹ 837
よる² 1911
よる³ 2831
よる⁴ 3117
よろい 97
よわい 3221

ら　ラ

ラード 1575
らいう 2990
ライオン 1658
ライバル 2435
ライム 1649
ライむぎ 2482
ライラック 1646
らく(な) 590, 867
ラクーン 2325
らくだ 413
らくのう 721
ラジエーター 2329
ラジオ 2330
ラズベリー 2347
らせんじょう(の) 2758
らっぱ 373
ラディッシュ 2331
ラベル 1550
ラベンダー 1590

ROMAJI INDEX

The following index lists in alphabetical order the Romaji equivalents of the Hiragana terms used in this book. Not all Hiragana terms have a Romaji expression, and some Romaji expressions (those taken directly from English) have been excluded from this index. All other Romaji expressions are listed alphabetically, with the picture number following. For a complete listing of Hiragana, Kanji and Romaji terms, see the Concordance at the back of this book.

genki ga ii 1668
genkin 454
genkotsu 1008
genshi 121
gensoku 2244
getsu 1828
getsuyoobi 1823
gifuto 1136
gikai 2027
gin 2644
ginkoo 166
giron suru 94, 781
giseesha 3154
gishi 897
gitaa 1228
giza giza 1475
go 1009, 1571
go gatsu 1752
gobam me 983
gochisoo 969
gogo 27
gohan 2416
goi 3168
gokakkee 2079
gomen nasai 919
gomi 1103, 1292
gomi no yama 850
gomi-ire 1104
gomu 2465
gooban 2171
goojasu (na) 1171
gooka (na) 1171
gootoo 2440
goro 99
gorufu 1166
gun 2887
gunjin 3101
gurafu 1187
gurai 2
guramu 1179
guriin piisu 1199,
2063
gururi to 99
guusuu 911
guuwa 936
gyaku 2410
gyokuza 2985
gyoogi ga ii 225,
1728
gyuunyuu 1793

h

ha 265, 1599, 3024
ha ga itai 3025

haba ga hiroi 3266
habataki suru 1014
haburashi 365, 3026
hachi 216, 878
hachi no su 1340
hachibam-me 879
hachidori 1398
hachigatsu 126
hachimitsu 1358,
1359
hachuurui 2403
hada 2664
hada-zamui 512
hadaka 1872
hadashi 171
hae 1036
haeru 1219
hagane 2807
hagetaka 3178
hagete iru 154
hagitoru 2948
haguki 1231
haguruma 1116
hahaoya 1839
hai 107, 1036,
1708, 3326
haiden-ban 2010
haijakku suru 1332
haikankoo 2167
hairu 901, 1129,
1159
haisha 748
haisui-guchi 815
haitatsu suru 746
haizara 108
hajimaru 224
haka 1191, 3017
hakai suru 753
hakari 2515
hakaru 1761, 3235
hake 364, 1999
hakka 2082
hakkakkee 1933
hakken suru 780
hako 325, 453
hakobu 449, 3057
haku 2890, 2987,
3173
hakubutsukan 1860
hakuchi 1420
hakuchoo 2885
hakushu suru 83,
537
hamaguri 535

hamaki 530
hambun 1241
hameru 122
hamigaki 3027
han'en 2563
hana 285, 1032,
1923
hanabi 1000
hanabira 2094
hanamuko 346,
1211
hanarejima 2396
hanareru 78
hanareta 790
hanashi 936, 2835,
2918
hanashiau 781,
2920
hanasu 1621, 2394,
2745, 2920
hanataba 321
hanawa 3309
hanayome 345
hane 970, 3281
hane buton 2319
hane pen 2317
hanebashi 817
hanekasu 2761
hanemawaru 2225
hanji 1496
hankachi 1264
hankee 2332
hanketsu 2566
hankoo suru 2367
hankyuu 1311
hansamu (na) 1257
hansha suru 2383
hanshoku-chi 3200
hantai 1956
hantai suru 2367
hanzai gemba 2523
hanzai-nin 671
happa 1599
harappa 982, 2140
harau 2053
haretsu suru 387
hari 1890, 2238,
2318
harinezumi 1301
haru 1594, 2041,
2773
hasami 539, 2123,
2528
hashi 347, 526, 874

hashibami 1285
hashigo 1554
hashika 1760
hashira 2118, 2184
hashiru 2475, 2776
hassha dai 1587
hassha suru 1586
hasshin 2346
hata 1011, 1687
hatake 982
hataraku 3301
hato 808, 2114
hatoba 2311, 3244
hatsuka nezumi
1846
hatsumee suru 1459
hatsuon 2259
hau 661
haya 1799
hayai 860, 959,
2314, 2344
hayashi 1051, 3296
hazureru 2133
hazukashigari 2633
hazukashigaru 889
hazumu 320
hebi 2707
heekoosen 2020
heetai 2721
heewa 2055
heeya 2140
hei'ei 178
hekomasu 747
hekomi 1214
hen (na) 3236
hensoo 783
hentoosen 3022
heri 1310
heso 230
heya 2452
hi 735, 997
hi ga tsuku 44
hi o tsukeru 1638
hi o okosu 2824
hi-dokee 2870
hibana 2742
hibari 1577, 1757,
2670
hibi 654
hida 2160
hidari 1609
hidari-kiki 1610
hidoi 136
hifu 2664

higashi 866
hige 206
hige o soru 2589
higesori 2356
hiiragi 1353
hiji 881
hijikake isu 96
hijooguchi 999
hijoojitai 892
hikaru 2743, 3115
hikidashi 818
hikigane 3073
hikizuru 812, 1279
hikkaku 2537
hikkurikaeru 1979, 3004, 3030
hikkurikaesu 3104
hikooki 39
hikooshi 2121
hiku 1206, 2277, 2477, 2861
hikui 1698
himawari 2871
himitsu 2555
himo 2842, 2853
himo o musubu 1553
hinagiku 722
hinanjo 2596
hinode 2872
hinto 557
hipparu 1279, 2277, 2839, 3038, 3095
hippu 1336
hiraishin 1643
hiraku 1953
hirame 2722
hiranabe 2007
hire 990
hirogaru 923
hiroin 1319
hiroma 1242
hishaku 1555
hitai 1050
hito 2089
hitobito 2080
hitokire 2110
hitokuchi 257
hitori de 51
hitotsu 1949
hitsugi 572
hitsuji no ke 1024
hitsuji 2592
hitsujikai 2597

hitsuyoo 1883, 1888
hittakuru 1175
hiyake 2924
hiza 1540, 1573
hiza o tsuku 1541
hizuke 733
hizume 1365
ho 2488
ho'ohige 3257
ho(h) o akarameru 294
ho(h)o 500
hodoo 2636
hoeru 174, 2438
hoka ni 239
hokakebune 2490
hokkyoku 93
hokkyoku-guma 2183
hokoosha 2070
hokori 775, 855
hokoritakai 2266
hokoru 2266
hokuro 1821
hommono (no) 1122, 2360
homeru 2224
hon 305
hondana 306
hone 303
hono'o 271, 1013
hontoo 3084
hontoo ni 2362
hontoo (no) 2360
hontoo no koto 3090
hoohoo 1783
hooki 357
hookoo 774
hoomon suru 3166
hoomu 2153
hoorensoo 2756
hooritsu 1591
hooroo suru 3192
hooseki 1117, 1488
hootai 163
horaana 466
hori 1814, 3067
horu 766
hoshi 2795
hoshibudoo 2341
hoshigusa 1283
hoshii 3193
hoshoo 2567

hosoi 2973
hosshin 2346
hossori shita 2684
hosu 843
hotategai 2516
hoteru 1386
hotondo 50
hyakashoku megane 1511
hyakkaten 749
hyaku 1400
hyoo 1236, 1617, 2014
hyooga 1148
hyoohakuzai 273
hyoomen 2877
hyooryuu suru 825
hyoozan 1415

i

i 2825
ibo 3202
iburu 2380
ichi 1949
ichi-gun 1027
ichi-nen-see 1177
ichiban 240, 1004
ichiban ue 3028
ichido 1948
ichigatsu 1479
ichigo 2844
ichirinsha 3248
idetachi 1972
ido 3238
ie 1355, 1389
ifuku 551
ii 1167, 1907
iiharu 1446
iizeru 865
iji no warui 1759
ijimekko 379
ika 2782, 3124
ikada 2333
ikari 62
ike 2191
iken 777
ikeru 100
iki 341, 342, 522
ikimono 666
ikite iru 45
iku 1157
ikutsuka 2572
ima 1669
imooto 2652

in 2413
inago 1679
inaka 642
inanaku 1892
inchi 1431
inemuri (o) suru 810
inisharu 1440
inku 1443
inoru 2226
inoshishi 295
insatsu suru 2245
inseki 1780
inu 799, 2290
inugoya 1514
ippai ni suru 986, 987
ippai 1084
irakusa 1900
irie 196
iriguchi 902
iro 581
iru 1889
iruka 801
ise-ebi 1675
iseki 2471
isha 798
ishi 319, 2826
ishikeri geemu 1371
ishiki ga modoru 589
ishikiriba 2309
ishoo 634, 3196
isogashii 392
isogu 1405, 2747
issho ni 3014
issoku 2002
isu 482
ita 296, 2144, 2601
itachi 3224
itai 11, 1406, 2729
itameru 1081
itami 1995
itanda 145, 2763
itazura 1879
ito 2980, 2981
itoko 647
itomaki 2381, 2765
itosugi 717
itsu 3250
itsumo 59
itsutsu 1009
itsutsu ka muttsu 2572
itsutsu-me 983

karuku suru 1640
kasa 3122
kasasagi 1716
kasaneru 1595
kasegu 861
kaseki 1059
kashi no ki 1927
kashikoi 3286
kashira moji 1440
kassha 2278
kasu 1615, 1674
kata 1056, 1842, 2619
katabami 2730
katai 1268, 2818
katamari 529
katamuku 1601, 3001
katana 2899
katarogu 458
katatsumuri 2706
katazukeru 542, 2298
katsu 3272
kau 398
kawa 175, 687, 1090, 1604, 1325, 2424, 2436
kawaigaru 2093
kawaii 712
kawairashii 1697
kawaisoo (na) 2136
kawaite iru 832
kawakasu 843
kawari ni 1449
kawasemi 1531
kawauso 1969
kayoobi 3094
kayui 1470
kayumi 1468
kazan 3170
kazari 743
kazaru 742
kaze 3274
kazoeru 639
kazoku 950
ke 1237
ke no fusafusa shita 1091, 2578
keana 2201
kechi 1197, 1806
kechimbo 1806
keebu 1448
keekaku suru 2141

keekan 615, 2185
keeki 405
keekoku 2353
keemusho 1476, 2247
keeree suru 2496
keesanki 406
keesuuki 640
keeteki 1374
kega 1442, 3307
kegawa 1090
keisha shita 2673
kekkan 3148
kekkon-shiki 3228
kekkon suru 1740
kembikyoo 1786
kemono 207
kemushi 461
kenchikuka 92
kenka suru 984, 2308
kenkoo (na) 1291
kensa suru 1447
kenuki 3111
keredomo 393
keru 1518
keshi 2198
keshiki 2524, 3157
keshoo 1720
kesseki 4
kesshoo 2713
kesu 680, 3101
kettoo 848
kewashii 2470, 2808
kezuru 2536
ki 3065
ki no kawa 175
ki ni itta 967
ki no yasashii 1120
ki o ushinau 2035
ki no hahen 2762
kiba 954, 3110
kibarashi 2042
kibi kibi shita 31
kibishii 1274
kiboo ga nai 1370
kiboo suru 1369
kibun 2955
kichin to shita 1882, 2263, 2995
kieru 778, 1938
kigen ga ii 1830
kigen ga warui 1831
kiheetai 465

kiiro 3325
kiji 2098
kikansha 1678
kiken 729, 2434
kikku suru 1518
kikoeru 1293
kiku 110, 528, 1663
kikyuu 159
kimae no yoi 1119
kimeru 740
kimi 3329
kimi no warui 1215
kimochi no ii 2158
kimpatsu 283
kimyoo (na) 3236
kin 1126, 1164
kin'niku 1859
kinen'hi 1829
kingyo 1165
kinjiru 2255
kinoko 1861
kinoo 3327
kinyoobi 1071
kinzoku 1779
kiosuku 1532
kippu 2993
kira kira hikaru 3115
kirameku 2753, 3115
kirau 787
kire 550
kiree (na) 209, 2234, 2291
kiri 827, 1040, 1809
kirikabu 2859
kirin 1143
kirisame 833
kiritoru 711
kiritsukeru 2675
kiroguramu 1525
kiromeetoru 1526
kiru 452, 546, 709, 822, 2510, 2675, 3074, 3223
kiseki 1803
kisetsu 2550
kisha 3051
kishi 2616
kishu 1491
kiso 1061
kiso suru 492
kisoku 2472
kisu 1534, 1535
kita 1922

kitai 120, 1109
kitai suru 924
kitanai 776, 989, 1204
kitchin 1536
kitsune 1063
kitsutsuki 3295
kitte 2793
kitto 2876
kiyoo (na) 1258
kizamu 525
kizoku 1918
kizu 361, 2518, 3307
kizu tsukeru 1270
ko-eda 2816, 3113
ko-gatana 2078
ko-hitsuji 1561
ko-inu 2290
ko-nami 2432
ko-neko 1538
ko-uma 582
ko-ushi 408, 1451
ko-ushi no niku 3144
ko-yagi 1520
ko-zeni 485
kobito 856, 1790
koboreru 2754
kobosu 2754
kobu 380, 1399, 1705
kobushi 1008
kodomo 511, 1519
koe 3169
koeda 2816, 3113
kogeru 2531
kogitte 502
ko-gatana 2078
kogu 1991, 2463
koguma 691
koiru 573
koishi 2065
koishii 1807
koji 1967
kojiki 223
kojin 2249
koke 1838
kokemomo 1394
kokku 619
kokkyoo 309
koko 1316
kokonotsu 1914
kokonotsu-me 1915

naifu-fooku-rui 713
naifutogi 2585
nairon 1926
naka 61, 1455, 1445
nakama 594, 595
naki-sakebu 3182
naku 689, 3182, 3234, 3253
nakunaru 2478
nakusu 1690
nama 2354
namae 1873
namakemono 1596
namakeru 1694
namanurui 1702
nameraka (na) 2704
nameru 1630
nami 3217, 2432
namida 2946
nampasen 2605
nana 2570
nanabam-me 2571
nanakakkee 1313
naname (no) 2673
nanatsu 2570
nanatsu-me 2571
nandemo 76
nani 3245
nankyoku 72
naoru 699, 1290, 2375
naosu 1010, 2399
napukin 1874
naranda 2462
narasu 2426
narau 1602
nareta 2923
narihibiku 2059
naru 212, 3103
nashi 2061
nasu 877
nasuritsukeru 2700
natsu 2867
nawa 626, 2455
naya 177
nayamasu 2091
nazonazo 2418
nazoru 3043
ne 2454
nedan 2236
negai 3287
neji 2539
nejimawashi 2540

nejiru 3117
neko 457
nemui 840, 2680
nemuru 2678
nemutte iru 111
nendo 540, 2150
nenrei 30
nenryoo 1083
nenryoo o kuberu 2824
nerau 35
neriko 807
netsu 980
nezumi 2348
nezumi-iro 1202
-ni tsuite 2, 26
ni o tsumu 1672
ni o orusu 3132
ni 1429, 3118
ni-gatsu 971
nibai 3112
nibam-me 2554
nibui 293
nichibotsu 2873
nichiyoobi 2869
nido 3112
nigai 258
nigeru 908, 1023, 2476
nigiru 559
niguruma 450
niji 2338
nikibi 2122
nikkeru 1908
nikki 761
niku 1025, 1762
nikuya 394
nimotsu 1701
nin'niku 1107
ningyo 1774
ningyoo 800
ninjin 448
ninki 2199
ninshin suru 2228
nioi 1937
nioi o kagu 2701
niou 2821
nire 888
niru 301
nisemono 944
nishi 3240
nishiki-hebi 2304
nishin no kunsee 1533

nishin 1320
nisshoku 873
nisu o nuru 3142
niwa 3321
niwatori 508, 1312
niya niya suru 1205
no-usagi 1269
nobasu 2849
nobasu 2299
noboru 544, 1160, 2433
nodo 2984
nodo ni hikkakaru 523
nodo o narasu 2293
nodo ga kawaite iru 2977
nokku suru 1545
nokogiri 2509
nombiri suru 2393
nomi 518
nomi 1022
nomikomu 2884
nomimono 828
nomu 829
noo 331
noofu 958
noojoo 957
noosan-butsu 2252
nori 1156
noriageru 32
norikumi'in 668
norimono 3146
noru 1131, 1844, 2419
nugu 1938, 3127
nui-me 2547
nuigurumi 2858
numa 1741
nuno 550
nurasu 3242
nurete iru 725, 3241
nurigusuri 1943
nuritate 1997
nuru 1998, 2700, 2771
nuru nuru shita 2685
nusumu 2805
nuu 2573
nyuubachi 1835
nyuugyoo 721
nyuusu 1903

O

o-ushi 375
oashisu 1929
obaasan 1182
obake 1134
obake-yashiki 1280
obasan 127
oboeru 1746
oboete iru 2395
obon 3062
ochiru 830, 946, 948 1975
ochitsuite iru 412
odokasu 1074, 2519
odoriba 1568
odorokasu 114
oeru 995
ogakuzu 2511
ogawa 356, 667, 2845
oi 1896
oihagi 2440
oikakeru 495
oishii 2939
oite iku 838
oitsuku 460
ojiisan 1181
ojisan 3123
oka 1333
okaasan 1839
okane 1824
okashi (na) 1089
okashi 2043
oke 3079
okiru 1133
okorippoi 2955
okoru 1265
okosu 3185
okotte iru 65
oku 1605, 2297
okubyoo-mono 651
okunai 1434
okuraseru 2299
okurimono 1136, 2230
okuru 2564
okusan 3267
okyakusan 708, 1224
omedetoo 612
omocha 30442
omoi 1299
omoidasu 2368

suwaru 2653
suzukake 2900
suzuki 2083
suzume 2744
suzume-bachi 1377,
3206

t

taba 383, 382
tabako 531
tabako o suu 2703
tabemono 1043
taberu 868, 869,
870, 871, 2352
tabesaseru 972
tabitabi 1941
tabun 1753
tadashii 1510, 2422
tafu (na) 3037
taihen 3151
taiho suru 101
taihoo 425
taikai 1932
taikakusen 757
taiko 841
taikutsu suru 311
taimu 2992
taipu suru 3119
taira (na) 912, 1019,
1625
taira ni nobasu
1020
tairiku 617
tairu 3000
taisetsu (na) 1428
taishoo 1118
taiya 3007, 3063
taiyoo 1932, 2868
taka 1282
takai 925, 1328
takaramono 3064
taki 3213
takibi 304
tako 1537, 1935
takumashii 3037
takusan 1729
takushii 2940
tama 377
tama o komeru
1671
tamago 876
tamago-gata 1973
tamanegi 1950
tamatsuki 249

tame 1048
tameiki o tsuku
2637
tamekomu 1341
tamerau 1321
tameru 2508
tammatsu 2962
tampopo 278
tana 2594
tane 2558
tane o maku 2737
tane-uma 2792
tangan suru 2157
tanjoobi 254
tanka 2850
tanken suru 929
tanku 2927
tanoshimu 898,
1085
tansu 823
tansuu 2647
tantee 755
tantoo 719
taoru 3039
tara 570, 1235
tarai 3092
tarento 2919
tareru 830
taru 179
taruto 2936
tashika 478
tasu 16
tasukedasu 2404
tasukeru 34, 1308
tatakau 984
tataku 164, 1339,
1545, 2218, 2343,
2674, 2740, 2852
tate 2598
tate (no) 3150
tategami 1726
tateru 374
tatsu 2794
tatsu no otoshigo
2543
tatsumaki 3032
tazuna 2391
tazuneru 3166
te o tataku 537
te 1250, 2052
(o)tearai 3205
te no hira 2006
te o furu 3218
tebukuro 1155,
1811

teeburu 2902
teeburu-kurosu 2903
teekisen 1654
teenee(na) 2188
teepu 2930, 2931
teeshi 2829
teetetsu 1380
tegakari 557
tegami 1623
tegooro (na) 2366
teishi 2829
tejinashi 1497, 1712
tejoo 1253
teki 895
tekkamen 1466
teko 1626
tekubi 3314
tem'mon gakusha
116
tengoku 1298
tenisu 2958
tenjoo 467
tenki 3225
tenshu 2614
tensuu 1738
tento 2960
tentoomushi 1557
teppen 3028
terasu 1426
terebi 2953
teru 2600
tesage rampu 1572
tesuri 165, 1256,
2335
tesuto suru 2963
tetsu no boo 167
tetsudau 1308
tetsujoomoo 169
tewatasu 1251
to 804
tobideru 2196
tobihaneru 2665
tobikakaru 2898
tobikomu 793, 1501
tobinoru 1502
tobitatsu 2915
tobitsuku 2216
tobu 1038, 1500
tochi 2264
tochuu de yameru
839
todana 401, 1409
todoku 2357
togatta 2179
togatta yane 2759

toge 2979
toi 1233
toire 3015, 3205
tojiru 548
tokage 1670
tokasu 362, 585
tokee 547, 3208
tokeru 788, 1770
tokkumiai 2906
tokoro 2137
tokoya 170
toku 2723
tokuten suru 2532
tomarigi 2084, 2453
tomaru 1245, 2453
tomato 3016
tombo 814
tomegane 1334
tomeru 2025, 2830
tomodachi 1073
ton 3021
ton'neru 3098
tonakai 23990
tonari no hito 1893
tongu 3019
too 2957, 3040,
3108
tooboe 1392
toochi 3031
toochisha 2473
toodai 1641
toogarashi 1385
toohyoo suru 3174
tooi 790, 955
toojiki 516
tooki 2214
toomei (na) 3056
toomin suru 1323
toomorokoshi 629
toonyuu-guchi 2693
tooroku suru 2387
toosutaa 3011
toosuto 3010
tootta ato 3049
toppuu 1095
tora 2998
torakku 3083
torampu 438, 2156
toranku 453, 3086
toreeningu suru
3052
toreru 588
tori 252
toridasu 2916
torihazusu 2911

CONCORDANCE

Hiragana, Kanji and Romaji Scripts

To assist learners of Japanese, we have prepared a concordance of Hiragana, Kanji and Romaji scripts for the terms in this dictionary. Note that a few Hiragana terms have no Kanji or no Romaji equivalents.

The concordance is organized like the dictionary, and runs from term #1 to term #3336. Where applicable, you will find the Kanji and Romaji terms provided for each Hiragana term.

Remember to use the separate Romaji and Hiragana alphabetical indexes to help locate the English terms in this book.

TERM #	HIRAGANA	KANJI	ROMAJI
1	そろばん	算盤	soroban
2	そのことについて はなしてください。 いちじかん ぐらい かかります。 *Tell me about it.* *It takes about an hour.*	そのことについて話してください。 一時間ぐらいかかります。	-ni tsuite gurai
3	あたまのうえ	頭の上	ue
4	けっせき	欠席	kesseki
5	アクセル		akuseru
6	はじめのおんせつに アクセントをつけてください。 *Put the accent on the first syllable.*	初めの音節にアクセントを付けてください。	akusento
7	じこ	事故	jiko
8	アコーディオン		akoodion
9	せめる	責める	semeru
10	エース		eesu
11	あたまがいたい。	頭が痛い。	itai
12	さん	酸	san
13	どんぐり		donguri
14	アクロバット		akurobatto
15	みちのむこうにすんでいます。 はらっぱをよこぎります。 *He lives across the street.* *She ran across the fields.*	道の向こうに住んでいます。 原っぱを横切ります。	mukoo yokogiru
16	たす	足す	tasu
17	じゅうしょ	住所	juusho
18	かいぐんたいしょう	海軍大将	kaigun taishoo
19	ドンぼりサがだいすき。	ドンぼりサが大好き。	daisuki
20	せいじん、おとな	成人、大人	seejin otona
21	まえにすすむ	前に進む	susumu

TERM #	HIRAGANA	KANJI	ROMAJI
22	せが たかいほうが ゆうり。	背が高い方が有利。	yuuri
23	ジュリーのおかあさんは ぼうけんがすき。	冒険	booken
24	こわい	こわい	kowai
25	アフリカ		afurika
26	ばんごはんのあとで あそんでもいいですか。 わたしのあとについて いって下さい。 *Can we play after dinner?* *Repeat after me!*	晩ご飯の後で遊んでもいいですか。 わたしのあとについて言う	ato de -ni tsuite
27	ごご	午後	gogo
28	またあそぼうよ。 またきみのばんだよ。 *Let's play again.* *It is your turn again.*	また遊ぼうよ。 また君の番だよ。	mata
29	こする	こする	kosuru
30	とし、ねんれい	歳(年)、年齢	toshi nenrei
31	きびきびした ひと	動作のきびきびした人	kibi kibi shita
32	あんしょうにのりあげる	暗礁に乗り上げる	noriageru
33	ヘレンはトムのまえの ほうにすわります。 おさきにどうぞ。 *Helen sits ahead of Tom.* *Please go ahead.*	ヘレンはトムの前の方に座ります。 お先にどうぞ。	mae saki
34	たすける	助ける	tasukeru
35	ねらう	狙う	nerau
36	くうき、そら	空気、空	kuuki sora
37	エアマット		eamatto
38	みっぺいした いれもの	密閉した入れ物	mippee shita
39	ひこうき	飛行機	hikooki
40	くうこう	空港	kuukoo

TERM #	HIRAGANA	KANJI	ROMAJI
41	つうろ	通路	tsuuro
42	めざましどけい	目覚まし時計	mezamashi-dokei
43	アルバム		arubamu
44	いえにひがつく。	家に火がつく。	hi ga tsuku
45	いきている	生きている	ikite iru
46	ぜんぶ	全部	zembu
47	ろじのねこ	路地の猫	roji
48	わに	鰐	wani
49	アーモンド		aamondo
50	ほとんど		hotondo
51	なぜひとりでいるの?	なぜ一人でいるの?	hitoride
52	かいがんにそってあるく	海岸にそって歩く	(ni) sotte
53	おおきなこえで	大きな声で	ookina koe de
54	アルファベット		arufabetto
55	もういかなくちゃならないの?	もう行かなくちゃならないの?	moo
56	だいじょうぶだよ。	大丈夫だよ。	daijoobu
57	わたしもほしい。		mo
58	アルミのはしご		arumi
59	いつもころぶ	いつも転ぶ	itsumo
60	きゅうきゅうしゃ	救急車	kyuukyuusha
61	ひつじのなかのおおかみ	羊の中の狼	naka
62	いかり	錨	ikari
63	むかしのしろのあと	昔の城の跡	mukashi (no)
64	かくど	角度	kakudo
65	おこっている	怒っている	okotte iru
66	どうぶつ	動物	doobutsu
67	くるぶし、あしくび	足首	kurubushi ashikubi
68	アナウンスする		anaunsu suru
69	もうひとつのサンドイッチ	もう一つのサンドイッチ	moo hitotsu
70	こたえは......	答えは......	kotae
71	あり	蟻	ari

TERM #	HIRAGANA	KANJI	ROMAJI
72	なんきょく	南極	nankyoku
73	かもしか		kamoshika
74	しかのつの	しかの角	tsuno
75	おかねがまったくない。	お金が全くない。	mattaku....nai
76	なんでもたべる	何でも食べる	nandemo
77	どこへもいかれない。	どこへも行かれない。	doko e mo....nai
78	ひとつぶからはなれる。	一つぶ房から離れる。	hanareru
79	さる、るいじんえん	猿、類人猿	saru ruijin'en
80	みつばちをかうところ、ようほうじょう	蜜蜂を飼うところ、養蜂場	mitsubachi o kau tokoro yoohoojoo
81	ちゃんとあやまりなさい。	ちゃんと謝りなさい。	ayamaru
	おくれてどうもすみません。	遅れてどうもすみません。	sumimasen
	You should apologize. I apologize for being late.		
82	てじなしのぼうしからうさぎがあらわれました。じょうおうがテレビにでました。	手品師の帽子から兎が現れました。女王がテレビに出ました。	arawareru / deru
	A rabbit appeared from the magician's hat. The Queen appeared on television.		
83	はくしゅする	拍手する	hakushu suru
84	りんご		ringo
85	りんごのしん		ringo no shin
86	ちかづく	近付く	chikazuku
87	あんず		anzu
88	しがつ	四月	shigatsu
89	エプロン、まえかけ	前掛け	epurcu maekake
90	すいぞくかん	水族館	suizok(u)kan
91	アーチ		aachi
92	けんちくか	建築家	kenchikuka

Left table

TERM #	HIRAGANA	KANJI	ROMAJI
93	ほっきょく	北極	hokkyoku
94	ぎろんする	議論する	giron suru
95	うで	腕	ude
96	ひじかけいす		hijikake isu
97	よろい		yoroi
98	わきのした	脇の下	waki no shita
99	おひるごろつきます。	お昼ごろ着きます。	goro
	ばすはまちをぐるりとまわりました。	バスは町をぐるりとまわりました。	gururi to
	We will be there around noon. *The bus drove around the town.*		
100	はなをいける	花を生ける	ikeru
101	たいほする	逮捕する	taiho suru
102	つく	着く	tsuku
103	や	矢	ya
104	アーティチョーク、ちょうせんあざみ	アーティチョーク、朝鮮あざみ	aatichooku / choosen azami
105	けいじゅつか	芸術家	geejutsuka
106	えのようにうつくしい。	絵のように美しい。	yoo ni
	ただしはおにいさんとおなじくらいせがたかいです。	正はお兄さんと同じくらい背が高いです。	onajigurai
	As pretty as a picture *Tadashi is as tall as his older brother.*		
107	はい	灰	hai
108	はいざら	灰皿	haizara
109	アジア		ajia
110	みちをあく	道を開く	kiku
111	メアリーとフラフィはよくねむっている。	メアリーとフラフィはよく眠っている。	nemuru
112	アスパラガス		asuparagasu
113	アスピリン		asupirin
114	パトリックはジーンをおどろかした。	パトリックはジーンを驚かした。	odorokasu

Right table

TERM #	HIRAGANA	KANJI	ROMAJI
115	うちゅうひこうし	宇宙飛行士	uchuu hikooshi
116	てんもんがくしゃ	天文学者	tem'mon gakusha
117	ヘレンはおとうさんといえにいます。	ヘレンはおとうさんと家にいます。	
	しゃしんをみているところです。	写真を見ているところです。	
	Helen is at home with her dad. *They are looking at the photo.*		
118	うんどうせんしゅ	運動選手	undoo senshu
119	ちず、ちずちょう	地図、地図帳	chizu chizuchoo
120	ちきゅうをとりまくきたい	地球を取り巻く気体	kitai
121	げんし	原子	genshi
122	つける、はめる	付ける、嵌める	tsukeru hameru
123	ちゅういしなさい。	注意しなさい。	chuui suru
124	やねうら	屋根裏	yaneura
125	かんきゃく	観客	kankyaku
126	はちがつ	八月	hachigatsu
127	おばさん		obasan
128	オーストラリア		oosutoraria
129	さっか	作家	sakka
130	じどう	自動	jidoo
131	あき	秋	aki
132	なだれ	雪崩	nadare
133	アボカド		abokado
134	めがさめている	目が覚めている	me ga samete iru
135	かのじょはどこかにいっていません。	彼女はどこかに行っていません。	
136	ひどい		hidoi
137	ぶかっこうなひと	不格好なひと	bukakkoo (na)
138	おの	斧	ono
139	しゃりんのじく	車輪の軸	jiku

TERM #	HIRAGANA	KANJI	ROMAJI
140	あかちゃん、あかんぼう	赤ちゃん、赤んぼう	akachan akamboo
141	うばぐるま	乳母車	ubaguruma
142	せなかをかく	背中を掻く	senaka
143	バックする		bakku suru
144	ベーコンエッグ		beekon
145	わるい、いたんだ	悪い、傷んだ	warui itanda
146	バッジ		bajji
147	ふくろのなか	袋のなか	fukuro
148	えさ	餌	esa
149	やく	焼く	yaku
150	パンやさん	パン屋さん	pan'ya-san
151	パンや	パン屋	pan'ya
152	バランスがいい		baransu
153	バルコニー		barukonii
154	はげている	禿げている	hagete iru
155	ボール		booru
156	バレリーナ		bareriina
157	バレー		baree
158	ふうせん	風船	fuusen
159	ききゅう	気球	kikyuu
160	バナナ		banana
161	ヘアーバンド		heaa-bando
162	バンド		bando
163	ほうたい	包帯	hootai
164	たたく、うつ	叩く、打つ	tataku utsu
165	てすり、らんかん	手招り、欄干	tesuri rankan
166	ぎんこう	銀行	ginkoo
167	てつのぼう	鉄の棒	tetsu no boo
168	バー		baa
169	てつじょうもう	鉄条網	tetsujoomoo
170	りはつし、とこや	理髪師、床屋	rihatsushi tokoya
171	はだし	裸足	hadashi
172	やすうり、バーゲン	安売り	yasu'uri baageen
173	うんかせん	運賃船	unkasen
174	ほえる	吠える	hoeru
175	きのかわ	木の皮	ki no kawa
176	おおむぎ	大麦	oomugi
177	なや	納屋	naya
178	バラック、へいえい	兵営	barakku heiei
179	たる	樽	taru
180	じゅうしん	銃身	juushin
181	ヘアクリップ		heyakurippu
182	バリヤード、さく	柵	bariyaado saku
183	どだい	土台	dodai
184	ベース		beesu
185	やきゅう	野球	yakyuu
186	ちかしつ	地下室	chikashitsu
187	バゼル		bazeru
188	バスケット、かご	籠	basuketto kago
189	バスケットボール		basuketto booru
190	バット		batto
191	こうもり	蝙蝠	koomori
192	(お)ふろにはいる	(お)風呂に入る	(o)furo ni hairu
193	(お)ふろば	(お)風呂場	(o)furoba
194	ゆぶね	湯ぶね	yubune
195	バッテリー、でんち	電池	batterii denchi
196	わん、いりえ	湾、入江	wan irie
197	ベイリーフ		bei riifu
198	バザー		bazaa

TERM #	HIRAGANA	KANJI	ROMAJI
199	ぼくはカナダじんです。トムとボブはともだちです。アシュレイはいしゃになりたいのです。 *I am a Canadian. Tom and Bob are friends. Ashley wants to be a doctor.*		
200	かいがん、うみべ	海岸、海辺	kaigan umibe
201	ビーズ		biizu
202	くちばし	嘴	kuchibashi
203	こうせん	光線	koosen
204	まめ	豆	mame
205	くま	熊	kuma
206	ひげ	髭	hige
207	けもの	獣	kemono
208	うつ	打つ	utsu
209	うつくしい、きれい(な)	美しい	utsukushii kirei (na)
210	ビーバー		biibaa
211	ねこがしんだので…。	猫が死んだので…。	node
212	けむしがちょうちょうになる。		naru
213	ベッド		beddo
214	ベッドのランプ		rampu
215	ベッドルーム、しんしつ	寝室	beddo ruumu shinshitsu
216	はち	蜂	hachi
217	ぶな		buna
218	みつばちのす(ばこ)	蜜蜂の巣(箱)	mitsubachi no su(bako)
219	ビール		biiru
220	ビート		biito
221	かぶとむし	かぶと虫	kabutomushi
222	しょくじをするまえにてをあらいなさい。	食事をする前に手を洗いなさい。	mae ni
223	こじき	乞食	kojiki

TERM #	HIRAGANA	KANJI	ROMAJI
224	アシュレイのピアノのレッスンは 10 じに はじまります。トムのピアノのレッスンは9じに はじまります。 *Ashley's piano lesson begins at ten o'clock. Tom's piano lesson begins at nine o'clock.*	始まる	hajimaru
225	アリスはぎょうぎがいい。	行儀がいい	gyoogi ga ii
226	うしろ	後ろ	ushiro
227	ベージュ		beeju
228	しんじる	信じる	shinjiru
229	ベル、かね	鐘	beru kane
230	へそ	臍	heso
231	わたしのもの	私の物	
232	テーブルのした	下	shita
233	ベルト		beruto
234	ベンチ		benchi
235	みちが まがっている。	道が曲がっている	magatte iru
236	まげる	曲げる	mageru
237	ベレーぼう	ベレー帽	beree-boo
238	きのそば	木の側(傍)	soba
239	デザートのほかになにか たべませんか? *Should you eat something besides dessert?*	他(外)に	hoka ni
240	いちばん、さいこう	一番、最高	ichiban saikoo
241	シーラはトムより よくうたえます。やろうとおもえばトムはもっとよくできます。 *Sheila can sing better than Tom. Tom can do better if he tries to.*		yoku / motto yoku

TERM #	HIRAGANA	KANJI	ROMAJI
242	いわといわのあいだ	岩と岩の間	aida
243	よだれかけ	よだれ掛け	yodarekake
244	じてんしゃ	自転車	jitensha
245	おおきい	大きい	ookii
246	じてんしゃ	自転車	jitensha
247	(お)さつ、しへい	(お)札、紙幣	(o)satsu shihee
248	こうこくばん	広告板	kookokuban
249	たまつき、ビリヤード	玉突き	tamatsuki biriyaado
250	しばる	縛る	shibaru
251	そうがんきょう	双眼鏡	soogankyoo
252	とり	鳥	tori
253	アシュレイは うまれたと を７ポンド でした。	生まれる	umareru
	ねこは これこと４ひきを うみました。	生む	umu
	Ashley weighed seven pounds at birth.		
	The cat gave birth to four little kittens.		
254	たんじょうび	誕生日	tanjoobi
255	ビスケット		bisuketto
256	かむ	噛む	kamu
257	ひとくち	一口	hitokuchi
258	ビールは にがいです。	苦い	nigai
	それは つらいけいけんで した。	辛い	tsurai
	Beer has a bitter taste.		
	It was a bitter experience.		
259	くろい、くろ	黒い、黒	kuroi kuro
260	ブラックベリー		burakku-berii
261	ブラックバード		burakku-baado
262	こくばん	黒板	kokuban
263	くろすぐり	黒すぐり	kurosuguri

TERM #	HIRAGANA	KANJI	ROMAJI
264	かじや	鍛冶屋	kajiya
265	かたなのは	刀の刃	ha
266	おとうさんは アシュレイ のせいにしましたが、ほ んとうは クリス が わる いのです。		see ni suru
	Dad blamed Ashley, but Dad should blame Chris.		
267	くうはくのページ	空白	kuuhaku
268	ブランケット、もうふ	毛布	buranketto moofu
269	ばくはつ	爆発	bakuhatsu
270	ばくはする	爆破する	bakuha suru
271	ほのお	炎	hono'o
272	ブレザー		burezaa
273	ひょうはくざい	漂白剤	hyoohakuzai
274	ちが でる、 しゅっけつする	血が出る、出血する	chi ga deru shukketsu suru
275	ミキサー、ブレンダー		mikisaa burendaa
276	めのみえないひと、 もうじん	目の見えない人、盲人	me no mienai hito moojin
277	まばたきをする	瞬きをする	mabataki suru
278	みずぶくれ	水ぶくれ	mizubukure
279	ふぶき	吹雪	fubuki
280	つみき	積み木	tsumiki
281	ブロック		burokku
282	ブロックする、さえぎる	遮る	burokku suru saegiru
283	ブロンド、きんぱつ	金髪	burondo kimpatsu
284	ち	血	chi
285	はな	花	hana
286	はながさく	花が咲く	saku
287	インクのしみ	インクの染み	shimi
288	ブラウス		burausu
289	あたまをうつ	頭を打つ	utsu

TERM #	HIRAGANA	KANJI	ROMAJI
290	ふく	吹く	fuku
291	あおい、あお	青い、青	aoi / ao
292	ブルーベリー		buruuberii
293	このナイフのはは にぶく なったので、とがなけれ ばなりません。 / The blade of this knife has become blunt, so it has to be sharpened.	鈍い	nibui
294	ほほをあからめる	頬を赤らめる	ho(h) o akarameru
295	いのしし	猪	inoshishi
296	いた	板	ita
297	クリスは じまんする のが すきです。 / Chris likes to boast.		jiman suru
298	ボート、ふね	舟	booto / fune
299	ヘヤピン		heyapin
300	からだ	体	karada
301	にる	煮る	niru
302	ボルト		boruto
303	ほね	骨	hone
304	たきび	焚き火	takibi
305	ほん	本	hon
306	ほんだな	本棚	hondana
307	ブーメラン		buumeran
308	ブーツ、ながぐつ	長靴	buutsu / nagagutsu
309	こっきょう	国境	kokkyoo
310	あなをあける	穴を空ける	ana o akeru
311	ボブは しゃべり すぎるの で、わたしは すぐたい くつしてしまいます。 / Bob bores me because he talks too much.	退屈する	taikutsu suru

TERM #	HIRAGANA	KANJI	ROMAJI
312	なんねんに うまれました か。 / うまれながらのリーダー です。 / What year were you born? / She is a born leader.	生まれる	umareru
313	アシュレイは よく おと うとのじてんしゃを かり ます。 / Ashley often borrows her younger brother's bike.	借りる	kariru
314	ボス		bosu
315	メグも チップも ふたり ともかわいいです。 きょうも あしたも おや すみです。 / Meg and Chip are both cute. / Both today and tomorrow are holidays.		
316	びん	瓶	bin
317	せんぬき	栓抜き	sen'nuki
318	そこ	底	soko
319	(まるい、おおきな)いし	(丸い、大きな)石	ishi
320	はずむ	弾む	hazumu
321	はなたば、ブーケ	花束	hanataba / buuke
322	ゆみ	弓	yumi
323	ちょうネクタイ	蝶ネクタイ	choo-nekutai
324	ボール		booru
325	はこ	箱	hako
326	ボクサー		bokusaa
327	おとこのこ、しょうねん	男の子、少年	otoko no ko / shoonen
328	ブラジャー		burajaa
329	ブレスレット		buresuretto

TERM #	HIRAGANA	KANJI	ROMAJI
330	スーはあたらしいおもちゃのことをじまんをします。スーのおとうさんはスーにじまんしてはいけないといいます。 *Sue brags about her new toys. Her dad tells her not to brag.*	自慢する	jiman o suru
331	のう	脳	noo
332	ブレーキ		bureeki
333	ブレーキをかける	ブレーキを掛ける	bureeki o kakeru
334	えだ	枝	eda
335	はいしゃさんが、アシュレイはゆうかんだといいました。 *The dentist says Ashley is brave.*	勇敢	yuukan (na)
336	パン		pan
337	こわす	壊す	kowasu
338	こわれる。こしょうする	壊れる。故障する	kowareru koshoo suru
339	おしいりごうとうをする	押し入り強盗をする	oshi'iri gootoo
340	あさごはん、ちょうしょく	朝ご飯。朝食	asagohan chooshoku
341	いき	息	iki
342	いきをする	息をする	iki o suru
343	れんが	煉瓦	renga
344	れんがしょくにん	煉瓦職人	renga shokunin
345	はなよめ、およめさん	花嫁。お嫁さん	hanayome oyomesan
346	はなむこ、おむこさん	花婿。お婿さん	hanamuko omukosan
347	はし	橋	hashi
348	うまのくつわ	馬の轡	kutsuwa
349	ブリーフケース、かばん		buriifu keesu kaban
350	あかるいたいよう	明るい太陽	akarui taiyoo
351	もってくる	持ってくる	motte kuru

TERM #	HIRAGANA	KANJI	ROMAJI
352	かえしにくる	返しに来る	kaeshi ni kuru
353	こわれやすいガラス	壊れやすいガラス	koware-yasui
354	ブロッコリー		burokkorii
355	ブローチ		buroochi
356	おがわ	小川	ogawa
357	ほうき	箒	hooki
358	おとうと	弟	ototo
359	まゆげ	眉毛	mayuge
360	ちゃいろ	茶色	chairo
361	きず、うちみ	傷。打ち身	kizu uchimi
362	ブラシでとかす		tokasu
363	ブラシ		burashi
364	ペンキようのはけ	ペンキ用の刷毛	hake
365	はブラシ	歯ブラシ	haburashi
366	めキャベツ	芽キャベツ	mekyabetsu
367	あわ	泡	awa
368	バケツ		baketsu
369	バックル		bakkuru
370	つぼみ	蕾	tsubomi
371	バッファロー、すいぎゅう	水牛	baffaroo suigyuu
372	むし	虫	mushi
373	らっぱ		rappa
374	たてる	建てる	tateru
375	おうし	雄牛	o-ushi
376	ブルトーザー		burutoozaa
377	てっぽうのたま	鉄砲の玉	tama
378	メガホン、かくせいき	拡声器	megahon kakuseeki
379	いじめっこ	苛めっ子	ijimekko
380	こぶ	瘤	kobu
381	バンパー		bampaa
382	アスパラガスひとたば	一束	taba

TERM #	HIRAGANA	KANJI	ROMAJI
383	たば	束	taba
384	ブイ		bui
385	どろぼう	泥棒	doroboo
386	もえる	燃える	moeru
387	はれつする	破裂する	haretsu suru
388	うめる	埋める	umeru
389	バス		basu
390	バスてい	バス停	basutee
391	やぶ	藪	yabu
392	いそがしい	忙しい	isogashii
393	いきたいけれども、ぼくはいそがしいです。		keredomo
	ボールはおおきいが、いもうとのほうがもっとおおきいです。		ga
	I would like to go, but I am busy. Paul is big, but his younger sister is bigger.		
394	にくや	肉屋	nikuya
395	バター		bataa
396	ちょうちょ(う)	蝶々	choocho(o)
397	ボタン		botan
398	かう	買う	kau
399	キャベツ		kyabetsu
400	やまごや	山小屋	yamagoya
401	とだな、キャビネット	戸棚.	todana kyabinetto
402	ケーブル		keeburu
403	さぼてん	仙人掌	saboten
404	かご	籠	kago
405	ケーキ		keeki
406	けいさんき	計算機	keesanki
407	カレンダー、こよみ	暦	karendaa koyomi
408	こうし	子牛	ko-ushi

TERM #	HIRAGANA	KANJI	ROMAJI
409	よぶ	呼ぶ	yobu
410	あめなら ピクニックは ちゅうしです。アシュレイは どうぶつえんいきを とりやめました。	中止 取り止める	chuushi toriyameru
	We will call off the picnic if it rains. Ashley has called off our trip to the zoo.		
411	(でんわで)よびだす	(電話で)呼び出す	yobidasu
412	おちついている	落ち着いている	ochitsuite iru
413	らくだ	駱駝	rakuda
414	カメラ		kamera
415	キャンプする		kyampu suru
416	キャンプじょう	キャンプ場	kyampujoo
417	かん、かんづめ	缶、缶詰	kan kanzume
418	かんきり	缶切り	kankiri
419	うんが	運河	unga
420	カナリヤ		kanariya
421	ろうそく	蝋燭	roosoku
422	ろうそくたて、しょくだい	蝋燭立て、燭台	roosoku-tate shokudai
423	あめ	飴	ame
424	つえ	杖	tsue
425	たいほう	大砲	taihoo
426	みることができない	見ることが出来ない	miru koto ga dekinai
427	カヌー		kanuu
428	カンタループ (メロンのいっしゅ)	メロンの一種	kantaroopu
429	きょうこく	峡谷	kyookoku
430	ぼうし	帽子	booshi
431	みさき	岬	misaki
432	ケープ		keepu
433	おおもじ	大文字	oomoji

TERM #	HIRAGANA	KANJI	ROMAJI
434	キャプテン、せんちょう	船長	kyaputen / senchoo
435	つかまえる、とる	捕まえる、捕る	tsukamaeru / toru
436	くるま、じどうしゃ	車、自動車	kuruma / jidoosha
437	キャラバン		kyaraban
438	トランプ		torampu
439	ボールがみ	ボール紙	boorugami
440	めんどうをみる	面倒を見る	mendoo o miru
441	ふちゅうい	不注意	fuchuui
442	つみに	積み荷	tsumini
443	カーネーション		kaaneeshon
444	カーニバル		kaanibaru
445	だいく	大工	daiku
446	カーペット、じゅうたん	絨毯	kaapetto / juutan
447	うばぐるま	孔母車	ubaguruma
448	にんじん	人参	ninjin
449	はこぶ	運ぶ	hakobu
450	カート、にぐるま	荷車	kaato / niguruma
451	ボールばこ	ボール箱	boorubako
452	きる	切る	kiru
453	ケース、はこ、トランク	箱	keesu / hako / toranku
454	げんきん	現金	genkin
455	カシューナッツ		kashuunattsu
456	しろ	城	shiro
457	ねこ	猫	neko
458	カタログ		katarogu
459	つかむ、うけとめる	摑む、受け止める	tsukamu / uketomeru
460	おいつく	追い付く	oitsuku
461	けむし	毛虫	kemushi

TERM #	HIRAGANA	KANJI	ROMAJI
462	うし、かちく	牛、家畜	ushi / kachiku
463	おおなべ	大鍋	oonabe
464	カリフラワー		karifurawaa
465	きへいたい	騎兵隊	kiheetai
466	はらあな	洞穴	hora'ana
467	てんじょう	天井	tenjoo
468	いわう	祝う	iwau
469	セロリ		serori
470	さいぼう	細胞	saiboo
471	ちかしつ	地下室	chikashitsu
472	セメント		semento
473	ちゅうしん	中心	chuushin
474	1メートル＝100センチ		senchi
475	むかで	百足	mukade
476	いっせいをは ひゃくねんです。 *A century has one hundred years.*	世紀	seeki
477	シリアル		shiriaru
478	いえをでるとき、ドアに かぎをかけたのはたしか です。 *I am certain that I locked the door when leaving the house.*	確か	tashika
479	しょうめいしょ	証明書	shoomeesho
480	チェーン、くさり	鎖	cheen / kusari
481	チェーンソー		cheen-soo
482	いす	椅子	isu
483	チョーク		chooku
484	チャンピオン		champion
485	こぜに	小銭	ko-zeni
486	かえる	替える	kaeru
487	すいろ	水路	suiro

TERM #	HIRAGANA	KANJI	ROMAJI
488	しょう	章	shoo
489	アシュレイは せいかくが つよいです。	性格	seekaku
	Ashley has a strong character.		
	このじは どういういみで すか。	字	ji
	What does this (printed) character mean?		
490	すみ	炭	sumi
491	ふだんそう	ふだん草	fudansoo
492	けいさつは スパットを こうとうで きそしまし た。	起訴する	kiso suru
	The police charged Spud with robbery.		
	でんちを じゅうでんする のを わすれました。	充電する	juuden suru
	I forgot to charge the battery.		
493	せんしゃ	戦車	sensha
494	ずひょう	図表	zuhyoo
495	おいかける	追いかける	oikakeru
496	しゃべる、おしゃべりする	喋る	shaberu / oshaberi suru
497	やすいえんぴつ	安い鉛筆	yasui
498	カンニングする		kan'ningu suru
499	けさ おべんとうばこを しらべましたか。	調べる	shiraberu
	Did you check your lunchbox this morning?		
	いりぐちで コートを あずけてください。	頂ける	azukeru
	Check your coat at the entrance, please.		
500	ほほ、ほお	頬	ho(h)o
501	チーズ		chiizu
502	こぎって	小切手	kogitte
503	さくらんぼ		sakurambo

TERM #	HIRAGANA	KANJI	ROMAJI
504	むね	胸	mune
505	くり	栗	kuri
506	かむ	噛む	kamu
507	チックピー、エジプトまめ	エジプト豆	chikkupii / ejiputo mame
508	にわとり、とり	鶏	niwatori / tori
509	みずぼうそう	水疱瘡	mizuboosoo
510	(けいさつ、ぐんたいの)ちょう	長	-choo
511	こども	子供	kodomo
512	はだざむい	肌寒い	hada-zamui
513	えんとつ	煙突	entotsu
514	チンパンジー		chimpanjii
515	あご	顎	ago
516	せともの、とうじき	瀬戸物、陶磁器	setomono / toojiki
517	こっぱ		koppa
518	のみ	鑿	nomi
519	チャイブ		chaibu
520	チョコレート		chokoreeto
521	クワイヤー、せいかたい	聖歌隊	kuwaiyaa / seekatai
522	いきがつまる	息が詰まる	iki ga tsumaru
523	のどにひっかかる	喉にひっかかる	nodo ni hikkakaru
524	えらぶ	選ぶ	erabu
525	きざむ	刻む	kizamu
526	はし	箸	hashi
527	クローム		kuroomu
528	きく	菊	kiku
529	せきたんのかたまり	石炭の塊	katamari
530	はまき	葉巻	hamaki
531	たばこ	煙草	tabako
532	まる、えん	丸、円	maru / en

TERM #	HIRAGANA	KANJI	ROMAJI
533	サーカス		saakasu
534	とし	都市	toshi
535	はまぐり	蛤	hamaguri
536	まんりき	万力	manriki
537	てをたたく、はくしゅする	手を叩く、拍手する	te o tataku hakushu suru
538	きょうしつ	教室	kyooshitsu
539	(かにの)つめ、はさみ	爪	tsume hasami
540	ねんどはれんがをつくるのにつかわれます。 *Clay is used to make bricks.*		nendo
541	せいけつ、きれい	清潔	seeketsu
542	かたづける	片付ける	katazukeru
543	がけ、ぜっぺき	崖、絶壁	gake zeppeki
544	いわをのぼる	登る	noboru
545	しんりょうじょ、クリニック	診療所	shinryoojo kurinikku
546	きる	切る	kiru
547	とけい	時計	tokee
548	としる	閉じる	tojiru
549	クローゼット、ようふくだんす	洋服箪笥	kuroozetto yoofuku-dansu
550	ようふくはきれでつくります。 *Clothes are made of cloth.*	布	kire nuno
551	ようふく、いふく	洋服、衣服	yoofuku ifuku
552	ものほしづな	物干し綱	monohoshi-zuna
553	くも	雲	kumo
554	クローバー		kuroobaa
555	どうけし	道化師	dookeshi
556	こんぼう	提棒	komboo

TERM #	HIRAGANA	KANJI	ROMAJI
557	けいさつはそのはんざいのてがかりをつかみました。ヒントをあげましょう。 *The police found a clue to the crime.* *I will give you a clue.*	手掛かり	tegakari / hinto
558	クラッチ		kuratchi
559	つかむ、にぎる	摑む、握る	tsukamu nigiru
560	コーチ		koochi
561	おおがたバス	大型バス	oogata-basu
562	プリシラはしゅうにチームのコーチをしています。 *Priscilla coaches the team twice a week.*		koochi (o) suru
563	せきたん	石炭	sekitan
564	このきれはざらざらしています。あらっぽいことばをつかってはいけません。 *This cloth is coarse.* *Do not use coarse language.*	荒っぽい	zara zara shita arappoi
565	かいがん	海岸	kaigan
566	あたたかいコート		kooto
567	くものす	蜘蛛の巣	kumo no su
568	ココア		kokoa
569	ココナッツ、やしのみ	椰子の実	kokonattsu yashi no mi
570	たら	鱈	tara
571	コーヒー		koohii
572	ひつぎ、(お)かん、かんおけ	棺、(お)棺、棺桶	hitsugi (o)kan kan'oke
573	コイル		koiru
574	こうか、コイン	硬貨	kooka koin

TERM #	HIRAGANA	KANJI	ROMAJI
575	さむい	寒い	samui
576	えり	衿	eri
577	あつめる	集める	atsumeru
578	カレッジ		kareji
579	しょうとつする、ぶつかる	衝突する	shoototsu suru / butsukaru
580	しょうとつ	衝突	shoototsu
581	いろ	色	iro
582	こうま（おす）	子馬（牡）	ko-uma
583	えんちゅう	円柱	enchuu
584	くし	櫛	kushi
585	かみをとかす	髪をとかす	tokasu
586	あわせる	合わせる	awaseru
587	くる	来る	kuru
	アシュレイはバスでパーティーにきました。 ここによくきますか。 *Ashley came to the party by bus.* *Do you come here often?*		
588	とれる	取れる	toreru
589	いしきがもどる	意識がもどる	ishiki ga modoru
590	らく（な）、かいてき（な）	楽（な）、快適（な）	raku (na) / kaiteki (na)
591	コンマ		komma
592	めいれいする	命令する	meeree suru
593			kominitii
	わたしたちはちいさいコミュニティーにすんでいます。 コミュニティーセンターにプールがあります。 *We live in a small community.* *There is a pool at the community center.*		
594	なかま	仲間	nakama
595	なかまといっしょ	仲間といっしょ	nakama to issho
596	くらべる	比べる	kuraberu

TERM #	HIRAGANA	KANJI	ROMAJI
597	コンパス、じしゃく	磁石	kompasu / jishaku
598	さっきょくする	作曲する	sakkyoku suru
599	さっきょくか	作曲家	sakkyoku-ka
600	さっきょく	作曲	sakkyoku
601	コンピュータ		kompyuuta
602	しゅうちゅうする	集中する	shuuchuu suru
603	コンサート		konsaato
604	コンクリート		konkuriito
605	しきしゃ	指揮者	shikisha
606	しゃしょう	車掌	shashoo
607	えんすい	円錐	ensui
608	アイスクリリーム・コーン		aisukuriimu-koon
609	まつぼっくり	松ぼっくり	matsubokkuri
610	じしんがある	自信がある	jishin ga aru
611	わからなくなる、こんらんする	分からなくなる、混乱する	wakaranaku naru / konran suru
612	おめでとうという、いわう	祝う	omedetoo to yuu / iwau
613	つなぐ		tsunagu
614	P, b, t, d, k, g, s, z はしいんです。 *P, b, t, d, k, g, s, z are consonants.*	子音	shi-in
615	けいかん	警官	keekan
616	せいざ	星座	seeza
617	たいりく	大陸	tairiku
618	かいわ	会話	kaiwa
619	コック、りょうりにん	料理人	kokku / ryoori-nin
620	りょうりする	料理する	ryoori suru
621	クッキー		kukkii
622	つめたいみず	冷たい水	tsumetai mizu
623	どう	銅	doo
624	うつす、コピーする	写す	utsusu / kopii suru

TERM #	HIRAGANA	KANJI	ROMAJI
625	さんご	珊瑚	sango
626	コード、なわ	縄	koodo / nawa
627	コルク		koruku
628	(コルクの)せんぬき	(コルクの)栓抜き	sen'nuki
629	とうもろこし		toomorokoshi
630	すみ、かど	隅、角	sumi / kado
631	したい、しがい	死体、死骸	shitai / shigai
632	ろうか	廊下	rooka
633	うちゅうひこうし	宇宙飛行士	uchuu hikooshi
634	いしょう	衣装	ishoo
635	コテージ		koteeji
636	もめん	木綿	momen
637	ながいす	長椅子	nagaisu
638	せきをする	咳をする	seki o suru
639	かぞえる	数える	kazoeru
640	カウンター、けいすうき	計数機	kauntaa / keesuuki
641	カウンター		kauntaa
642	いなか	田舎	inaka
643	くに	国	kuni
644	カップル、ふうふ	夫婦	kappuru / fuufu
645	ゆうき	勇気	yuuki
646	テニスコート		kooto
647	いとこ	従兄弟、従姉妹	itoko
648	カバーする		kabaa suru
649	ふた	蓋	futa
650	めうし	雌牛	me-ushi
651	おくびょうもの	臆病者	okubyoo-mono
652	カーボーイ		kaabooi
653	かに	蟹	kani
654	ひび		hibi

TERM #	HIRAGANA	KANJI	ROMAJI
655	クラッカー		kurakkaa
656	ゆりかご	揺りかご	yurikago
657	つる	鶴	tsuru
658	クリーン		kureen
659	ぶつかる、じこをおこす	事故を起こす	butsukaru / jiko o okosu
660	きのわく	木の枠	waku
661	はう	這う	hau
662	ざりがに		zarigani
663	クレヨン		kureyon
664	おとうさんはコーヒーにクリームをいれてのむのがすきです。 Dad likes cream in his coffee.		kuriimu
665	ズボンのおりめ	ズボンの折り目	orime
666	いきもの	生き物	ikimono
667	おがわ	小川	ogawa
668	(ふねの)のりくみいん	(船の)乗組員	norikumi'in
669	ベビーベッド		bebii-beddo
670	こおろぎ		koorogi
671	はんざいにん	犯罪人	hanzai-nin
672	わに	鰐	wani
673	クロッカス		kurokkasu
674	わるもの	悪者	warumono
675	まがったくい	曲がった杭	magatta
676	ゆがんだえ	歪んだ絵	yuganda
677	しゅうかく	収穫	shuukaku
678	じゅうじか	十字架	juujika
679	わたる、よこぎる	渡る、横切る	wataru / yokogiru
680	けす	消す	kesu
681	からす	鴉	karasu
682	おおぜいのひと	大勢の人	oozee
683	おうかん	王冠	ookan

TERM #	HIRAGANA	KANJI	ROMAJI
684	おういをさずける	王位を授ける	ooi o sazukeru
685	くず	屑	kuzu
686	つぶす	潰す	tsubusu
687	バイのかわ	バイの皮	kawa
688	まつばづえ	松葉杖	matsubazue
689	なく	泣く	naku
690	すいしょうのたま	水晶の玉	suishoo
691	こぐま		koguma
692	りっぽうたい、キューブ	立方体	rippootai kyuubu
693	かっこう	郭公	kakkoo
694	きゅうり	胡瓜	kyuuri
695	カフス		kafusu
696	カップ、(お)ちゃわん	(お)茶碗	kappu (o)chawan
697	しょっきだな	食器棚	shokkidana
698	ろかた	路肩	rokata
699	なおる	治る	naoru
700	カールする		kaaru suru
701	ちぢれげ、カーリーヘアー	縮れ毛	chijire-ge kaarii-heaa
702	こうきしんのつよい、しりたがりや(の)	好奇心の強い、知りたがりや(の)	kookishin no tsuyoi shiritagari-ya (no)
703	すぐり		suguri
704	ながれ	流れ	nagare
705	カーテン		kaaten
706	カーブ		kaabu
707	クッション		kusshon
708	おきゃくさん、おとくいさん	お客さん、お得意さん	okyakusan otokuisan
709	きる	切る	kiru
710	わりこむ	割り込む	warikomu
711	きりとる	切り取る	kiritoru
712	かわいい	可愛い	kawaii
713	ナイフ・フォークるい	ナイフ・フォーク類	naifu-fooku-rui

TERM #	HIRAGANA	KANJI	ROMAJI
714	じてんしゃ	自転車	jitensha
715	シリンダー		shirindaa
716	シンバル		shimbaru
717	いとすぎ	糸杉	itosugi
718	すいせん	水仙	suisen
719	たんとう	短刀	tantoo
720	まいにち(の)	毎日(の)	mainichi (no)
721	にゅうぎょう、らくのう	孔業、酪農	nyuugyoo rakunoo
722	ひなぎく、ディジー	雛菊	hinagiku deejii
723	ダム		damu
724	こわれた、そんしょうのある	壊れた、損傷のある	kowareta sonshoo no aru
725	ぬれている	濡れている	nurete iru
726	ダンスする		dansu suru
727	ダンサー		dansaa
728	たんぽぽ		tampopo
729	きけん	危険	kiken
730	くらい	暗い	kurai
731	ダーツ		daatsu
732	ダッシュボード		dasshu-boodo
733	ひづけ	日付	hizuke
734	むすめ	娘	musume
735	ひ	日	hi
736	しんだねずみ	死んだ鼠	shinda
737	つんぼ	聾	tsumbo
738	したしい チャックはしたしいともだちです。 あ、(お)さいふをわすれた。 *Chuck is my dear friend. Oh dear, I forgot my wallet.*	親しい	shitashii
739	12がつ	12月	juuni-gatsu

TERM #	HIRAGANA	KANJI	ROMAJI
740	アシュレイは なにを きを たらよいか きめられま せん。 *Ashley cannot decide what to wear.*	決める	kimeru
741	かんぱん、デッキ	甲板	kampan dekki
742	かざる	飾る	kazaru
743	かざり	飾り	kazari
744	ふかい	深い	fukai
745	しか	鹿	shika
746	はいたつする	配達する	haitatsu suru
747	へこます		hekomasu
748	はいしゃ	歯医者	haisha
749	デパート、ひゃっかてん	百貨店	depaato hyakkaten
750	さばく	砂漠	sabaku
751	つくえ	机	tsukue
752	デザート		dezaato
753	はかいする	破壊する	hakai suru
754	くちくかん	駆逐艦	kuchikukan
755	たんてい	探偵	tantee
756	つゆ	露	tsuyu
757	たいかくせん	対角線	taikakusen
758	ず	図	zu
759	ダイヤモンド		daiyamondo
760	おむつ		omutsu
761	にっき	日記	nikki
762	じしょ、じびき	辞書、字引	jisho jibiki
763	しぬ	死ぬ	shinu

TERM #	HIRAGANA	KANJI	ROMAJI
764	ひるとよるとでは たいへ んちがいがあります。 ひとはみなびょうどうで あって、さはまったくあ りません。 *There is quite a difference between night and day. All people are equal, there is no difference between them.*	違い 差	chigai sa
765	ちがった、ことなった	違った、異なった	chigatta kotonatta
766	ほる	掘る	horu
767	しょうかする	消化する	shooka suru
768	うすぐらい	薄暗い	usugurai
769	えくぼ	笑くぼ	ekubo
770	ちいさいふね	小さい船	chiisai fune
771	しょくどう	食堂	shokudoo
772	ゆうしょく、ばんごはん	夕食、晩ご飯	yuushoku bangohan
773	きょうりゅう	恐竜	kyooryuu
774	ほうこう	方向	hookoo
775	ほこり	埃	hokori
776	きたない、よごれた	汚い、汚れた	kitanai yogoreta
777	いけんがあわない	意見が合わない	iken ga awanai
778	きえる	消える	kieru
779	さいがい	災害	saigai
780	はっけんする	発見する	hakken suru
781	ぎろんする、はなしあう	議論する、話し合う	giron suru hanashiau
782	びょうき	病気	byooki
783	へんそう	変装	hensoo
784	さら	皿	sara
785	しょうじきではないひと	正直ではない人	shoojiki
786	さらあらいき、しょっきあらいき	皿洗い機、食器洗い機	sara-araiki shokki-araiki
787	きらう	嫌う	kirau

TERM #	HIRAGANA	KANJI	ROMAJI
788	とける	溶ける	tokeru
789	きょり	距離	kyori
790	とおい、はなれた	遠い、離れた	tooi hanareta
791	ちいき	地域	chi'iki
792	みぞ	溝	mizo
793	とびこむ	飛び込む	tobikomu
794	わける	分ける	wakeru
795	めまいがする	目まいがする	memai ga suru
796	どうしようかな。		suru
797	さんばし、ドック	浅橋	sambashi dokku
798	いしゃ	医者	isha
799	いぬ	犬	inu
800	にんぎょう	人形	ningyoo
801	いるか、ドルフィン	海豚	iruka dorufin
802	ドーム		doomu
803	ろば		roba
804	ドア、と	戸	doa to
805	ドアのとって	ドアの取っ手	totte
806	ダブル、かえだま	替え玉	daburu kaedama
807	ねりこ	練り粉	neriko
808	はと	鳩	hato
809	わたげ	綿毛	watage
810	いねむり(を)する	居眠り(を)する	inemuri (o) suru
811	いちダース	一ダース	daasu
812	ひきずる	引きずる	hikizuru
813	りゅう、ドラゴン	竜	ryuu dragon
814	とんぼ		tombo
815	はいすいぐち	排水口	haisui-guchi
816	えをかく	絵を画く	kaku
817	はねばし	はね橋	hanebashi

TERM #	HIRAGANA	KANJI	ROMAJI
818	ひきだし	引き出し	hikidashi
819	ゆめ	夢	yume
820	ゆめをみる	夢を見る	yume o miru
821	ドレス		doresu
822	ようふくをきる	着る	kiru
823	たんす、ドレッサー		tansu doressaa
824	よだれをたらす	よだれを垂らす	yodare o tarasu
825	ひょうりゅうする	漂流する	hyooryuu suru
826	あなをあける	穴を空ける	ana o akeru
827	ドリル、きり		doriru kiri
828	のみもの、ドリンク	飲み物	nomimono dorinku
829	のむ	飲む	nomu
830	たれる、したたる、おちる	垂れる、滴る、落ちる	tareru shitataru ochiru
831	うんてんする、ドライブする	運転する	unten suru doraibu suru
832	うんてんしゅ、ドライバー	運転手	untenshu doraibaa
833	あめからきりさめになりました。 The rain has become a drizzle.	霧雨	kirisame
834	よだれをながす	よだれを流す	yodare o nagasu
835	いってき	一滴	itteki
836	おとす	落とす	otosu
837	よる	寄る	yoru
838	おいていく	置いていく	oite iku
839	とちゅうでやめる	途中で止める	tochuu de yameru
840	ねむい、うとうとする	眠い	nemui uto uto suru
841	ドラム、たいこ	太鼓	doramu taiko
842	かわいている	乾いている	kawaite iru

TERM #	HIRAGANA	KANJI	ROMAJI
843	はす、かわかす	干す、乾かす	hosu / kawakasu
844	ドライクリーニング		dorai kuriiningu
845	かんそうき、ドライヤ	乾燥機	kansooki / doraiyaa
846	こうしゃくふじん	公爵夫人	kooshaku fujin
847	あひる	家鴨	ahiru
848	けっとう	決闘	kettoo
849	こうしゃく	公爵	kooshaku
850	ごみのやま	ごみの山	gomi no yama
851	すてる	捨てる	suteru
852	ダンプカー		dampu-kaa
853	つちろう	土牢	tsuchiroo
854	ゆうぐれ	夕暮れ	yuugure
855	ほこり	埃	hokori
856	こびと	小人	kobito
857	それぞれ		sorezore
858	わし	鷲	washi
859	みみ	耳	mimi
860	はやい	早い	hayai
861	おかねをつかうまえに かせがなければなりません。 _You must earn money before you spend it._	稼ぐ	kasegu
862	ちきゅう	地球	chikyuu
863	つち	土	tsuchi
864	じしん	地震	jishin
865	イーゼル		iizeru
866	ひがし	東	higashi
867	やさしい、らく(な)	楽(な)	yasashii / raku (na)
868	たべる	食べる	taberu
869	あさごはんをたべる	朝ご飯を食べる	taberu
870	おひるごはんをたべる	お昼ご飯を食べる	taberu

TERM #	HIRAGANA	KANJI	ROMAJI
871	ばんごはんをたべる	晩ご飯を食べる	taberu
872	やまびこ	山びこ	yamabiko
873	にっしょく	日食	nisshoku
874	はし	端	hashi
875	うなぎ	鰻	'unagi
876	たまご	卵	tamago
877	なす	茄子	nasu
878	やっつ、はち	八つ、八	yattsu / hachi
879	やっつめ、はちばんめ	八つ目、八番目	yattsu-me / hachibam-me
880	わゴム	輪ゴム	wagomu
881	ひじ	肘	hiji
882	せんきょでだれがかち ましたか。 せんきょはせっせんでした。 _Who won the election? The election was very close._	選挙	senkyo
883	でんきや	電気屋	denki-ya
884	でんき	電気	denki
885	ぞう	象	zoo
886	エレベーター		erebeetaa
887	おおじか	大鹿	oojika
888	にれ	楡	nire
889	はずかしがる	恥かしがる	hazukashigaru
890	だきあう	抱き合う	dakiau
891	ししゅう	刺繍	shishuu
892	ひじょうじたい	非常事態	hijoojitai
893	から、からっぽ	空、空っぽ	kara / karappo
894	おわり	終わり	owari
895	てき	敵	teki
896	エンジン		enjin
897	ぎし	技師	gishi

TERM #	HIRAGANA	KANJI	ROMAJI
898	たのしむ	楽しむ	tanoshimu
899	きょだい(な)	巨大(な)	kyodai (na)
900	それでじゅうぶん。	十分	juubun
901	はいる	入る	hairu
902	いりぐち	入口	iriguchi
903	ふうとう	封筒	fuutoo
904	おなじ、びょうどう	同じ、平等	onaji / byoodoo
905	せきどう	赤道	sekidoo
906	アシュレイは おとうさんの(お)つかいを しています けさは いろいろ ようじ があります。 *Ashley is running an errand for Dad. She has many errands this morning.*	(お)使い 用事	(o)tsukai yooji
907	エスカレーター		esukareetaa
908	にげる	逃げる	nigeru
909	ヨーロッパ		yooroppa
910	じょうはつ	蒸発	joohatsu
911	ぐうすう	偶数	guusuu
912	たいらな びょうめん	平らな表面	taira (na)
913	じょうりょくじゅ	常緑樹	jooryokuju
914	まい- アシュレイは まいにち ベッドをつくります。 *Ashley makes her bed every day.* まいしゅう おばあさんに あいに いきます。 *Every week she visits her grandmother.*	毎-	mai-
915	しけん	試験	shiken
916	しらべる	調べる	shiraberu

TERM #	HIRAGANA	KANJI	ROMAJI
917	れいを あげると、わかりやすくなるものです。 *Things are easier to understand when you give an example.*	例	rei
918	かんたんふ	感嘆符	kantanfu
919	「ごめんなさい。」「しつれい。」	失礼	gomen nasai / shitsurei
920	うんどうする	運動する	undoo suru
921	そんざい アシュレイは「そんなものはない。」といいました、それは「そんなものはいない」といういみです。 *Ashley said "There is no such thing," and she meant "it does not exist."*	存在	sonzai
922	そとへでる	出る	deru
923	おおきくなる、ひろがる	大きくなる、拡がる	ookiku naru / hirogaru
924	おとうさんは アシュレイ がいいこであることを きたいしています。 *Dad expects Ashley to be a good girl.*	期待する	kitai suru
925	たかい、こうか(な)	高い、高価(な)	takai / kooka (na)
926	じっけん	実験	jikken
927	エキスパート		ekisupaato
928	せつめいする	説明する	setsumee suru
929	たんけんする	探検する	tanken suru
930	ばくはつ	爆発	bakuhatsu
931	しょうかき	消火器	shookaki
932	め	目	me
933	まゆげ	眉毛	mayuge
934	めがね	眼鏡	megane
935	まつげ	睫	matsuge

TERM #	HIRAGANA	KANJI	ROMAJI
936	はなし、ぐうわ	話、寓話	hanashi / guuwa
937	かお	顔	kao
938	こうじょう	工場	koojoo
939	しけんに しっぱいする。	試験に失敗する。	shippai suru
940	こわれる	壊れる	kowareru
941	(お)まつり	(お)祭り	matsuri
942	ようせい	妖精	yoosee
943	あなたを しんらいしています。	信頼	shinrai
	We have faith in you.		
944	にせもの	偽物	nisemono
945	あき	秋	aki
946	おちる	落ちる	ochiru
947	ころぶ	転ぶ	korobu
948	おちる	落ちる	ochiru
949	まちがい	間違い	machigai
950	かぞく	家族	kazoku
951	ゆうめいな じょゆう	有名な女優	yuumee (na)
952	せんぷうき	扇風機	sempuuki
953	しゃれた、すてきな	洒落た、素敵な	shareta / suteki (na)
954	きば	牙	kiba
955	とおい	遠い	tooi
956	さようなら		sayoonara
957	のうじょう	農場	noojoo
958	のうふ	農夫	noofu
959	はやい	速い	hayai
960	しめる	締める	shimeru
961	ふとっている	太っている	futotte iru
962	ちめいてきな	致命的	chimeeteki
963	おとうさん、ちちおや	お父さん、父親	otoosan / chichioya
964	じゃぐち	蛇口	jaguchi
965	だれの せいかな？		see

TERM #	HIRAGANA	KANJI	ROMAJI
966	ちょっと おねがいがあるんですが......。	お願い	
	アシュレイは、ひとにしんせつをするのがすきです。	親切をする	
	Can I ask you a favor? Ashley likes doing people favors.		
967	すきな、きにいった	好き(な)、気に入った	suki (na) / ki ni itta
968	おそれる	恐れる	osoreru
969	おいわいのごちそう	お祝いのご馳走	oiwai no gochisoo
970	はね	羽	hane
971	にがつ	二月	ni-gatsu
972	たべさせる	食べさせる	tabesaseru
973	かんじる、おもう	感じる、思う	kanjiru / omou
974	めす	雌	mesu
975	さく	柵	saku
976	フェンダー	フェンダー	fendaa
977	しだ	羊歯	shida
978	フェリー、わたしぶね	渡し船	ferii / watashi-bune
979	まつり	祭り	matsuri
980	ねつ	熱	netsu
981	ひとが すこししか ごない	少ししか…ない	sukoshi shika......nai
982	はらっぱ、はたけ	原っぱ、畑	harappa / hatake
983	いつつめ、ごばんめ	五つめ、五番目	itsutsu-me / gobam-me
984	けんかする、たたかう	喧嘩する、戦う	kenka suru / tatakau
985	つめをみがく	爪を磨く	(tsume o) migaku
986	みたす、いっぱいにする	満たす、一杯にする	mitasu / ippai ni suru
987	いっぱいにする	一杯にする	ippai ni suru
988	フィルム		firumu

TERM #	HIRAGANA	KANJI	ROMAJI
989	きたない	汚い	kitanai
990	ひれ	鰭	hire
991	ばっきん	罰金	bakkin
992	ぼくはげんきだよ。	元気	genki
993	ゆび	指	yubi
994	しもん	指紋	shimon
995	おえる、おわる	終える、終わる	oeru / owaru
996	もみ	樅	momi
997	ひ	火	hi
998	しょうぼうしゃ	消防車	shooboosha
999	ひじょうぐち	非常口	hijooguchi
1000	はなび	花火	hanabi
1001	しょうぼうし	消防士	shoobooshi
1002	だんろ	暖炉	danro
1003	アシュレイはしっかりしたあくしゅをします。 ペニーのかいしゃはおもちゃをつくっています。 *Ashley has a firm handshake.* *Penny's firm makes toys.*	会社	shikkari shita kaisha
1004	いちばん、いちばんめ、	一番、一番目	ichiban ichibam-me,
1005	さかな	魚	sakana
1006	さかなをつる		tsuru
1007	つりばり	釣り針	tsuribari
1008	こぶし、げんこつ		kobushi genkotsu
1009	いつつ、ご	五つ、五	itsutsu go
1010	なおす	直す	naosu
1011	はた	旗	hata
1012	せっぺん	雪片	seppen
1013	ほのお	炎	hono'o
1014	はばたきをする	羽ばたきをする	habataki suru

TERM #	HIRAGANA	KANJI	ROMAJI
1015	しょうめい	照明	shoomee
1016	フラッシュ		frasshu
1017	フラッシュライト、かいちゅうでんとう	懐中電灯	furasshu-raito kaichuu dentoo
1018	フラスコ		furasuko
1019	たいら	平ら	taira
1020	たいらにのばす	平らに延ばす	taira ni nobasu
1021	フレーバー、あじ	味	fureebaa / aji
1022	のみ	蚤	nomi
1023	にげる	逃げる	nigeru
1024	ひつじのけ、ようもう	羊の毛、羊毛	hitsuji no ke yoomoo
1025	にく	肉	niku
1026	うかぶ	浮かぶ	ukabu
1027	とりのいちぐん、むれ	鳥の一群、群	ichi-gun mure
1028	こうずい	洪水	koozui
1029	ゆか	床	yuka
1030	こな	粉	kona
1031	ながれる	流れる	nagareru
1032	はな	花	hana
1033	りゅうかんでねている。	流感	ryuukan
1034	ふわふわしたわたげ	綿毛	watage
1035	えきたい	液体	ekitai
1036	はえ	蝿	hae
1037	まえだて	前立て	maetate
1038	とぶ	飛ぶ	tobu
1039	あわ	泡	awa
1040	きり	霧	kiri
1041	おる	折る	oru
1042	ついていく		tsuite iku
1043	たべもの、しょくもつ	食べ物、食物	tabemono shokumotsu
1044	あし	足	ashi

TERM #	HIRAGANA	KANJI	ROMAJI
1045	フットボール		futtobooru
1046	あしあと	足跡	ashiato
1047	あしおと	足音	ashioto
1048	こしんはすべてのひとの ため、またこしんは こしんのためにある。 One for all and all for one.		tame
1049	ちからつくておす	カつくて押す	osu
1050	ひたい	額	hitai
1051	もり、はやし	森、林	mori hayashi
1052	わたしのいぬは、ぶん のなまえを わすれます。 おとうさんは ミルクを かうのを わすれました。 My dog forgets his name. Dad forgot to buy milk.	忘れる	wasureru
1053	もうううそをつかないと やくそくすれば、ゆるし てあげます。	許す	yurusu
	I forgive you if you promise not to tell lies from now on.		
1054	フォーク		fooku
1055	フォークリフト		fookurifuto
1056	じんだい、かた	人台、型	jindai kata
1057	ようさい	要塞	yoosai
1058	しょうめんのドアのと ころにいくまであるい ていきなさい。 Keep walking forward until you reach the front door.		
1059	かせき	化石	kaseki
1060	いやなにおい	嫌な匂い	iya (na)
1061	きそ、どだい	基礎、土台	kiso dodai
1062	ふんすい	噴水	funsui

TERM #	HIRAGANA	KANJI	ROMAJI
1063	きつね	狐	kitsune
1064	はちぶん の いち	8分の1	bun
1065	こわれやすい、もろい	壊れやすい	koware-yasui moroi
1066	わく、がくぶち	枠、額縁	waku gakubuchi
1067	そばかす		sobakasu
1068	じゆう（な）	自由（な）	jiyuu (na)
1069	こおる	凍る	kooru
1070	しんせんな りんご	新鮮（な）	shinsen (na)
1071	アシュレイは きんようび には やきゅうのしあいに いきます。 Ashley goes to a baseball game on Fridays.	金曜日	kinyoobi
1072	れいぞうこ	冷蔵庫	reezooko
1073	ともだち	友達	tomodachi
1074	おどかす、 びっくりさせる	脅かす	odokasu bikkuri saseru
1075	かえる	蛙	kaeru
1076	かせいから きました。	火星から来ました。	kara
1077	まえ	前	mae
1078	しも	霜	shimo
1079	しかめつらをする		shikametsura o suru
1080	くだもの、フルーツ	果物	kudamono furuutsu
1081	やく、いためる、あげる	焼く、炒める、揚げる	yaku itameru ageru
1082	フライパン		furaipan
1083	ねんりょう	燃料	nenryoo
1084	いっぱい	一杯	ippai
1085	たのしむ	楽しむ	tanoshimu
1086	ぼきん	募金	bokin
1087	そうしき	葬式	sooshiki
1088	ろうと、じょうご	漏斗	rooto joogo

TERM #	HIRAGANA	KANJI	ROMAJI
1095	とっぷう、おおかぜ	突風、大風	toppuu / ookaze
1096	ギャラリー、がろう	画廊	garoo / gyararii
1097	うまがかける、ギャロップ	馬が駆ける	kakeru / gyaroppu
1098	ゲーム		geemu
1099	がちょう		gachoo
1100	ギャング、ぼうりょくだん	暴力団	gyangu / booryoku-dan
1101	ギャップ、すきま	隙間	gyappu / sukima
1102	ガレージ、しゃこ	車庫	gareeji / shako
1103	ごみ	塵 (芥)	gomi
1104	ごみいれ	塵入れ (芥入れ)	gomi-ire
1105	やさいばたけ	野菜畑	yasai-batake
1106	うがいする		ugai suru
1107	にんにく		nin'niku
1108	ガーダー		gaataa
1109	きたい	気体	kitai / gasu
	あるきたいは（くうきより）かるいです。 しょうぼうふはけむりをさけるためにガスマスクをします。 *Some gases are lighter than air.* *Firemen wear gas masks against the smoke.*		
1110	ガソリン		gasorin
1111	アクセル		akuseru
1112	ガソリンポンプ		gosorin pompu
1113	ガソリンスタンド		gasorin sutando
1114	もん	門	mon
1115	あつめる	集める	atsumeru
1116	はぐるま、ギヤ	歯車	haguruma / giya
1117	ほうせき	宝石	hooseki

TERM #	HIRAGANA	KANJI	ROMAJI
1118	たいしょう	大将	taishoo
1119	きまえのよい	気前のよい	kimae no yoi
1120	きのやさしい	気のやさしい	ki no yasashii
1121	しんし	紳士	shinshi
1122	ほんもの(の)、じゅんしゅ(の)	本物(の)、純種(の)	hom'mono (no) / junshu (no)
1123	ちり	地理	chiri
1124	ゼラニューム		zeranyuumu
1125	ペットのジャービル		jaabiru
1126	きん、さいきん	菌、細菌	kin / saikin
1127	つかまえる	捕まえる	tsukamaeru
1128	とりかえす	取り返す	torikaesu
1129	はいる	入る	hairu
1130	おりる	下りる、降りる	oriru
1131	のる	乗る	noru
1132	すてる	捨てる	suteru
1133	おきる	起きる	okiru
1134	おばけ、ゆうれい	お化け、幽霊	obake / yuuree
1135	きょじん	巨人	kyojin
1136	ギフト、おくりもの	贈り物	gifuto / okurimono
1137	きょだい(な)	巨大(な)	kyodai(na)
1138	くすくすわらう	くすくす笑う	kusu kusu warau
1139	えら	鰓	era
1140	しょうが	生姜	shooga
1141	ジンジャーブレッド		jinjaa-bureddo
1142	ジプシー		jipushii
1143	きりん		kirin
1144	おんなのこ	女の子	onna no ko
1145	あげる		ageru
1146	かえしてあげる	返してあげる	kaeshite ageru
1147	こうさんする	降参する	koosan suru
1148	ひょうが	氷河	hyooga

TERM #	HIRAGANA	KANJI	ROMAJI
1149	うれしい		ureshii
1150	ガラス		garasu
1151	コップ		koppu
1152	めがね	眼鏡	megane
1153	すべる	滑る	suberu
1154	グライダー		guraidaa
1155	てぶくろ	手袋	tebukuro
1156	のり、せっちゃくざい	糊、接着剤	
1157	いく	行く	iku
1158	おりる	下りる	oriru
1159	はいる	入る	hairu
1160	あがる、のぼる	上がる、登る	agaru noboru
1161	ゴール		gooru
1162	やぎ	山羊	yagi
1163	ゴーグル、すいちゅうめがね	水中眼鏡	googuru suichuu-megane
1164	きん	金	kin
1165	きんぎょ	金魚	kingyo
1166	ゴルフ		gorufu
1167	いい、よい		ii yoi
1168	さようなら		sayoonara
1169	がちょう	鵞鳥	gachuu
1170	すぐり		suguri
1171	ゴージャス(な)、ごうか(な)	豪華(な)	goojasu (na) gooka (na)
1172	ゴリラ		gorira
1173	せいふはくにをおさめる。くにをおさめるというのはいっけんやさしそうにみえるが、けっしてやさしくはない。 *The government governs the country. It is not as easy to govern a country as it seems.*	治める	osameru

TERM #	HIRAGANA	KANJI	ROMAJI
1174	せいふはこくみんによってえらばれる。 リサのおとうさんはせいふのしごとをしている。 *The government is elected by the people. Lisa's dad works for the government.*	政府	seefu
1175	ひったくる		hittakuru
1176	じょうひん(な)	上品(な)	joohin (na)
1177	いちねんせい	一年生	ichi-nen-see
1178	こくもつ	穀物	kokumotsu
1179	グラム		guramu
1180	まご	孫	mago
1181	おじいさん		ojiisan
1182	おばあさん		obaasan
1183	みかげいし	御影石	mikage-ishi
1184	ゆうきゅうをとうかあげましょう。 ようせいがねがいをみっつかなえてくれるでしょう。 *I grant you ten days' leave of absence. The fairy will grant you three wishes.*	上げる	ageru kanaeru
1185	ぶどう	葡萄	budoo
1186	グレープフルーツ		gureepu-furuutsu
1187	グラフ、づひょう	図表	gurafu zuhyoo
1188	くさ	草	kusa
1189	ばった		batta
1190	おろしがね		oroshigane
1191	はか	墓	haka
1192	じゃり	砂利	jari
1193	じゅうりょく	重力	juuryoku
1194	くさをたべる	草を食べる	kusa o taberu

TERM #	HIRAGANA	KANJI	ROMAJI
1195	あぶら	油	abura
1196	すばらしい、とてもいい		subarashii totemo ii
1197	けち(な)、よくばり(の)	欲張り(の)	kechi (na) yokubari (no)
1198	みどりいろ	緑色	midori-iro
1199	グリーンピース		guriin piisu
1200	グリーンハウス、おんしつ	温室	guriin hausu onshitsu
1201	あいさつする	挨拶する	aisatsu suru
1202	グレイ、ねずみいろ	ねずみ色	guree nezumi-iro
1203	やく	焼く	yaku
1204	よごれた、きたない	汚れた、汚い	yogoreta kitanai
1205	にやにやする		niya niya suru
1206	ひく	挽く	hiku
1207	つかむ	摑む	tsukamu
1208	うめく	呻く	umeku
1209	しょくりょうひんてん	食料品店	shokuryoohin-ten
1210	しょくりょうひん	食料品	shokuryoohin
1211	しんろう、はなむこ	新郎、花婿	shinroo hanamuko
1212	ばてい	馬丁	balee
1213	ブラシをかけて きれいにする		burashi o kakeru
1214	みぞ、へこみ	溝、凹み	mizo hekomi
1215	きみのわるい、ぞっとする	気味の悪い	kimi no warui zotto suru
1216	じめん、つち	地面、土	jimen tsuchi
1217	マーモット		maamotto
1218	グループ、しゅうだん	集団	guruupu shuudan
1219	はえる、そだつ	生える、育つ	haeru sodatsu
1220	うなる		unaru

TERM #	HIRAGANA	KANJI	ROMAJI
1221	おとな	大人	otona
1222	みはる、まもる	見張る、守る	miharu mamoru
1223	あてる、すいそくする	当てる、推測する	ateru suisoku suru
1224	きゃく、おきゃくさん	客、お客さん	kyaku okyakusan
1225	あんないする	案内する	an'nai suru
1226	アシュレイは じぶんには つみがないといいます。 りんごを とっていったの は だれでしょうか。 *Ashley says that she is not guilty. Who is guilty of taking the apple?*	罪がある	tsumi ga aru
1227	モルモット		morumotto
1228	ギター		gitaa
1229	メキシコわん	メキシコ湾	mekishiko-wan
1230	かもめ	鴎	kamome
1231	はぐき	歯茎	haguki
1232	ガム		gamu
1233	とい、(はいすいようの)みぞ	樋、(排水用の)溝	toi mizo
1234	わるいしゅうかん、くせ	悪い習慣、癖	shuukan kuse
1235	たら(のいっしゅ)	鱈(の一種)	tara
1236	ひょう	雹	hyoo
1237	かみのけ、け	髪の毛、毛	kami no ke ke
1238	ヘアーブラシ		heaa-burashi
1239	びようし	美容師	biyooshi
1240	ヘアードライヤー		heaa-doraiyaa
1241	はんぶん	半分	hambun
1242	(げんかんの)ひろま、ホール	(玄関の)広間	hiroma hooru
1243	ハロウィーン		harowiin
1244	ろうか	廊下	rooka

TERM #	HIRAGANA	KANJI	ROMAJI
1245	とまる	止まる	tomaru
1246	かなづち、ハンマー	金槌	kanazuchi hammaa
1247	うつ	打つ	utsu
1248	ハンモック		hammokku
1249	ハムスター		hamusutaa
1250	て	手	te
1251	だす、てわたす	出す、手渡す	dasu tewatasu
1252	ハンドブレーキ		hando-bureeki
1253	てじょう	手錠	tejoo
1254	めがみえないということは ハンディキャップだ。 どんな しょうがいでも のりこえることができます。 *Being blind is a handicap. People can overcome any handicap.*	障害	handikyappu shoogai
1255	ハンドル、とって	取っ手	handoru totte
1256	てすり	手摺り	tesuri
1257	ハンサム（な）		hansamu (na)
1258	きようなひと	器用な人	kiyoo (na)
1259	えをかける	絵を掛ける	kakeru
1260	しがみつく、がんばる	しがみつく、頑張る	shigamitsuku gambaru
1261	かける、つるす		kakeru tsurusu
1262	かくのうこ	格納庫	kakunooko
1263	ハンガー		hangaa
1264	ハンカチ		hankachi
1265	じこがおこる	事故が起こる	okoru
1266	しあわせ（な）、こうふく（な）	幸せ（な）、幸福（な）	shiawase (na) koofuku (na)
1267	みなと	港	minato
1268	かたい	硬い	katai

TERM #	HIRAGANA	KANJI	ROMAJI
1269	のうさぎ	野兎	no-usagi
1270	きずつける、がいをあたえる	傷つける、害を与える	kizu tsukeru gai o ataeru
1271	ハーモニカ		haamonika
1272	ばぐ	馬具	bagu
1273	ハープ		haapu
1274	きびしいふゆ	厳しい冬	kibishii
1275	かりいれる	刈り入れる	kariireru
1276	ぼうし	帽子	booshi
1277	たまごがかえる	卵が孵る	kaeru
1278	おの	斧	ono
1279	ひきずる、ひっぱる	引きずる、引っ張る	hikizuru hipparu
1280	おばけやしき	お化け屋敷	obake-yashiki
1281	もっている	持っている	motte iru
1282	たか	鷹	taka
1283	ほしくさ	干し草	hoshigusa
1284	もや		moya
1285	へーぜる、はしばみ		heezeru hashibami
1286	へーゼルナッツ		heezeru-nattsu
1287	あたま	頭	atama
1288	づつう	頭痛	zutsuu
1289	ヘッドレスト		heddo-resuto
1290	なおる	治る	naoru
1291	げんき（な）、けんこう（な）	元気（な）、健康（な）	genki (na) kenkoo (na)
1292	ごみのやま	ごみの山	gomi no yama
1293	こえがきこえる	声が聞こえる	kikoeru
1294	しんぞう	心臓	shinzoo
1295	あたためる	温める	atatameru
1296	ヒーター		hiitaa
1297	もちあげる	持ち上げる	mochiageru
1298	てんごく	天国	tengoku
1299	おもい	重い	omoi

TERM #	HIRAGANA	KANJI	ROMAJI
1300	かきね	垣根	kakine
1301	はりねずみ	針鼠	harinezumi
1302	かかと	踵	kakato
1303	ヘリコプター		herikoputaa
1304	じごく	地獄	jigoku
1305	こんにちは。	今日は。	kon'nichiwa
1306	かじ	蛇	kaji
1307	ヘルメット		herumetto
1308	たすける、てつだう	助ける、手伝う	tasukeru tetsudau
1309	むりょく(な)	無力(な)	muryoku (na)
1310	すそ、へり	裾、縁	suso heri
1311	はんきゅう	半球	hankyuu
1312	めんどり	雌鳥	mendori
1313	しちかっけい、ななかっけい	七角形	shichikakkee nanakakkee
1314	やくそう	薬草	yakusoo
1315	うしのむれ	牛の群	mure
1316	ここにいらしゃい！		koko
1317	よすてびと	世捨て人	yosutebito
1318	えいゆう、ヒーロー	英雄	eeyuu hiiroo
1319	ヒロイン		hiroin
1320	にしん	鰊	nishin
1321	ためらう、ちゅうちょする	躊躇する	tamerau chuucho suru
1322	ろっかっけい	六角形	rokkakkee
1323	とうみんする	冬眠する	toomin suru
1324	しゃっくりがでる		shakkuri ga deru
1325	どうぶつのかわ	動物の皮	kawa
1326	かくれる	隠れる	kakureru
1327	かくれば	隠れ場	kakureba
1328	たかいやま	高い山	takai
1329	こうそうけんちく	高層建築	koosoo

TERM #	HIRAGANA	KANJI	ROMAJI
1330	こうとうがっこう、こうこう	高等学校、高校	kootoo gakkoo kookoo
1331	ハイウェイ		haiwee
1332	ハイジャックする		haijakku suru
1333	おか	丘、岡	oka
1334	ちょうつがい、とめがね	蝶番、留め金	chootsugai tomegane
1335	うしろあし	後ろ足	ushiro-ashi
1336	こし、ヒップ	腰	koshi hippu
1337	かば	河馬	kaba
1338	れきし	歴史	rekishi
1339	うつ、たたく	打つ、叩く	utsu tataku
1340	はちのす	蜂の巣	hachi no su
1341	ためこむ	溜め込む	tamekomu
1342	がらがらごえ	がらがら声	gara gara goe
1343	しゅみ	趣味	shumi
1344	アイスホッケー		aisu hokkee
1345	パック		pakku
1346	スティック		sutikku
1347	くわ	鍬	kuwa
1348	だく、もつ	抱く、持つ	daku motsu
1349	おさえつける	押さえつける	osaetsukeru
1350	あな	穴	ana
1351	やすみ、さいじつ、きゅうじつ	休み、祭日、休日	yasumi saijitsu kyuujitsu
1352	くうどう、うろ	空洞	kuudoo uro
1353	ひいらぎ	柊	hiiragi
1354	しんせいなうし	神聖な牛	shinsee (na)
1355	いえにいる	家にいる	ie
1356	しゅくだい	宿題	shukudai
1357	しょうじきな(な)	正直(な)	shoojiki (na)

Left table

TERM #	HIRAGANA	KANJI	ROMAJI
1358	はちみつ	蜂蜜	hachimitsu
1359	(こけいの)はちみつ	(固形の)蜂蜜	hachimitsu
1360	ハニーデュー・メロン		haniiduu-meron
1361	クラクションをならす	クラクションを鳴らす	kurakushon o narasu
1362	めいよ、えいよ	名誉、栄誉	meeyo / eeyo
1363	フード		fuudo
1364	ボンネット、フード		bonnetto / fuudo
1365	ひづめ	蹄	hizume
1366	つりばり、かぎばり	かぎ針	tsuribari / kagibari
1367	フープ、わ	輪	fuupu / wa
1368	ぴょんぴょんとぶ	ぴょんぴょん跳ぶ	pyon pyon tobu
1369	きぼうする	希望する	kiboo suru
1370	きぼうがない	希望がない	kiboo ga nai
1371	いしけりゲーム	石蹴りゲーム	ishikeri geemu
1372	ちへいせんの	地平線の	chiheesen (no)
1373	すいへいの	水平の	suihee (no)
1374	けいてき	警笛	keeteki
1375	ホルン		horun
1376	つの	角	tsuno
1377	すずめばち	雀蜂	suzume-bachi
1378	うま	馬	uma
1379	せいようわさび	西洋山葵	seeyoo wasabi
1380	ていてつ	蹄鉄	teetetsu
1381	ホース		hoosu
1382	びょういん	病院	byooin
1383	あつい	暑い	atsui
1384	からい	辛い	karai
1385	とうがらし	唐辛子	toogarashi
1386	ホテル		hoteru
1387	じかん	時間	jikan
1388	すなどけい	砂時計	suna-dokei

Right table

TERM #	HIRAGANA	KANJI	ROMAJI
1389	いえ、うち	家	ie / uchi
1390	ホーバー・クラフト		hoobaa-kurafuto
1391	どうするかおしえてあげる。	どうするか教えてあげる。	doo
1392	とおぼえする	遠吠え	tooboe
1393	ホイールキャップ		hoiiru kyappu
1394	ハックルベリー、こけもも	苔桃	hakkuru-berii / kokemomo
1395	みをかがめる	身を屈める	mi o kagameru
1396	きょだい(な)、おおきな	巨大(な)、大きな	kyodai (na) / ookina
1397	せんたい	船体	sentai
1398	はちどり	蜂鳥	hachidori
1399	らくだのこぶ	駱駝の瘤	kobu
1400	ひゃく	百	hyaku
1401	おなかがすいている	お腹が空いている	onaka ga suite iru
1402	かりをする	狩りをする	kari o suru
1403	なげる	投げる	nageru
1404	ハリケーン、ぼうふう	暴風	harikeen / boofuu
1405	いそぐ	急ぐ	isogu
1406	てくびがいたい	手首が痛い	itai
1407	おっと、しゅじん	夫、主人	otto / shujin
1408	こや	小屋	koya
1409	しょっきだな	食器棚	shokkidana
1410	ヒヤシンス		hiyashinsu
1411	さんびか	賛美歌	sambika
1412	ハイフンとは、ことばとことばをむすぶみじかいせんのことです。 *Hyphens are short lines between words.*		haifun
1413	アイス、こおり	氷	aisu / koori
1414	アイスクリーム		aisukuriimu

TERM #	HIRAGANA	KANJI	ROMAJI
1415	ひょうざん	氷山	hyoozan
1416	つらら	氷柱	tsurara
1417	アイシング		aishingu
1418	アイディア、かんがえ	考え	aidia / kangae
1419	まったくおなじ	全く同じ	mattaku onaji
1420	ばか、はくち	馬鹿、白痴	baka / hakuchi
1421	ぶらぶらしている		bura bura shite iru
1422	もしかうことができれば あなたにかってあげる んですが.... *I would buy it for you if I could.*		moshi.....reba
1423	イグルー		iguruu
1424	イグニッション・キー		igunisshon kii
1425	びょうき	病気	byooki
1426	てらす	照らす	terasu
1427	ほんのなかのえをさしえ といいます。 このじびきにはさしえが たくさんあります。 *Pictures in a book are called illustrations.* *This dictionary has many illustrations.*	挿絵	sashie
1428	たいせつ（な） じゅうよう（な） *What is important to Ashley may not be important to Jack.*	大切（な） 重要（な）	taisetsu (na) juuyoo (na)
1429	トニーさんは いますか。 *Is Tony in?* みずうみに とびこみなさ い *Go jump in the lake!*		

TERM #	HIRAGANA	KANJI	ROMAJI
1430	(お)こう	(お)香	(o)koo
1431	インチ		inchi
1432	ほんのうしろに さくいん があります。インデックス にでてくることばがせん にでてくることばがかか れています。 *There is an index at the back of this book.* *The index contains all the words in the dictionary.*	索引	sakuin indekkusu
1433	あいいろ	藍色	ai-iro
1434	おくない、しつない	屋内、室内	okunai shitsunai
1435	ちのみご、ようじ	乳飲み子、幼児	chinomigo yooji
1436	かんせん、でんせん	感染、伝染	kansen densen
1437	でんせんびょうにかかり ます。 ときどきわらいはうつり ます。 *You could catch an infectious disease.* *Sometimes laughter is infectious.*	伝染病 移る	densenbyoo utsuru
1438	しらせる、おしえる	知らせる、教える	shiraseru oshieru
1439	くまは ほらあなに すんでいる。	住んでいる	sunde iru
1440	イニシャル、かしらもじ	頭文字	inisharu kashira moji
1441	ちゅうしゃ	注射	chuusha
1442	けが	怪我	kega
1443	インク		inku
1444	こんちゅう	昆虫	konchuu
1445	はこのなか	中	naka
1446	いいはる、 しゅちょうする	言い張る、主張する	iiharu shuchoo suru
1447	しらべる、けんさする	調べる、検査する	shiraberu kensa suru

TERM #	HIRAGANA	KANJI	ROMAJI
1448	けいぶ	警部	keebu
1449	フォークのかわりにスプーンをつかう。	代わりに	kawari ni
1450	つかいかたのせつめい、しじ	使い方の説明、指示	setsumee shiji
1451	こうし、せんせい	講師、先生	kooshi sensee
1452	でんせんのまわりにはひとがさわってもかんでんしないようにぜつえんたいがまいてあります。 *There is insulation around the wires so people will not get a shock.*	絶縁体	zetsuentai
1453	こうさてん	交差点	koosaten
1454	インタビュー、めんせつ	面接	intabyuu mensetsu
1455	へやのなかにはいる	部屋の中に入る	naka
1456	しょうかいする	紹介する	shookai suru
1457	しんにゅうする	侵入する	shin'nyuu suru
1458	びょうにん	病人	byoonin
1459	はつめいする	発明する	hatsumee suru
1460	めにみえない	目に見えない	me ni mienai
1461	しょうたい	招待	shootai
1462	しょうたいする、まねく	招待する、招く	shootai suru maneku
1463	あやめ、アイリス	菖蒲	ayame airisu
1464	アイロンをかける		airon o kakeru
1465	アイロン		airon
1466	てっかめん	鉄仮面	tekkamen
1467	しま	島	shima
1468	かゆい *The rash on Ashley's arm makes her skin itch.*	痒い	kayui
1469	かく	掻く	kaku

TERM #	HIRAGANA	KANJI	ROMAJI
1470	かゆい	痒い	kayui
1471	つた	蔦	tsuta
1472	つっつく		tsuttsuku
1473	うわぎ、ジャケット	上着	uwagi jaketto
1474	ほんのカバー	本のカバー	kabaa
1475	ぎざぎざ		giza giza
1476	けいむしょ、かんごく	刑務所、監獄	keimusho kangoku
1477	ジャム		jamu
1478	おしこむ、つめこむ	押し込む、詰め込む	oshikomu tsumekomu
1479	いちがつ	一月	ichigatsu
1480	びん	瓶	bin
1481	あご	顎	ago
1482	ジーパン、ジーンズ		jiipan jiinzu
1483	ジープ		jiipu
1484	ゼリー		zerii
1485	ジェットエンジン		jetto enjin
1486	ジェットき	ジェット機	jetto-ki
1487	ふきだし	吹き出し	fukidashi
1488	ほうせき	宝石	hooseki
1489	ジグソーパズル		jigusoo pazuru
1490	しごとをする	仕事	shigoto
1491	きしゅ、ジョッキー	騎手	kishu jokkii
1492	ジョギングする		jogingu suru
1493	あわせる、つける	合わせる、付ける	awaseru tsukeru
1494	かんせつ	関節	kansetsu
1495	じょうだん、ジョーク	冗談	joodan jooku
1496	はんじ、さいばんかん	判事、裁判官	hanji saibankan
1497	てじなし	手品師	tejinashi
1498	ジュース		juusu

TERM #	HIRAGANA	KANJI	ROMAJI
1499	しちがつ	七月	shichigatsu
1500	ジャンプする、とぶ	跳ぶ	jampu suru / tobu
1501	とびこむ	飛び込む	tobikomu
1502	とびのる	跳び乗る	tobinoru
1503	ちょうやくのせんしゅ	跳躍の選手	chooyaku no senshu
1504	ジャンパー		jampaa
1505	ジャンパーテーブル		jampaa keeburu
1506	ろくがつ	六月	rokugasu
1507	ジャングル		janguru
1508	ジャンク		janku
1509	がらくた、くず	屑	garakuta / kuzu
1510	アシュレイはちょうど うちにかえったところ です。 はんにんはただしいひと です。 Ashley just got home. The judge is a just person.	正しい	choodo / tadashii
1511	ひゃくしょくめがね まんげきょう	百色眼鏡 万華鏡	hyakushoku megane / mangekyoo
1512	カンガルー		kangaruu
1513	(ふねの)キール	(船の)キール	kiiru
1514	いぬごや	犬小屋	inugoya
1515	とうもろこしのつぶ	とうもろこしの粒	tsubu
1516	やかん		yakan
1517	かぎ	鍵	kagi
1518	キックする、ける		kikku suru / keru
1519	こども	子供	kodomo
1520	こやぎ	子山羊	ko-yagi
1521	ゆうかいする	誘かいする	yuukai suru
1522	じんぞう	腎臓	jinzoo

TERM #	HIRAGANA	KANJI	ROMAJI
1523	ころす	殺す	korosu
1524	かまでやく	かまで焼く	kama
1525	キログラム		kiroguramu
1526	キロメートル		kiromeetoru
1527	スコットランドのキルト		kiruto
1528	ドレスはようふくの しゅるい	ドレスは洋服の種類	shurui
1529	しんせつな、やさしい おんなのこ	親切(な)、優しい女の子	shinsetsu (na) / yasashii
1530	おう、おうさま	王、王様	oo / oo-sama
1531	かわせみ		kawasemi
1532	キオスク、ばいてん	売店	kiosuku / baiten
1533	にしんのくんせい	にしんの燻製	nishin no kunsee
1534	キスする、せっぷんする	接吻する	kisu suru / seppun suru
1535	キス		kisu
1536	キッチン、だいどころ	台所	kitchin / daidokoro
1537	たこをあげる	凧を揚げる	tako
1538	こねこ	子猫	ko-neko
1539	キーウィ		kiiwi
1540	ひざ	膝	hiza
1541	ひざをつく		hiza o tsuku
1542	ナイフ		naifu
1543	あむ	編む	amu
1544	ドアのとって	ドアの取っ手	totte
1545	ドアをノックする、たたく	叩く	nokku suru / tataku
1546	なわのむすびめ	縄の結び目	musubi-me

TERM #	HIRAGANA	KANJI	ROMAJI
1547	このことばのいみをしっていますか？ / アシュレイはフランスごをよくしっています。 / *Do you know what this word means?* / *Ashley knows French well.*	この言葉の意味を知っていますか？ / アシュレイはフランス語をよく知っています。	shitte iru
1548	ゆびのかんせつ	指の関節	kansetsu
1549	コアラはオーストラリアにすんでいる。	コアラはオーストラリアに住んでいる。	koara
1550	ラベル		raberu
1551	ラボ、じっけんしつ	実験室	rabo / jikkenshitsu
1552	レースのえり	レースの襟	reesu
1553	(くつの)ひもをむすぶ	(靴の)ひもを結ぶ	himo o musubu
1554	はしご	梯子	hashigo
1555	ひしゃく		hishaku
1556	じょせい、ふじん	女性、婦人	josee / fujin
1557	てんとうむし	てんとう虫	tentoomushi
1558	レディフィンガー (おかしのなまえ)		
1559	(けもの)のすみか	(獣の)棲か	sumika
1560	みずうみ	湖	mizuumi
1561	こひつじ	子羊	ko-hitsuji
1562	フロシーはびっこを ひいている	フロシーはびっこを引いて いる	bikko
1563	ランプ		rampu
1564	がいとう	街灯	gaitoo
1565	やり	槍	yari
1566	りく	陸	riku
1567	ちゃくりくする	着陸する	chakuriku suru
1568	かいだんのおどりば	階段の踊り場	odoriba

TERM #	HIRAGANA	KANJI	ROMAJI
1569	このアパートは おおやさんの ものです。 / まいつきおおやさんにやちんをはらいます。 / *This apartment belongs to* / *our landlord.* / *We pay our landlord rent* / *every month.*	このアパートは大家さんの ものです。 / 毎月大家さんに家賃を払い ます。	ooyasan
1570	しゃせん	車線	shasen
1571	なんかこくごをはなせます か。	何か国語話せますか。	go
	アシュレイは がいこく のことばが ならいたい です。 / *How many languages can* / *you speak?* / *Ashley wants to learn a* / *foreign language.*	アシュレイは外国の言葉が 習いたいです。	kotoba
1572	てさげランプ	手提げランプ	tesage rampu
1573	あかちゃんをひざに のせる。		hiza
1574	からまつ	落葉松	karamatsu
1575	ラード		raado
1576	おおきい、おおきな	大きい、大きな	ookii / ookina
1577	ひばり	雲雀	hibari
1578	ながいまつげ	長いまつ毛	matsuge
1579	さいごのひときれ	最後の一きれ	saigo
1580	ながもちする	長持ちする	nagamochi suru
1581	かけがねをかける	掛け金をかける	kakegane
1582	きみ、ちこくだよ。	君、遅刻だよ。	chikoku
1583	せっけんのあわ	石けんの泡	awa
1584	わらう	笑う	warau
1585	ランチ、モーターボート		ranchi / mootaa booto
1586	はっしゃする	発射する	hassha suru
1587	はっしゃだい	発射台	hassha dai
1588	よごれたせんたくもの	汚れた洗濯物	sentaku-mono

TERM #	HIRAGANA	KANJI	ROMAJI
1589	せんたくば	洗濯場	sentaku-ba
1590	ラベンダー		rabendaa
1591	ほうりつにしたがえ。	法律に従え。	hooritsu
1592	しばふ	芝生	shibafu
1593	しばかりき	芝刈り機	shibakariki
1594	タイルをはる	タイル樓	haru
1595	かさねる	重ねる	kasaneru
1596	なまけもの	怠け者	namakemono
1597	うまをリードする	馬をリードする	riido suru
1598	リーダー、しどうしゃ	指導者	riidaa / shidoosha
1599	は、はっぱ	葉、葉っぱ	ha / happa
1600	このバケツはもる	漏る	moru
1601	かたむく	傾く	katamuku
1602	よみかたをならう	読み方を習う	narau
1603	いぬのくさり	犬のくさり	kusari
1604	くつはかわでできている。	靴は皮で出来ている。	kawa
1605	おく	置く	oku
1606	でる	出る	deru
1607	まどのつきだし	窓の突き出し	tsukidashi
1608	リーク		riiku
1609	ひだり	左	hidari
1610	ひだりきき	左利き	hidari-kiki
1611	あし	脚	ashi
1612	でんせつ	伝説	densetsu
1613	レモン		remon
1614	レモネード		remoneedo
1615	このほんをかしてあげましょう。	この本を貸してあげましょう。	kasu
1616	レンズ		renzu
1617	ひょう	豹	hyoo
1618	レオタード		reotaado
1619	すくない	少ない	sukunai
1620	レッスン		ressun
1621	はなして！	離して！	hanasu
1622	アルファベットのもじ	アルファベットの文字	moji
1623	てがみをかく	手紙を書く	tegami
1624	レタス		retasu
1625	たいらなひょうめん	平らな表面	taira (na)
1626	てこ / レバー		teko / rebaa
1627	うそつき	嘘つき	usotsuki
1628	としょかん、としょしつ	図書館、図書室	toshokan / toshoshitsu
1629	ナンバー・プレート		nambaa pureeto
1630	なめる		nameru
1631	ふた		futa
1632	うそをつく	嘘をつく	uso o tsuku
1633	よこになる	横になる	yoko ni naru
1634	じんせいははじまったところ。	人生は始まったところ。	jinsee
1635	きゅうめいボート	救命ボート	kyuumee booto
1636	もちあげる	持ち上げる	mochiageru
1637	でんきをつける	電気をつける	denki
1638	ろうそくにひをつける	ろうそくに火をつける	hi o tsukeru
1639	でんきゅう	電球	denkyuu
1640	にをかるくする	荷を軽くする	karuku suru
1641	とうだい	灯台	toodai
1642	かみなり	雷	kaminari
1643	ひらいしん	避雷針	hiraishin
1644	シャロンはねこがすき。	シャロンは猫が好き。	suki
1645	ソフィアはあしたきそうもありません。 / ありそうなはなしです。 / *Sophia is not likely to come tomorrow.* / *That is a likely story.*	ソフィアはあした来そうもありません。 / ありそうな話です。	-soo
1646	ライラック		rairakku

TERM #	HIRAGANA	KANJI	ROMAJI
1647	(ゆり)		yuri
1648	おおきなえだ	大きな枝	eda
1649	ライム	ライム	raimu
1650	スピードせいげんは 50 キロです。	スピード制限は 50 キロで す。	seegen *The speed limit is 50 kilometers per hour.*
	ジョーのしんせつには かぎりがありません。	ジョーの親切には限りが ありません。	kagiri *There is no limit to Joe's kindness.*
1651	びっこをひく	びっこを引く	bikko
1652	まっすぐなせん	まっすぐな操	sen
1653	リネン	リネン	rinen
1654	ていきせん	定期船	teekisen
1655	うらあて	裏当て	ura'ate
1656	うでをくむ	腕を組む	kumu
1657	せんいくず	繊維くず	sen'i kuzu
1658	ライオン	ライオン	raion
1659	くちびる	唇	kuchibiru
1660	くちべに	口紅	kuchibeni
1661	えきたい	液体	ekitai
1662	リスト	リスト	risuto
1663	みんなきいている。	みんな聞いている	kiku
1664	リットル	リットル	rittoru
1665	ちらからさないで!	散らからさないで!	chirakasu
1666	ちいさなりんご	小さなりんご	chiisana
1667	アシュレイはまちにすん でいます。	アシュレイは町に 住んでいます	sumu *Ashley lives in the city. It would be difficult to live on the moon.*
	つきにすむのは むずかし いでしょう。	月に住むのは難しいでしょ う。	
1668	げんきがいい、 かっぱつ(な)	元気がいい、活発(な)	genki ga ii kappatsu (na)

TERM #	HIRAGANA	KANJI	ROMAJI
1669	いま	居間	ima
1670	とかげ	とかげ	tokage
1671	たいほうにたまをこめる	大砲にたまを込める	tama o komeru
1672	トラックににをつむ	トラックに荷を積む	ni o tsumu
1673	パン	パン	pan
1674	コリンはアシュレイに おかねをかしました。	コリンはアシュレイに お金を貸しました。	kasu *Colin loaned money to Ashley.*
1675	いせえび、ロブスター、	伊勢海老	ise-ebi robusutaa
1676	かぎをかける	鍵を掛ける	kagi o kakeru
1677	じょう	錠	joo
1678	きかんしゃ	機関車	kikansha
1679	いなご、ばった	蝗	inago batta
1680	やまごや、ロッジ	山小屋	yamagoya rojji
1681	やねうら	屋根裏	yaneura
1682	まるた	丸太	maruta
1683	ロリーポップ		roriipoppu
1684	さびしい		sabishii
1685	きりんのくびはながい、	きりんの首は長い	nagai
1686	みる、ながめる	見る、眺める	miru nagameru
1687	はたでスカーフをおる	機でスカーフを織る	hata
1688	なわのわ	縄の輪	wa
1689	ゆるい		yurui
1690	てぶくろをなくす	手袋を無くす	nakusu
1691	ローション		rooshon
1692	おおきなおと	大きな音	ookina
1693	かくせいき	拡声器	kakuseeki
1694	やすむ、なまける	休む、怠ける	yasumu namakeru

TERM #	HIRAGANA	KANJI	ROMAJI
1695	あいはすべてだとアシュレイはいいます。 / *Ashley says that love is everything.*	愛	ai
1696	あいする	愛する	ai suru
1697	うつくしい、かわいらしい	美しい、可愛らしい	utsukushii / kawairashii
1698	ひくいところにあるえだ	低いところにある枝	hikui
1699	さげる	下げる	sageru
1700	おてんきがよくてほんとうにうんがいいんでしょう。 / なんてうんがいいんでしょう。 / *We were really lucky to have such nice weather. How lucky you are!*	運、幸運	un / koo'un
1701	にもつ	荷物	nimotsu
1702	なまぬるいおゆ	生ぬるいお湯	namanurui
1703	こもりうた	子守り歌	komoriuta
1704	もくざい	木材	mokuzai
1705	こぶ		kobu
1706	ランチ、べんとう	弁当	ranchi / bentoo
1707	べんとうばこ	弁当箱	bentoobako
1708	はい	肺	hai
1709	ざっし	雑誌	zasshi
1710	うじ		uji
1711	まほう	魔法	mahoo
1712	てじなし	手品師	tejinashi
1713	じしゃく	磁石	jishaku
1714	りっぱ（な）	立派（な）	rippa (na)
1715	むしめがね、かくだいきょう	虫眼鏡、拡大鏡	mushi-megane / kakudaikyoo
1716	かささぎ		kasasagi
1717	ゆうびんでてがみをだす	郵便で手紙を出す	yuubin de dasu
1718	ゆうびんはいたつ	郵便配達	yuubin haitatsu

TERM #	HIRAGANA	KANJI	ROMAJI
1719	つくる	作る	tsukuru
1720	（お）けしょう	（お）化粧	(o) keshoo
1721	おす	雄	osu
1722	つち		tsuchi
1723	だんせい、おとこのひと	男性、男の人	dansee / otoko no hito
1724	みかん		mikan
1725	マンドリン		mandorin
1726	たてがみ	立髪	tategami
1727	マンゴー		mangoo
1728	れいぎただしい、ぎょうぎがいい	礼儀正しい、行儀がいい	reegi tadashii / gyoogi ga ii
1729	たくさん	たくさん	takusan
1730	ちず	地図	chizu
1731	だいりせき	大理石	dairiseki
1732	ビーだま	ビー玉	biidama
1733	こうしんする	行進する	kooshin suru
1734	さんがつ	三月	san-gatsu
1735	（めすの）うま	（雌の）馬	(mesu no) uma
1736	マリーゴールド		mariigoorudo
1737	マークする、さいてんする	採点する	maaku suru / saiten suru
1738	いいてんすうをもらう	いい点数をもらう	tensuu
1739	マーケット		maaketto
1740	けっこんする	結婚する	kekkon suru
1741	ぬま、しっち	沼、湿地	numa / shitchi
1742	じゃがいもをつぶす		tsubusu
1743	（お）めん	（お）面	(o) men
1744	しつりょう	質量	shitsuryoo
1745	マスト		masuto
1746	マスターする、おぼえる	覚える	masutaa suru / oboeru
1747	テニスのしあい	テニスの試合	shiai
1748	マッチ		matchi

TERM #	HIRAGANA	KANJI	ROMAJI
1749	さんすう、すうがく	算数、数学	sansuu / suugaku
1750	ゴーディはどうかしたんですか？ なんでもないんですよ。かなしそうにみえるだけです。	悲しそうに見えるだけです。	
	What is the matter with Gordie? Nothing is the matter with him. He just looks sad.		
1751	マットレス		mattoresu
1752	ごがつ	五月	go-gatsu
1753	たぶんアシュレイはいえにいるべきでしょう。 たぶんトムがてつだってくれるでしょう。		tabun
	Maybe Ashley should stay home. Maybe Tom could help her do her homework.		
1754	しちょう	市長	shichoo
1755	めいろ	迷路	meero
1756	くさはら	草原	kusahara
1757	ひばり	雲雀	hibari
1758	しょくじ	食事	shokuji
1759	いじのわるいひと	意地の悪い人	iji no warui
1760	はしか	麻疹	hashika
1761	はかる	計る	hakaru
1762	にく	肉	niku
1763	メカニック		mekanikku
1764	メダル		medaru
1765	くすり	薬	kusuri
1766	ちゅうぐらい(の)	中位(の)	chuugurai (no)
1767	ともだちにあう	友達に会う	au
1768	かい、かいぎ、かいごう	会、会議、会合	kai / kaigi / kaigoo

TERM #	HIRAGANA	KANJI	ROMAJI
1769	メロン		meron
1770	こおりがとける	氷が溶ける	tokeru
1771	クラブのメンバーはよにん。	クラブのメンバーは4人。	membaa
1772	メニュー	メニュー	menyuu
1773	てんこうにさゆうされる。 わるものはだれにもじょうをしめしませんでした。	天候に左右される。 悪者はだれにも情を示しませんでした。	
	We are at the mercy of the weather. The bandits showed no mercy to anyone.		
1774	にんぎょ	人魚	ningyo
1775	ようきなひと	陽気な人	yooki (na)
1776	ほんとうにめちゃくちゃ		mecha-kucha
1777	でんごん	伝言	dengon
1778	ししゃ、つかいのひと	使者、使いの人	shisha / tsukai no hito
1779	きんぞくでできている	金属で出来ている	kinzoku
1780	いんせき	隕石	inseki
1781	メーター	メーター	meetaa
1782	1メートル＝やく40インチ	1メートル＝約40インチ	meetoru
1783	アシュレイははやくおぼえるほうほうをしっている。	アシュレイは早く覚える方法を知っています。	hoohoo
	Ashley has a method to learn quickly.		
1784	メトロノーム		metoronoomu
1785	マイク		maiku
1786	けんびきょう	顕微鏡	kembikyoo
1787	でんしレンジ	電子レンジ	denshi renji
1788	まひる、しょうご	真昼、正午	mahiru / shoogo
1789	まんなか	真ん中	mannaka
1790	こびと	小人	kobito
1791	まよなか	真夜中	mayonaka

TERM #	HIRAGANA	KANJI	ROMAJI
1792	1マイルは 1.6キロメートルです。 / One mile equals 1.6 kilometers.		mairu
1793	ミルク、ぎゅうにゅう	牛乳	miruku gyuunyuu
1794	せいふんじょ、すいしゃごや	製粉所、水車小屋	seifunjo suishagoya
1795	こころ、せいしん	心、精神	kokoro seishin
1796	こうざん	鉱山	koozan
1797	こうふ	坑夫、鉱夫	koofu
1798	こうぶつ	鉱物	koobutsu
1799	はや		haya
1800	ミント		minto
1801	マイナス		mainasu
1802	いちじかんはろくじゅっぷん。		fun pun
1803	きせき	奇跡	kiseki
1804	しんきろう	蜃気楼	shinkiroo
1805	かがみ	鏡	kagami
1806	けち、けちんぼ		kechi kechimbo
1807	かぞくがこいしい。	恋しい	koishii
1808	ミサイル		misairu
1809	きり、もや	霧、もや	kiri moya
1810	やどりぎ	宿り木	yadorigi
1811	てぶくろ	手袋	tebukuro
1812	まぜる、ミックスする	混ぜる	mazeru mikkusu suru
1813	ミキサー		mikisaa
1814	(お)ほり	(お)堀	(o) hori
1815	まねる、ばかにする	真似る、馬鹿にする	maneru baka ni suru
1816	つぐみ		tsugumi
1817	もけいひこうき	模型飛行機	mokee

TERM #	HIRAGANA	KANJI	ROMAJI
1818	モダンないす	モダンな椅子	modan (na)
1819	しめっている	湿っている	shimette iru
1820	もぐら		mogura
1821	ほくろ		hokuro
1822	ちょっと、しょうしょう	ちょっと、少々	chotto shooshoo
1823	げつようびにはアシュレイははやおきをします。 / On Mondays Ashley gets up early.	月曜日にはアシュレイは早起きをします。	getsuyoobi
1824	おかね	お金	okane
1825	さる	猿	saru
1826	モンクフィッシュ		monku-fisshu
1827	かいぶつ、モンスター	怪物	kaibutsu monsutaa
1828	じゅうにかげつ	12か月	getsu
1829	きねんひ	記念碑	kinenhi
1830	きげんがいい		kigen ga ii
1831	きげんがわるい	きげんが悪い	kigen ga warui
1832	つき	月	tsuki
1833	ムース		muusu
1834	あさ	朝	asa
1835	にゅうばちとにゅうぼう	乳鉢と乳棒	nyuubachi
1836	モザイク		mozaiku
1837	か	蚊	ka
1838	こけ	苔	koke
1839	ははおや、おかあさん	母親、お母さん	hahaoya okaasan
1840	モーター		mootaa
1841	オートバイ		ootobai
1842	ゼリーのかた	ゼリーの型	kata
1843	こやま	小山	koyama
1844	うまにのる	馬に乗る	noru
1845	やま	山	yama
1846	はつかねずみ	二十日鼠	hatsuka nezumi

Left Table

TERM #	HIRAGANA	KANJI	ROMAJI
1847	くちひげ	口ひげ	kuchihige
1848	くち	口	kuchi
1849	かたつむり(はゆっくり)うごく。	かたつむり(はゆっくり)動く。	ugoku
1850	うんどう	運動	undoo
1851	えいがかん	映画館	eegakan
1852	しばをかる	芝を刈る	karu
1853	わたしには おおすぎる	私には 多すぎる	ooi
1854	どろ	泥	doro
1855	ろば	ろば	roba
1856	かける、かけざんする	掛ける、掛け算する	kakeru / kakezan suru
1857	おたふくかぜ	お多福かぜ	otafuku-kaze
1858	ころす	殺す	korosu
1859	きんにく	筋肉	kin'niku
1860	はくぶつかん	博物館	hakubutsukan
1861	きのこ	茸	kinoko
1862	おんがく	音楽	ongaku
1863	おんがくか	音楽家	ongaku-ka
1864	ムールがい	ムール貝	muuru-gai
1865	とびこまなければ いけない	飛び込まなければいけない	-nakereba ikenai
1866	からし	芥子	karashi
1867	くちわ	口輪	kuchiwa
1868	くぎ	釘	kugi
1869	つめ	爪	tsume
1870	つめきり	爪切り	tsumekiri
1871	くぎをうつ	釘を打つ	utsu
1872	はだか	裸	hadaka
1873	なまえは......	名前は......	namae
1874	ナプキン		napukin
1875	せますぎて とおれない	狭すぎて 通れない	semai
1876	くに	国	kuni

Right Table

TERM #	HIRAGANA	KANJI	ROMAJI
1877	くだものには しぜんの とうぶんが ふくまれています。 *Fruit contains natural sugar.*	自然(の)	shizen (no)
1878	しぜんは うつくしい。	自然は美しい。	shizen
1879	いたずら		itazura
1880	そうじゅうする	操縦する	soojuu suru
1881	ちかい	近い	chikai
1882	きちんとした、かっこ(う)のいい		kichin to shita / kakko ii
1883	ひつよう	必要	hitsuyoo
1884	くび	首	kubi
1885	ネックレス		nekkuresu
1886	はなのみつ	蜜	mitsu
1887	ネクタリン		nekutarin
1888	さばくでは みずが なに よりもひつようです。 *There is a great need for water in the desert.*	砂漠では水がなによりも必要です。	hitsuyoo
1889	すいぶんが いる。	水分が要る。	iru
1890	はり	針	hari
1891	むしする、あいてにしない	無視する、相手にしない	mushi suru / aite ni shinai
1892	うまが いななく	馬がいななく	inanaku
1893	となりのひと	隣りの人	tonari no hito
1894	どれも あわない	どれも合わない	dore mo .....nai
1895	ネオンサイン		neon-sain
1896	おい	甥	oi
1897	しんけい	神経	shinkei
1898	ロンはしんけいしつだ。	ロンは神経質だ。	shinkeeshitsu
1899	す	巣	su
1900	いらくさ	蕁麻	irakusa
1901	ひあそびは ぜったいに しないこと。	火遊びは絶対にしないこと。	zettai ni ......nai
1902	あたらしい	新しい	atarashii

TERM #	HIRAGANA	KANJI	ROMAJI
1903	このしんぶんにきょうの ニュースがのっています。 いいニュースがあります よ。 *This paper has today's news. I have good news for you.*	この新聞に今日のニュース がのっています。	nyuusu
1904	しんぶん	新聞	shimbun
1905	つぎどうぞ。	次どうぞ	tsugi
1906	くるみを すこしずつ かむ。	胡桃を少しずつ噛む	kamu
1907	いいこ	いい子	ii
1908	ニッケル		nikkeru
1909	なまえはアシュレーです がニックネームは スポッツです。 *Her name is Ashley but her nickname is Spots.*	名前はアシュレーですが ニックネームはスポッツ です。	nikku neemu
1910	めい	姪	mee
1911	よる	夜	yoru
1912	うぐいす		uguisu
1913	わるいゆめ、あくむ	悪い夢、悪夢	warui yume akumu
1914	ここのつ、きゅう、く	九つ、九、九	kokonotsu kyuu ku
1915	ここのつめ、 きゅうばんめ	九つ目、九番目	kokonotsu-me kyuubam-me
1916	こたえは「いいえ」。	答えは「いいえ」。	iie
1917	ガラハッドきょうは みぶんがたかくて、かんだいなひと でした。 *Sir Galahad was a noble and generous person.*	ガラハッド卿は身分が高く て、寛大な人でした。	mibun ga takai
1918	きぞく	貴族	kizoku
1919	ここにはだれもいない。		daremo...nai
1920	うるさいおと	うるさい音	urusai oto
1921	しょうご	正午	shoogo
1922	きた	北	kita

TERM #	HIRAGANA	KANJI	ROMAJI
1923	はな	鼻	hana
1924	くるみ	胡桃	kurumi
1925	くるみわり	くるみ割り	kurumi-wari
1926	ナイロン		nairon
1927	かしのき	樫の木	kashi no ki
1928	オール		ooru
1929	オアシス		oashisu
1930	ちょうほうけい	長方形	choohookee
1931	かんさつする	観察する	kansatsu suru
1932	たいかい、たいよう	大海、大洋	taikai taiyoo
1933	はっかくけい	八角形	hakkakkee
1934	じゅうがつ	十月	juu-gatsu
1935	たこ	蛸	tako
1936	オドメーター		odomeetaa
1937	におい	匂い	nioi
1938	でんきがきえています。	電気が消えています	kiete iru
	キャシーはコートを ぬぎます。 *The light is off. Cathy takes off her coat.*	キャシーはコートを脱ぎま す	nugu
1939	かくだいともうしでる	貫いたいと申し出る	mooshideru
1940	しょうこう	将校	shookoo
1941	ろくがつにはあめが よくふります。 *It often rains in June.*	六月には雨がよく降りま す	yoku
	アシュレイはたびたび しつもんし *Ashley often asks questions.*	アシュレイは度々質問し ます	tabitabi
1942	あぶら	油	abura
1943	ぬりぐすり	塗り薬	nurigusuri
1944	としをとったひと、ろうじん	年を取った人、老人	toshi o totta hitu roujin
1945	オリーブ		oriibu

TERM #	HIRAGANA	KANJI	ROMAJI
1946	オムレツ		omuretsu
1947	つくえのうえ	机の上	ue
1948	カールはやまに いちどしか いったことがありませ ん。 むかしむかし リサという おんなのこがいました。 Carl has been to the mountain only once. Once upon a time, there was a little girl called Lisa.	カールは山に一度しか行っ たことがありません。 むかしむかしリサという女 の子がいました。	ichido mukashi mukashi
1949	ひとつ、いち	一つ、一	hitotsu ichi
1950	たまねぎ	玉ねぎ	tamanegi
1951	あなただけにささげる あい。	あなただけに捧げる愛。	dake
1952	あいている	開いている	aite iru
1953	あける、ひらく	開ける、開く	akeru hiraku
1954	しゅじゅつ	手術	shujutsu
1955	ふくろねずみ		fukuro nezumi
1956	ぜんのはんたいはあくで す。 「こうふく」のはんたい はなんでしょう？ Good is the opposite of bad. What is the opposite of "happy"?	善の反対は悪です。 「幸福」の反対はなんで しょう？	hantai
1957	なしとりんごとどちら がすきですか。 にほんごをならっています か、ちゅうごくごをな らっていますか。 Do you prefer a pear or an apple? Are you learning Japanese or Chinese?	梨とりんごとどちらが好き ですか。 日本語を習っていますか、 中国語を習っていますか。	
1958	オレンジ		orenji
1959	オレンジいろ、だいだい		orenji-iro daidai
1960	かじゅえん	果樹園	kajuen
1961	オーケストラ		ookesutora

TERM #	HIRAGANA	KANJI	ROMAJI
1962	らん	蘭	ran
1963	ちゅうもんする	注文する	chuumon suru
1964	オレガノ		oregano
1965	オルガン		orugan
1966	うぐいす		uguisu
1967	こじ、みなしご	孤児、みなしご	koji minashigo
1968	だちょう		dachoo
1969	かわうそ	川うそ	kawaus0
1970	1ポンドは16オンス		onsu
1971	そと、やがい	外、野外	soto yagai
1972	いでたち、かっこう	出立ち、恰好	idetachi kakkoo
1973	だえんけい、たまごがた	楕円形、卵形	daenkee tamagogata
1974	オーブン		oobun
1975	ひとがおちたぞ！	人が落ちたぞ！	ochiru
1976	オーバー		oobaa
1977	あふれる	溢れる	afureru
1978	オーバーシューズ		oobaa-shuuzu
1979	ひっくりかえる	ひっくり返る	hikkurikaeru
1980	せんせいにはけいいを ひょうすべきです。 しゃっきんはしないほう がいいです。 You owe respect to your teacher. It is best not to owe any money.	先生には敬意を表すべきで す。 借金はしないほうがいいで す	
1981	ふくろう	梟	fukuroo
1982	このいえはわたしたちの もちいえです。 みずうみにコテージを もっています。 We own our house. They own a cottage on a lake.	この家はわたしたちの持ち 家です。 湖にコテージを持っていま す。	motsu motte iru

Left Table

TERM #	HIRAGANA	KANJI	ROMAJI
1983	(おすの)うし	(雄の)牛	(osu no) ushi
1984	さんそ	酸素	sanso
1985	かき	牡蠣	kaki
1986	カバンに つめる		tsumeru
1987	つつみ	包み	tsutsumi
1988	メモようし	メモ用紙	yooshi
1989	パット		patto
1990	かい、オール		kai / ooru
1991	オールで こぐ		kogu
1992	かぎ、じょう	鍵、錠	kagi / joo
1993	ページ		peeji
1994	バケツ		baketsu
1995	いたみ	痛み	itami
1996	ペンキ		penki
1997	ペンキ ぬりたて	ペンキ塗りたて	nuritate
1998	ペンキをぬる	ペンキを塗る	nuru
1999	ペンキようのはけ	ペンキ用の刷毛	hake
2000	ペンキや	ペンキ屋	penki-ya
2001	え	絵	e
2002	くついっそく	靴一足	issoku
2003	きゅうでん	宮殿	kyuuden
2004	いろがうすい	色が薄い	usui
2005	パレット		paretto
2006	てのひら	手の平	te no hira
2007	さら、(ひら)なべ	皿、(平)鍋	sara / nabe
2008	パンケーキ		pankeeki
2009	パンダ		panda
2010	はいでんばん	配電盤	haiden-ban
2011	パンパイプ		pan-paipu
2012	パンジー		panjii
2013	はあはあ あえぐ		aegu
2014	ひょう	約	hyoo

Right Table

TERM #	HIRAGANA	KANJI	ROMAJI
2015	ズボン		zubon
2016	パパイヤ		papaiya
2017	かみ	紙	kami
2018	パラシュート		parashuuto
2019	パレード		pareedo
2020	へいこうせん	平行線	heekoosen
2021	まひする	麻痺する	mahi suru
2022	こづつみ	小包	kozutsumi
2023	りょうしん	両親	ryooshin
2024	こうえん	公園	kooen
2025	くるまをとめる、ちゅうしゃする	車を止める、駐車する	tomeru / chuusha suru
2026	パルカ		paruka
2027	ぎかい	議会	gikai
2028	おうむ		oomu
2029	パセリ		paseri
2030	パースニップ		paasunippu
2031	りゅうし	粒子	ryuushi
2032	パートナー		paatonaa
2033	パーティー		paatii
2034	パスする		pasu suru
2035	きをうしなう	気を失う	kio ushinau
2036	ろうか、つうろ	廊下、通路	rooka / tsuuro
2037	じょうきゃく、せんきゃく	乗客、船客	jookyaku / senkyaku
2038	パスポート		pasupooto
2039	むかしは ひこうきもくるま もありませんでした。 はちじ ごふんまえです。 *In the past, there were no planes or cars.* *It is five past eight.*		mukashi / sugi
2040	パスタ		pasuta
2041	のりで はる		haru

TERM #	HIRAGANA	KANJI	ROMAJI
2042	きばらし(にすること)	気晴らし(にすること)	kibarashi
2043	(こなをねってつくった) おかし	(粉を練って(作った)お菓子	okashi
2044	ぼくじょう	牧場	bokujoo
2045	つぎ	次	tsugi
2046	みち	道	michi
2047	がまんづよい	我慢強い	gaman-zuyoi
2048	かんじゃ	患者	kanja
2049	パターン、げんけい	原型	pataan / genkee
2050	にほんごをよむときてんのところでやすんでください。やすまずに、きのところまではしってこっちこられますか。 When reading Japanese you pause at a comma. Can you run to that tree and back without a pause?	休む	yasumu
2051	しゃどう	車道	shadoo
2052	(いぬやねこの) あし、て	足、手	ashi / te
2053	はらう	払う	harau
2054	こうしゅうでんわ	公衆電話	kooshuu denwa
2055	へいわ	平和	heewa
2056	もも	桃	momo
2057	くじゃく	孔雀	kujaku
2058	ちょうじょう	頂上	choojoo
2059	なりひびくかねのおと	鳴り響く鐘の音	narihibiku
2060	ピーナッツ		piinattsu
2061	なし	梨	nashi
2062	しんじゅ	真珠	shinju
2063	グリーンピース		guriinpiisu
2064	みずごけ		mizugoke
2065	こいし	小石	koishi
2066	ピーカンのみ	実	piikan

TERM #	HIRAGANA	KANJI	ROMAJI
2067	つつつく、ついばむ		tsuttsuku / tsuibamu
2068	ペダル		pedaru
2069	ペダルをふんではしる	ペダルを踏んで走る	pedaru o fumu
2070	ほこうしゃ	歩行者	hokoosha
2071	おうだんほどう	横断歩道	oodan hodoo
2072	むく		muku
2073	ペリカン		perikan
2074	ペン		pen
2075	えんぴつ	鉛筆	empitsu
2076	ふりこ	振り子	furiko
2077	ペンギン		pengin
2078	こがたな	小刀	ko-gatana
2079	ごかっけい	五角形	gokakkee
2080	ひとびと	人々	hitobito
2081	こしょう	胡椒	koshoo
2082	はっか、ミント		hakka / minto
2083	すずき(のいっしゅ)	鱸	suzuki
2084	とまりぎ	とまり木	tomarigi
2085	えんそう	演奏	ensoo
2086	こうすい	香水	koosui
2087	ピリオド、しゅうしふ	終止符	piriodo / shuushifu
2088	つるにちにちそう、ビンカ		tsuru-nichinichi-soo / binka
2089	ひと	人	hito
2090	がいちゅう	害虫	gaichuu
2091	こまらず、なやます	困らず、悩ます	komarasu / nayamasu
2092	ペット		petto
2093	かわいがる		kawaigaru
2094	はなびら	花びら	hanabira
2095	ペチュニア		pechunia
2096	やくざいし	薬剤師	yakuzaishi

Left table

TERM #	HIRAGANA	KANJI	ROMAJI
2097	やっきょく	薬局	yakkyoku
2098	きじ	雄	kiji
2099	でんわ	電話	denwa
2100	しゃしん	写真	shashin
2101	ピアノ		piano
2102	えらぶ、とる	選ぶ、取る	erabu / toru
2103	だきあげる	抱き上げる	dakiageru
2104	ピッケル		pikkeru
2105	つけもの	漬物	tsukemono
2106	つける	漬ける	tsukeru
2107	ピクニック		pikunikku
2108	え	絵	e
2109	パイ		pai
2110	パイひときれ	パイ一切れ	
2111	つぎあわせる	継ぎ合わせる	tsugiawaseru
2112	ふとう	埠頭	futoo
2113	ぶた	豚	buta
2114	はと	鳩	hato
2115	ぶたごや	豚小屋	butagoya
2116	つちのやま	土の山	yama
2117	くすり、じょうざい	薬、錠剤	kusuri / joozai
2118	はしら	柱	hashira
2119	まくら	枕	makura
2120	まくらカバー	枕カバー	makura kabaa
2121	ひこうし、パイロット	飛行士	hikooshi / pairotto
2122	にきび		nikibi
2123	かにのはさみ		hasami
2124	つまむ、つねる		tsumamu / tsuneru
2125	まつ	松	matsu
2126	パイナップル		painappuru
2127	ピンク		pinku

Right table

TERM #	HIRAGANA	KANJI	ROMAJI
2128	パイプ		paipu
2129	かいぞく	海賊	kaizoku
2130	ピスタチオ		pisutachio
2131	ピストル		pisutoru
2132	なげる	投げる	nageru
2133	マーブ、いいピッチだね。 このピアノはおとがはずれています。 *Hey Meru, that was a good pitch!* *This piano is off pitch.*		pitchi (oto ga) hazureru
2134	みつまた、くまで	三つ又、熊手	mitsumata / kumade
2135	コールタールピッチ		koorutaaru-pitchi
2136	アシュレイはこねこを なくしたおんなのこをか わいそうにおもっています。 *Ashley pities the girl who lost her kitten.*	可哀想(な)	kawaisoo (na)
2137	ピクニックにいいところ です。 かなづちはもとのばしょ にかえしてください。 *It is a good place for a picnic.* *Please return the hammer to its place.*	所 場所	tokoro basho
2138	かれい (ひらめのいっしゅ)		karee
2139	むじのシャツ	無地のシャツ	muji (no)
2140	へいや、はらっぱ	平野、原っぱ	heeya / harappa
2141	けいかくする。	計画する。	keekaku suru
2142	かんな	鉋	kanna
2143	わくせい	惑星	wakusee
2144	いた	板	ita
2145	しょくぶつ	植物	shokubutsu

Left table

TERM #	HIRAGANA	KANJI	ROMAJI
2146	うえる	植える	ueru
2147	プラスター		purasutaa
2148	プラスターをぬる	プラスターを塗る	purasutaa o nuru
2149	プラスチック		purasuchikku
2150	ねんど	粘土	nendo
2151	さら	皿	sara
2152	こうげん、プラトー	高原	koogen / puratoo
2153	ホーム		hoomu
2154	あそぶ	遊ぶ	asobu
2155	あそびば	遊び場	asobiba
2156	トランプ		torampu
2157	たんがんする	嘆願する	tangan suru
2158	<u>きもちのいい</u>ひ	気持ちのいい日	kimochi no ii
2159	どうぞミルクを<u>下さい</u>	どうぞミルクを下さい	doozo...... kudasai
2160	プリーツ、ひだ		puriitsu / hida
2161	ペンチ		penchi
2162	すき	すき	suki
2163	むしる		mushiru
2164	さしこみ	差し込み	sashikomi
2165	せん	栓	sen
2166	すもも、プラム		sumomo / puramu
2167	はいかんこう	配管工	haikankoo
2168	まるまるふとった	まるまる太った	futotta
2169	「1」はたんすうで、「10」はふくすうです。"Children" は "child" の<u>ふくすう</u>です。 One is singular, ten is plural. Children is the plural of child.	複数	fukusuu
2179	プラス		purasu
2171	プライウッド、ごうばん	合板	puraiwuddo / gooban

Right table

TERM #	HIRAGANA	KANJI	ROMAJI
2172	おとしたまご	落とし卵	otoshi-tamago
2173	ポケット		poketto
2174	さや		saya
2175	しじんは <u>し</u>をかくひとです。これは アシュレイ のかいた<u>し</u>です。 *A poet is a person who writes poems.* *This is a poem that Ashley wrote.*	詩	shi
2176	ポインセチア		poinsechia
2177	ゆびさす	指さす	yubisasu
2178	やじるしの<u>さき</u>	矢印の先	saki
2179	とがっている		togatte iru
2180	どく	毒	doku
2181	あるきのこは <u>どく</u>です。 <u>どく</u>へびのかずは おおくありません。 *Some mushrooms are poisonous.* *There are not many poisonous snakes.*		doku
2182	つ(っ)く		tsu(t)tsuku
2183	しろくま、ほっきょくぐま	白熊、北極熊	shirokuma / hokkyoku-guma
2184	はしら、でんちゅう	柱、電柱	hashira / denchuu
2185	けいかん	警官	keekan
2186	ふじんけいかん	婦人警官	fujin-keekan
2187	みがく	磨く	migaku
2188	だれでも れいぎただしい こどもが <u>すき</u>です。 「はい」は「うん」より <u>ていねい</u>です。 *Everybody likes polite children.* *"Hai" is more polite than "un".*	礼儀正しい 丁寧(な)	reegi-tadashii teenee(na)

TERM #	HIRAGANA	KANJI	ROMAJI
2189	かふん	花粉	kafun
2190	さくろ		zakuro
2191	いけ	池	ike
2192	ポーニー		poonii
2193	プール		puuru
2194	お金をプールする		puuru suru
2195	アシュレイのりょうしんはびんぼうではありませんが、かねもちでもありません。 Ashley's parents are not poor, but they are not rich either.	貧乏	bimboo
2196	ほんととびでる	ほんと飛び出る	tobideru
2197	ポプラ		popura
2198	けし、ポピー		keshi / popii
2199	アシュレイは にんきもの です。 このほんは こどともに にんきがあります。 Ashley is a popular girl. This book is popular among children.	人気	ninki
2200	ポーチ		poochi
2201	けあな	毛穴	keana
2202	ポリッジ		porijji
2203	みなと	港	minato
2204	アシュレイは ポータブル ラジオがほしいです。 ボブは ポータブルのコン ピューダをほしがっています。 Ashley wants a portable radio. Bob wants a portable computer.		pootaburu
2205	ポーダー		pootaa
2206	しょうぞうが	肖像画	shoozooga

TERM #	HIRAGANA	KANJI	ROMAJI
2207	ポスト		posuto
2208	ポストにいれる	ポストに入れる	posuto ni ireru
2209	ゆうびんきょく	郵便局	yuubinkyoku
2210	えはがきを	絵葉書を	ehagaki
2211	ポスター		posutaa
2212	なべ	鍋	nabe
2213	じゃがいも		jagaimo
2214	とうき	陶器	tooki
2215	ポーチ、ちいさいふくろ	小さい袋	poochi / fukuro
2216	きゅうに とびつく	急に飛びつく	tobitsuku
2217	バナナ よんほんで 1ポ ンドぐらいです。 ポンドは イギリスの おかねの なまえです。 Four bananas weigh about a pound. Pound is the name of English money.		pondo
2218	たたく、うつ	叩く・打つ	tataku / utsu
2219	つぐ		tsugu
2220	くちをとがらす、ふくれつらする	口をとがらす	kuchi o togarasu / fukuretsura suru
2221	パウダー		paudaa
2222	れんしゅうする	練習する	renshuu suru
2223	そうげん、へいげん	草原、平原	soogen / heegen
2224	ほめる		homeru
2225	あとあしではねまわる	後足で跳ね回る	hanemawaru
2226	いのる	祈る	inoru
2227	このほうがすきです。	この方が好きです。	suki
2228	にんしんしている	妊娠している	ninshin shite iru
2229	しゅっせき	出席	shusseki
2230	おくりもの、プレゼント	贈り物	okurimono / purezento
2231	トロフィーをおたす	トロフィーを渡す	watasu
2232	くだもののさとうづけ	果物の砂糖づけ	satoo-zuke

TERM #	HIRAGANA	KANJI	ROMAJI
2233	おす	押す	osu
2234	きれいなドレス	奇麗(な)	kiree (na)
2235	えじき	餌食	ejiki
2236	ねだん	値段	nedan
2237	ちくりとさす	ちくりと刺す	sasu
2238	はりのあるどうぶつ	針のある動物	hari no aru doobutsu
2239	しょうがっこう	小学校	shoogakkoo
2240	プリムラ		purimura
2241	プリンス、おうじ、こうたいし	王子、皇太子	purinsu ooji kootaishi
2242	プリンセス、おうじょ、こうたいしひ	王女、皇太子妃	purinsesu oojo kootaishi-hi
2243	がっこうのこうちょう	学校の校長	koochoo
2244	げんそくとしてはさんせいです。げんそくのだいいちはいっしょうけんめいにはたらくことです。 *In principle, I agree with you. The first principle is to work hard.*	原則	gensoku
2245	いんさつする	印刷する	insatsu suru
2246	プリズム		purizumu
2247	ろうや、けいむしょ	牢屋、刑務所	rooya keemusho
2248	しゅうじん	囚人	shuujin
2249	こじん	個人	kojin
	トムはこじんレッスンをうけています。アシュレイはしりつのこうにいっています。 *Tom takes private lessons. Ashley goes to a private school.*	私立	shiritsu
2250	いっとうしょうをもらう	一等賞をもらう	shoo
2251	もんだい	問題	mondai

TERM #	KANJI	HIRAGANA	ROMAJI
2252	農産物、作物	のうさんぶつ、さくもつ	noosan-butsu sakumotsu
2253	生産する、作る	せいさんする、つくる	seisan suru tsukuru
2254	番組	プログラム、ばんぐみ	puroguramu bangumi
2255	禁じる	きんじられている	kinjiru
2256		シャーレイはプロジェクトのべんきょうをしています。それはりかのプロジェクトです。 *Shirley is working on a project. It is a science project.*	purojekuto
2257	約束する	やくそくする	yakusoku suru
2258		(フォークやまでの)また	mata
2259	発音する	はつおんする	hatsuon suru
2260	証拠	しょうこ	shooko
2261	支える	ささえる	sasaeru
2262		プロペラ	puropera
2263	きちんとした身なりをしている	きちんとしたみなりをしている	kichin to shita
2264	アシュレイの家は田舎に土地を持っています。	アシュレイのうちはいなかにとちをもっています。 *Ashley's family owns property in the country. A man of property.*	tochi
2265	抗議する	こうぎする	koogi suru
2266	誇る、誇り高い	ほこる、ほこりたかい	hokoru hokoritakai
2267	証明する	しょうめいする	shoomee suru
2268	諺	これはことわざです。「さるもきからおちる。」 *Here is a proverb; "Even a genius can make a mistake."*	kotowaza

Left Table

TERM #	HIRAGANA	KANJI	ROMAJI
2269	ようういする	用意する	yooi suru
2270	ブルーン		puruun
2271	えだをおろす	枝をおろす	eda o orosu
2272	こうしゅうでんわ	公衆電話	kooshuu denwa
2273	プリン		purin
2274	みずたまり	水たまり	mizutamari
2275	ぽっぽっとふく	ぽっぽっと吹く	fuku
2276	パフィン		pafin
2277	ひく、ひっぱる	引く、引っ張る	hiku / hipparu
2278	かっしゃ	滑車	kassha
2279	プルオーバー		puru-oobaa
2280	みゃく	脈	myaku
2281	ポンプ		pompu
2282	ポンプでくうきをいれる	ポンプで空気を入れる	pompu
2283	かぼちゃ	南瓜	kabocha
2284	なぐる	殴る	naguru
2285	じかんをまもる	時間を守る	jikan o mamoru
2286	タイヤをパンクさせる		panku suru
2287	ばっする	罰する	bassuru
2288	ばつ	罰	batsu
2289	あやつりにんぎょう	操り人形	ayatsuri ningyoo
2290	こいぬ	子犬	ko-inu
2291	きれい(な)		kiree (na)
2292	むらさきいろ	紫色	murasaki-iro
2293	ごろごろのどをならす	ごろごろ喉を鳴らす	nodo o narasu
2294	さいふ、ハンドバッグ	財布	saifu / handobaggu
2295	おう、ついせきする	追う、追跡する	ou / tsuiseki suru
2296	おす	押す	osu
2297	ここにおいてください。	置く	oku
2298	かたづける	片付ける	katazukeru
2299	のばす、おくらせる / あとまわしにする	延ばす、遅らせる / 後回しにする	nobasu / okuraseru / atomawashi ni suru

Right Table

TERM #	HIRAGANA	KANJI	ROMAJI
2300	パテ		pate
2301	パズル		pazuru
2302	パジャマ		pajama
2303	ピラミッド		piramiddo
2304	にしきへび	錦蛇	nishiki-hebi
2305	うずら		uzura
2306	しつのたかい、こうきゅう(な)	質の高い、高級(な)	shitsu no takai / kookyuu (na)
2307	りょう	量	ryoo
2308	けんかする	喧嘩する	kenka suru
2309	いしきりば	石切場	ishikiriba
2310	よんぶんのいち	4分の1	yombun no ichi-
2311	ふなつきば、はとば	船着き場、波止場	funatsukiba / hatoba
2312	クイーン、じょうおう	女王	kuiin / jooʻoo
2313	しつもんする	質問する	shitsumon suru
2314	はやい	速い	hayai
2315	うきずな、クイックサンド	浮砂	ukizuna / kuwikku-sando
2316	しずか(な)、おとなしい	静か(な)、おとなしい	shizuka (na) / otonashii
2317	はねペン	羽ペン	hane-pen
2318	はりねずみのはり	針鼠の針	hari
2319	はねぶとん	羽根布団	hane-buton
2320	まるめろのみ	まるめろの実	marumero no mi
2321	やづつ	矢筒	yazutsu
2322	ふるえる	震える	furueru
2323	きょうがっこうでかんじのしけんがありました。 At school we had a Kanji quiz today.		shiken
2324	うさぎ	兎	usagi
2325	ラクーン、あらいぐま		rakuun / araiguma
2326	きょうそうする	競走する	kyoosoo suru

TERM #	HIRAGANA	KANJI	ROMAJI
2327	ぼうしかけ	帽子かけ	booshikake
2328	おおさわぎ	大騒ぎ	oo-sawagi
2329	ラジエーター		rajieetaa
2330	ラジオ		rajio
2331	ラディッシュ		radisshu
2332	はんけい	半径	hankee
2333	いかだ	筏	ikada
2334	ふいのしゅうげき	不意の襲撃	shuugeki
2335	てすり	手摺り	tesuri
2336	てつどうのせんろ	鉄道の線路	senro
2337	あめがふる	雨が降る	ame ga furu
2338	にじ	虹	niji
2339	レインコート		reen-kooto
2340	アシュレイはクラスでよくてをあげます。アシュレイはおもしろいもんだいをだしました。 Ashley often raises her hand in class. She has raised an interesting question.	アシュレイはクラスでよくてを上げます。アシュレイはおもしろい問題を出しました。	(te o) ageru dasu
2341	ほしぶどう	干しぶどう	hoshibudoo
2342	くまで	熊手	kumade
2343	とをトントンたたく	戸をトントン叩く	tataku
2344	はやい	速い	hayai
2345	めずらしい	珍しい	mezurashii
2346	ほっしん、はっしん	発疹	hosshin hasshin
2347	ラズベリー		razuberii
2348	ねずみ	鼠	nezumi
2349	がらがら		gara-gara
2350	がらがらへび	がらがら蛇	gara-gara hebi
2351	わたりがらす		watari-garasu
2352	がつがつたべる	がつがつ食べる	gatsu gatsu taberu
2353	きょうこく、けいこく	峡谷、渓谷	kyookoku keekoku

TERM #	HIRAGANA	KANJI	ROMAJI
2354	なまたまご	生卵	nama
2355	たいようのこうせん	太陽の光線	koosen
2356	ひげそり、レーザー	髭そり	higesori reezaa
2357	とどく	届く	todoku
2358	よむ	読む	yomu
2359	いちについて、ようい、ドン	位置について、用意、ドン	yooi
2360	ほんとう(の)、ほんもの(の)	本当(の)、本物(の)	hontoo (no) hon-mono (no)
2361	わかる	分かる	wakaru
2362	ほんとうに	本当に	hontoo ni
2363	うしろ	後ろ	ushiro
2364	バックミラー		bakku-miraa
2365	ろんじる	論じる	ronjiru
2366	むりをいってはいけません。 てごろなねだんですね。 Please be reasonable. That is a reasonable price.	手ごろ	tegooro(na)
2367	こくみんはたかいぜいきんにはんたいしています People do rebel against high taxes. Tom thinks he was wrong to rebel against his father.	反対する 反抗する	hantai suru hankoo suru
2368	おもいだせない	思い出せない	omoidasu
2369	もらう、うけとる	受け取る	morau uketoru
2370	さいきんかえったばかり	最近	saikin
2371	レシピー		reshipii
2372	あんしょうする	暗唱する	anshoo suru
2373	レコード		rekoodo
2374	レコードプレーヤー		rekoodo pureeyaa

TERM #	HIRAGANA	KANJI	ROMAJI
2375	アシュレイのかぜはすぐ なおるでしょう。 そとに ちらかっていた ほんを もとにもどしま した。 Ashley may recover from her cold soon. I recovered all the books that were left outside.		naoru modosu
2376	ちょうほうけい	長方形	choohookee
2377	あか	赤	aka
2378	あし、よし	葦、蘆	ashi yoshi
2379	さす	砂州	sasu
2380	いぶる		iburu
2381	リール、いとまき	糸巻き	riiru itomaki
2382	レフェリー、しんぱんいん	審判員	referii shimpan'in
2383	はんしゃする、うつる	反射する、映る	hansha suru utsuru
2384	れいぞうこ	冷蔵庫	reezooko
2385	ことわる、きょひする	断る、拒否する	kotowaru kyohi suru
2386	ちいき	地域	chiiki
2387	とうろくする	登録する	tooroku suru
2388	こうかいする	後悔する	kookai suru
2389	れんしゅうする	練習する	renshuu suru
2390	トナカイ		tonakai
2391	たづな	手綱	tazuna
2392	しんせき、しんるい	親戚、親類	shinseki shinrui
2393	リラックスする、のんびりする		rirakkusu suru nombiri suru
2394	はなす	放す	hanasu
2395	おぼえている、わすれない	覚えている、忘れない	oboete iru wasurenai
2396	はなれじま	離れ島	hanarejima
2397	とる	取る	toru

TERM #	HIRAGANA	KANJI	ROMAJI
2398	アパートをかりていま す。 くるまをかりて、 くるまをかりて、しまを くるりとまわりました。 We rent an apartment. We rented a car and went around the island.	借りる	kariru
2399	なおす、しゅうぜんする	直す、修繕する	naosu shuuzen suru
2400	くりかえす	繰り返す	kurikaesu
2401	とりかえる	取り替える	torikaeru
2402	こたえる	答える	kotaeru
2403	はちゅうるい	爬虫類	hachuurui
2404	たすけだす	助け出す	tasukedasu
2405	ちょすいち	貯水池	chosuichi
2406	だれの せきにんですか。 アシュレイは せきにんの あるおんなのこ です。 Who is responsible for this? Ashley is a responsible girl.	責任 責任感	sekinin sekininkan
2407	やすむ	休む	yasumu
2408	レストラン		resutoran
2409	アシュレイは としょかん のほんを いつもかえしま す。 ジョンは すぐかえって くるでしょう。 Ashley always returns her library books. John will return soon.	返す 帰る	kaesu kaeru
2410	ぎゃく	逆	gyaku
2411	さい	犀	sai
2412	ルーバーブ、だいおう	大黄	ruubaabu dai'oo

TERM #	HIRAGANA	KANJI	ROMAJI
2413	えいごのしをかくときに ことばでぶんことができます。 *When you write a poem in English, you can make it rhyme.*	韻	in
2414	ろっこつ、あばらほね	肋骨、あばら骨	rokkotsu abarabone
2415	リボン		ribon
2416	ごはん	ご飯	gohan
2417	かねもちでもなく、びんぼうでもありません。 かねもちはびんぼうにんをいつもたすけなければならない。 *He is neither rich nor poor. The rich must always help the poor.*	金持ち	kanemochi koi
2418	なぞなぞ		nazonazo
2419	うまにのる	馬に乗る	noru
2420	やまのおね	山の尾根	one
2421	みぎて	右手	migite
2422	かどをみぎにまがってください。 *Turn right at the next corner. Ashley thinks she is always right.* アシュレイはいつも じぶんがただしいとおもっています。	右 正しい	migi tadashii
2423	みぎきき	右利き	migi-kiki
2424	かわ	皮	kawa
2425	ゆびわ	指輪	yubiwa
2426	ベルをならす	ベルを鳴らす	narasu
2427	アイスホッケーのリンク		rinku
2428	ゆすぐ、すすぐ	濯ぐ、溜ぐ	yusugu susugu
2429	ぼうどう	暴動	boodoo

TERM #	HIRAGANA	KANJI	ROMAJI
2430	さく	裂く	saku
2431	じゅくしている	熟している	jukushite iru
2432	ちいさなみ、こなみ さざなみ	小さな波、小波、さざ波	chiisai nami ko-nami sazanami
2433	たいようがのぼる	太陽が昇る	noboru
2434	きけんなことをするときは いつもきをつけたほう がいいですよ。 あしたしものおそれがあ ります。 *Always be careful when taking risks. There will be a risk of frost tomorrow.*	危険 恐れ	kiken osore
2435	ライバル		raibaru
2436	かわ	川	kawa
2437	みち	道	michi
2438	ほえる	吠える	hoeru
2439	ロースト		roosuto
2440	ごうとう、おいはぎ	強盗、追いはぎ	gootoo oihagi
2441	ロビン、こまどり	robin komadori	robin komadori
2442	いわ	岩	iwa
2443	ゆする	揺する	yusuru
2444	ロケット		roketto
2445	ゆりいす	揺りいす	yuri-isu
2446	さお、つりざお	竿、釣り竿	sao tsuri-zao
2447	ロール		rooru
2448	ころがる	転がる	korogaru
2449	ローラースケート		roora sukeeto
2450	めんぼう	めん棒	memboo
2451	やね	屋根	yane
2452	へや	部屋	heya
2453	とまりぎにとまる	止まり木に止まる	tomarigi ni tomaru
2454	ね	根	ne

TERM #	HIRAGANA	KANJI	ROMAJI
2455	なわ、ロープ	縄	nawa / roopu
2456	ばら		bara
2457	ローズマリー		roozumarii
2458	はらいろ(の)	はら色(の)	baruiro (no)
2459	くさったりんご		kusatta
2460	ざらざらする、あらっぽい	荒っぽい	zara zara suru / arappoi
2461	まるい	丸い	marui
2462	ならんだボタン	並んだボタン	naranda
2463	こぐ		kogu
2464	おうしつ(の)	王室(の)	ooshitsu (no)
2465	ゴム		gomu
2466	がらくた		garakuta
2467	ルビー		rubii
2468	かじ	蛇	kaji
2469	れいぎをしらない	礼儀を知らない	reegi o shiranai
2470	けわしいとち	けわしい土地	kewashii
2471	むかしのしろのあと、いせき	昔の城の跡、遺跡	shiro no ato / iseki
2472	規則 アシュレイはいつもきそくをまもります。 このいえのきそくはりょうしんがつくります。 Ashley always obeys the rules. The rules in this house are made by my parents.	規則	kisoku
2473	しはいしゃ、とうちしゃ	支配者、統治者	shihaisha / toochisha
2474	カタコトというおと	カタコトという音	gata goto to yuu oto
2475	はしる	走る	hashiru
2476	にげる	逃げる	nigeru
2477	ひく		hiku
2478	エネルギーがなくなる		nakunaru
2479	いそぐ	急ぐ	isogu
2480	さび		sabi

TERM #	HIRAGANA	KANJI	ROMAJI
2481	わだち		wadachi
2482	ライむぎ	ライ麦	rai-mugi
2483	おおきなふくろ	大きな袋	ookina fukuro
2484	しんせい(な)	神聖(な)	shinsee (na)
2485	かなしい	悲しい	kanashii
2486	くら	鞍	kura
2487	あんぜん(な)	安全(な)	anzen (na)
2488	ほ	帆	ho
2489	ウィンドサーフィン		uindo-saafin
2490	セールボート、ほかけぶね	帆かけ船	seeru-booto / hokakebune
2491	すいへい	水兵	suihee
2492	サラダ		sarada
2493	セール		seeru
2494	さけ、しゃけ	鮭	sake / shake
2495	しお	塩	shio
2496	けいれいする	敬礼する	keeree suru
2497	おなじ	同じ	onaji
2498	すな	砂	suna
2499	サンダル		sandaru
2500	サンドイッチ		sandoitchi
2501	じゅえき	樹液	jueki
2502	いわし	鰯	iwashi
2503	えいせい	衛生	eesee
2504	サテンのドレス		saten
2505	どようびはあそぶひです。 アシュレイはどようびがだいすきです。 Saturday is play day. Ashley likes Saturdays.	土曜日	doyoobi
2506	ソース		soosu
2507	ソーセージ		sooseeji
2508	おかねをためる	お金を貯める	tameru

Left Table

TERM #	HIRAGANA	KANJI	ROMAJI
2509	のこぎり	鋸	nokogiri
2510	(のこぎりで)きる	(鋸で)切る	(nokogiri de) kiru
2511	おがくず	おが屑	ogakuzu
2512	おもったとおりにいう	思った通りに言う	yuu
2513	だい、やぐら	台	dai / yagura
2514	やけどする	火傷する	yakedo suru
2515	はかり	秤	hakari
2516	ほたてがい、かいばしら	帆立貝、貝柱	hotategai kaibashira
2517	あたまのかわ	頭の皮	atama no kawa
2518	きず	傷	kizu
2519	おどかす	脅かす	odokasu
2520	かかし		kakashi
2521	スカーフ		sukaafu
2522	まっか	真っ赤	makka
2523	はんざいげんば	犯罪現場	hanzai gemba
2524	けしき	景色	keshiki
2525	がくもん、しょうがくきん	学問、奨学金	gakumon shoogakkin
2526	がっこう	学校	gakkoo
2527	スクーナー		sukuunaa
2528	はさみ	鋏	hasami
2529	スコップですくう		suku'u
2530	スクーター		sukuutaa
2531	こげたかみ	焦げた紙	kogeru
2532	とくてんする	得点する	tokuten suru
2533	ボーイスカウト		booi-sukauto
2534	かみきれ	紙切れ	kamikire
2535	すりむき		surimuki
2536	けずるどうぐ	削る道具	kezuru
2537	ひっかく	引っ掻く	hikkaku
2538	スクリーン、かなあみ、あみど	金網、網戸	sukuriin kanaami amido

Right Table

TERM #	HIRAGANA	KANJI	ROMAJI
2539	ねじ	ねじ	neji
2540	ねじまわし	ねじ回し	nejimawashi
2541	ごしごしこする		kosuru
2542	ちょうこくか	彫刻家	chookokuka
2543	たつのおとしご	竜の落とし子	tatsu no otoshigo
2544	アドリアかい、うみ	アドリア海、海	umi / -kai
2545	かもめ	鷗	kamome
2546	おっとせい		ottosee
2547	ぬいめ	縫い目	nui-me
2548	さがす	探す	sagasu
2549	サーチライト		saachi-raito
2550	よっつのきせつは、 はる なつ あき ふゆです。 *The four seasons are: spring, summer, autumn and winter.*	季節	kisetsu
2551	ざせき	座席	zaseki
2552	ざせきベルト、シートベルト	座席ベルト	zaseki beruto / shiito beruto
2553	かいそう	海草	kaisoo
2554	ふたつめ、にばんめ	二つ目、二番目	futatsu-me / niban-me
2555	ひみつ	秘密	himitsu
2556	みる	見る	miru
2557	シーソー		shiisoo
2558	たね	種	tane
2559	しんだようにみえる	死んだように見える	yoo ni
2560	つかまえる	備まえる	tsukamaeru
2561	わがまま、りこてき	我がまま、利己的	wagamama rikoteki
2562	うる	売る	uru
2563	はんえん	半円	han'en
2564	おくる	送る	okuru

TERM #	HIRAGANA	KANJI	ROMAJI
2565	びんかんなひふ	敏感	binkan (na)
2566	ぶんしょうが つくれますか／ どろぼうは けいむしょ ものはんけつを うけま した。 Can you make a sentence? The robber received a prison sentence.	文章 判決	bunshoo hanketsu
2567	ほしょう	歩哨	hoshoo
2568	くがつ	九月	ku-gatsu
2569	きゅうじする	給仕する	kyuuji suru
2570	しち、なな、ななつ	七、七つ	shichi nana nanatsu
2571	ななつめ、ななばんめ	七つ目、七番目	nanatsu-me nanaban-me
2572	いつつか むっつ、いくつか	五つか六つ	itsutsu ka muttsu ikutsuka
2573	ぬう	縫う	nuu
2574	ミシン		mishin
2575	みすぼらしい		misuborashii
2576	こや	小屋	koya
2577	かげ	影	kage
2578	けのふさふさした	毛のふさふさした	fusa fusa shita
2579	ふる	振る	furu
2580	あさい	浅い	asai
2581	シャンプー		shampuu
2582	わけあう	分け合う	wakeau
2583	さめ	鮫	same
2584	シャープなナイフ		shaapu (na)
2585	ナイフとぎ	ナイフ研ぎ	naifutogi
2586	スケートシャープナー		sukeeto shaapunaa
2587	えんぴつけずり	鉛筆削り	empitsu-kezuri
2588	こなごなにこわす	粉々に壊す	konagona ni kowasu
2589	ひげをそる	髭を剃る	hige o soru

TERM #	HIRAGANA	KANJI	ROMAJI
2590	うえきばさみ	植木鋏	ueki-basami
2591	かたなのさや	刀の鞘	saya
2592	ひつじ	羊	hitsuji
2593	シーツ		shiitsu
2594	たな	棚	tana
2595	かい、かいがら	貝、貝殻	kai kaigara
2596	かくれば、ひなんじょ	隠れ場、避難所	kakureba hinanjo
2597	ひつじかい	羊飼い	hitsujikai
2598	たて	盾	tate
2599	むこうずね	向こう脛	mukoozune
2600	かがやく、てる	輝く、照る	kagayaku teru
2601	いた、やねいた	板、屋根板	ita yaneita
2602	シングルはびょうきのなまえ	シングルは病気の名前	shinguru
2603	ぴかぴかかひかった	ぴかぴか光った	pika pika hikatta
2604	ふね	舟	fune
2605	なんぱせん	難破船	nampasen
2606	シャツ		shatsu
2607	ふるえる	震える	furueru
2608	ショック		shokku
2609	くつ	靴	kutsu
2610	くつひも	靴紐	kutsu-himo
2611	くつや	靴屋	kutsuya
2612	うつ、うちおとす	打つ、打ち落とす	utsu uchiotosu
2613	みせ	店	mise
2614	みせのしゅじん、てんしゅ	店の主人、店主	mise no shujin tenshu
2615	ショーウィンドー		shoo uindoo
2616	かいがん、きし	海岸、岸	kaigan kishi
2617	せがひくい	背が低い	se ga hikui

TERM #	HIRAGANA	KANJI	ROMAJI
2618	ショートパンツ		shooto-pantsu
2619	かた	肩	kata
2620	どなる	怒鳴る	donaru
2621	おす、おしのける	押す、押し退ける	osu oshinokeru
2622	シャベル		shaberu
2623	みせる	見せる	miseru
2624	みせびらかす	見せびらかす	misebirakasu
2625	やっとあらわれた。	現れる	arawareru
2626	シャワー		shawaa
2627	さけぶ	叫ぶ	sakebu
2628	えび	海老	ebi
2629	ちちむ	縮む	chijimu
2630	かんばく	灌木	kamboku
2631	まぜる、(トランプを)きる	交ぜる	mazeru (torampu o) kiru
2632	シャッター、あまど	雨戸	shattaa amado
2633	はずかしがり	恥かしがり	hazukashigari
2634	びょうき	病気	byooki
2635	わき、そくめん	脇、側面	waki sokumen
2636	ほどう	歩道	hodoo
2637	ためいきをつく	ため息をつく	tameiki o tsuku
2638	サイン		sain
2639	あいずする、しんごうをおくる	合図する、信号を送る	aizu suru shingoo o okuru
2640	サイン		sain
2641	しずかに！ アシュレイはしずかにしていられません。 *Be silent.* *It is difficult for Ashley to be silent.*	静かにする	shizuka ni suru
2642	まどのしきい	窓の敷居	shikii

TERM #	HIRAGANA	KANJI	ROMAJI
2643	ジョンはアンがばかだとおもっています。アンはジョンがばかなことをするとおもいます。 *John thinks Ann is silly.* *Ann thinks John does silly things.*	馬鹿(な)	baka (na)
2644	ぎん	銀	gin
2645	かんたんなかいけつほうがあるはずです。シンプルなデザインでいいですね。 *There must be a simple solution.* *It is a simple design. I like it.*	簡単(な)	kantan (na) / shimpuru (na)
2646	うたう	歌う	utau
2647	「一」はたんすうで、「五」はふくすうです。 *"One" is singular and "five" is plural.*	単数	tansuu
2648	ながし	流し	nagashi
2649	しずむ	沈む	shizumu
2650	すする		susuru
2651	サイレン		sairen
2652	おんなのきょうだい、いもうと	妹	(onna no kyoodai) imooto
2653	すわる	座る	suwaru
2654	ろく、むっつ	六、六つ	roku muttsu
2655	ろくばんめ、むっつめ	六番目、六つ目	rokubam-me muttsu-me
2656	サイズ		saizu
2657	スケートする		sukeeto suru
2658	スケートボード		sukeeto-boodo
2659	がいこつ	骸骨	gaikotsu
2660	スケッチする		suketchi suru
2661	スキー		sukii
2662	スキーする		sukii suru

TERM #	HIRAGANA	KANJI	ROMAJI
2663	よこにそれる、よこすべりする	横にそれる、横すべりする	soreru / yokosuberi suru
2664	ひふ、はだ	皮膚、肌	hifu / hada
2665	スキップする、とびはねる	跳びはねる	sukippu suru / tobihaneru
2666	せんちょう	船長	senchoo
2667	スカート		sukaato
2668	ずがいこつ	頭蓋骨	zugaikotsu
2669	そら	空	sora
2670	ひばり	雲雀	hibari
2671	まてんろう、こうそうビル	摩天楼、高層ビル	matenroo / koosoo biru
2672	バタンとしめる	バタンと閉める	batan to shimeru
2673	ななめ(の)、けいしゃした	斜めの(の)、傾斜した	naname (no) / keisha shita
2674	ぴしゃりとたたく、ぶつ	ひしゃりと叩く、打つ	pishari to tataku / butsu
2675	ふかくきる、きりつける	深く切る、切りつける	fukaku kiru / kiritsukeru
2676	スレート		sureeto
2677	そり		sori
2678	ねむる	眠る	nemuru
2679	スリーピング・バッグ		suriipingu-baggu
2680	ねむい	眠い	nemui
2681	みぞれ	霙	mizore
2682	そで	袖	sode
2683	すべりだい	すべり台	suberidai
2684	ほっそりした		hossori shita
2685	ぬるぬるした		nuru nuru shita
2686	つりほうたい	吊り包帯	tsuri-bootai
2687	パチンコ		pachinko
2688	すべる	滑る	suberu
2689	スリッパ		surippa
2690	つるつるした		tsuru tsuru shita
2691	ぶしょうもの、だらしのないひと	無精物	bushoo-mono / darashi no nai hito

TERM #	HIRAGANA	KANJI	ROMAJI
2692	しゃめん、スロープ	斜面	shamen / suroopu
2693	スロット、とうにゅうぐち	投入口	surotto / toonyuu-guchi
2694	まえがみがスになる	前がみがスになる	maekagami ni naru
2695	まがるときは くるまは スピードをおとします。 「スピードをおとして、おとうさん、はやすぎるよ。」 *The car slows down at the corner. "Slow down, Dad! You are going too fast."*	スピードを落とす	spiido o otosu
2696	ゆきどけ、どろどろのゆを	雪解け、どろどろの雪	yuki-doke / doro doro no yuki
2697	ちいさい	小さい	chiisai
2698	アシュレイは とても あたまがいいと おもっています。 *Ashley thinks she is very smart.*	頭がいい	atama ga ii
	かっこいいドレスです ね。 *That is a smart dress.*	格好(の)いい	kakko ii
2699	こなごなにする	粉々にする	kona gona ni suru
2700	ぬる、なすりつける	塗る、擦りつける	nuru / nasuritsukeru
2701	はなのにおいをかぐ	花の匂いをかぐ	nioi o kagu
2702	いやな においがする、あくしゅうを はなつ	嫌な匂いがする、悪臭を放つ	iya na nioi ga suru / akushuu o hanatsu
2703	たばこをすう	たばこを吸う	tabako o suu
2704	こおりのひょうめんは なめらかです。 *The ice is smooth.*	氷の表面はなめらかです。	nameraka (na)
	ひこうきは スムーズに ちゃくりくしました。 *The plane has made a smooth landing.*	飛行機はスムーズに着陸した。	sumuuzu (na)
2705	おやつをたべる	おやつを食べる	oyatsu o taberu
2706	かたつむり	蝸	katatsumuri

TERM #	HIRAGANA	KANJI	ROMAJI
2707	へび	蛇	hebi
2708	ポキッとおる	ポキッと折る	pokitto oru
2709	うんどうぐつ、スニーカー	運動靴	undoo-gutsu / suniikaa
2710	くしゃみをする		kushami o suru
2711	スノーケル		sunookeru
2712	ゆき	雪	yuki
2713	ゆきのけっしょう	雪の結晶	yuki no kesshoo
2714	スノーシュー、かんじき		sunoo-shuu / kanjiki
2715	せっけん	石鹸	sekken
2716	サッカー		sakkaa
2717	ソックス		sokkusu
2718	ソケット		soketto
2719	ソファー		sofaa
2720	ソフト(な)、やわらかい	柔らかい	sofuto (na) / yawarakai
2721	へいたい	兵隊	heetai
2722	ひらめ	平目	hirame
2723	とく、かいけつする	解く、解決する	toku / kaiketsu suru
2724	ちゅうがえり	宙返り	chuugaeri
2725	むすこ	息子	musuko
2726	うた	歌	uta
2727	すぐ くらくなります。 アシュレイはすぐ うちに かえってくるでしょう。 *Soon it will be dark.* *Ashley will be home soon.*		sugu
2728	まじゅつし	魔術師	majutsushi
2729	うでがいたい。	腕が痛い。	itai
2730	ソれル、かたばみ、		soreru / katabami
2731	わるかったとおもう、	悪かったと思う。	warukatta to omou
2732	よりわける	より分ける	yoriwakeru

TERM #	HIRAGANA	KANJI	ROMAJI
2733	スープ		suupu
2734	すっぱい		suppai
2735	みなみ	南	minami
2736	(めす)ぶた	(雌)豚	(mesu)buta
2737	たねをまく	種を蒔く	tane o maku
2738	スペースシップ、うちゅうせん	宇宙船	supeesu shippu / uchuusen
2739	くわ		kuwa
2740	たたく	叩く	tataku
2741	よびのタイヤ	予備のタイヤ	yobi no taiya
2742	ひばな	火花	hibana
2743	ひかる、きらめく	光る	hikaru / kirameku
2744	すずめ	雀	suzume
2745	はなす	話す	hanasu
2746	やり	槍	yari
2747	スピードをだす、いそぐ	スピードを出す、急ぐ	supiido o dasu / isogu
2748	つづる	綴る	tsuzuru
2749	つかう	使う	tsukau
2750	きゅう	球	kyuu
2751	ぴりっとした、やくみのきいた	薬味の効いた	piritto shita / yakumi no kiita
2752	くも	蜘蛛	kumo
2753	スパイク		supaiku
2754	こぼす、こぼれる		kobosu / koboreru
2755	まわる	回る	mawaru
2756	ほうれんそう	ほうれん草	hoorensoo
2757	せぼね	背骨	sebone
2758	らせんじょう(の)	螺旋状(の)	rasenjoo (no)
2759	とがったやね	とがった屋根	togatta yane
2760	つばをはく	つばを吐く	tsuba o haku
2761	はねかす		hanekasu
2762	きのはへん、こっぱ	木の破片	ki no hahen / koppa

Left table

TERM #	HIRAGANA	KANJI	ROMAJI
2763	くさった、いたんだ		kusatta itanda
2764	スポンジ		suponji
2765	いとまき	糸巻き	itomaki
2766	スプーン		supuun
2767	しみ、よごれ	染み、汚れ	shimi yogore
2768	くち	口	kuchi
2769	くじく		kujiku
2770	ふきかける	吹きかける	fukikakeru
2771	ぬる		nuru
2772	スプリング		supuringu
2773	はる	春	haru
2774	いずみ	泉	izumi
2775	ふりかける	振りかける	furikakeru
2776	(たんきょりを)ぜんそくりょくではしる	(短距離を)全速力で走る	zensokuryoku de hashiru
2777	もみ	籾	momi
2778	しかく	四角	shikaku
2779	かぼちゃ	南瓜	kabocha
2780	しゃがむ		shagamu
2781	だきしめる	抱きしめる	dakishimeru
2782	いか		ika
2783	りす		risu
2784	みずをふきつける	水を吹つける	mizu o fukitsukeru
2785	うまや	馬屋	umaya
2786	ステージ、ぶたい	舞台	suteeji butai
2787	しみ		shimi
2788	かいだん	階段	kaidan
2789	くい	杭	kui

Right table

TERM #	HIRAGANA	KANJI	ROMAJI
2790	ふるい、ぱさぱさのパンより、やきたてのほうがずっといいです。 *Freshly baked bread is much better than old stale bread.*		pasa pasa (no pan)
2791	くきのくき	茎	kuki
2792	たねうま	種馬	tane-uma
2793	きって	切手	kitte
2794	たつ	立つ	tatsu
2795	ほし	星	hoshi
2796	じっとみる	じっと見る	jitto miru
2797	むくどり	椋鳥	mukudori
2798	スタートする		sutaato suru
2799	アシュレイはいえにかえると、いつも「おなかがすいた。」といいます。 *When Ashley comes home, she always says, "I'm starving."*		onaka ga suita
2800	ガソリンスタンド		gasorin sutando
2801	えき	駅	eki
2802	ぞう	像	zoo
2803	うごかないで。	動かないで。	ugokanai de
2804	ステーキ		suteeki
2805	ぬすむ	盗む	nusumu
2806	ゆげ	湯気	yuge
2807	はがね	鋼	hagane
2808	きゅう(な)、けわしい	急(な)、険しい	kyuu (na) kewashii
2809	(お)うし	(雄)牛	(o-)ushi
2810	かじをとる、そうじゅうする	舵をとる、操縦する	kaji o toru soojuu suru
2811	くき	茎	kuki
2812	だん	段	dan
2813	ふみこむ	踏み込む	fumikomu

TERM #	HIRAGANA	KANJI	ROMAJI
2814	そとにでる	外に出る	soto ni deru
2815	シチュー		shichuu
2816	こえだ、ぼうきれ	小枝、棒切れ	ko-eda / bookire
2817	べとべとした		beto beto shita
2818	このはブラシは かたすぎ ます。		katai
	メリーおばさんは かたが こっています。		kotte iru
	This toothbrush is too stiff.		
	Aunt Mary has a stiff shoulder.		
2819	さす	刺す	sasu
2820	さすこと、さしきず	刺すこと、刺し傷	sasu koto / sashi-kizu
2821	におう、あくしゅうをはなつ	臭う、悪臭を放つ	niou / akushuu o hanatsu
2822	かをまわす	か を回す	kakimawasu
2823	ストッキング		stokkingu
2824	ひをおこす、ねんりょうをくべる	火を起こす、燃料をくべる	hi o okosu / nenryoo o kuberu
2825	い	胃	i
2826	いし	石	ishi
2827	ふみだい、こしかけ	踏み台、腰掛け	fumidai / koshikake
2828	こしをまげる、かがむ	腰を曲げる、屈む	koshi o mageru / kagamu
2829	ストップ、ていし	停止	sutoppu / teishi
2830	きしゃをとめる	汽車を止める	tomeru
2831	よる	寄る	yoru
2832	みせ	店	mise
2833	こうのとり		koo-no-tori
2834	あらし	嵐	arashi
2835	はなし、ものがたり	話、物語り	hanashi monogatari
2836	オーブン		oobun

TERM #	HIRAGANA	KANJI	ROMAJI
2837	まっすぐ		massugu
2838	こす		kosu
2839	ひっぱる	引っ張る	hipparu
2840	ふしぎ(な)	不思議(な)	fushigi (na)
2841	しめころす	絞め殺す	shimekorosu
2842	ひも	紐	himo
2843	ストロー		sutoroo
2844	いちご	苺	ichigo
2845	おがわ	小川	ogawa
2846	ふきながし	吹き流し	fukinagashi
2847	みち	道	michi
2848	がいとう	街燈	gaitoo
2849	のばす	伸ばす	nobasu
2850	たんか	担架	tanka
2851	ろうどうしゃが ちんぎんの ねあげのために ストをしています。	労働者が賃金の値上げのためにストをしている。	suto
	The workers are on strike for more money.		
2852	たたく、ぶつ、うつ	叩く、打つ	tataku / butsu / utsu
2853	ひも	紐	himo
2854	しま	縞	shima
2855	つよい	強い	tsuyoi
2856	せいと、がくせい	生徒、学生	seeto / gakusee
2857	べんきょうする	勉強する	benkyoo suru
2858	ぬいぐるみのどうぶつ	縫いぐるみの動物	nuigurumi no doobutsu
2859	きりかぶ	切り株	kirikabu
2860	せんすいかん	潜水艦	sensuikan
2861	ひく	引く	hiku
2862	しゃぶる、すう	吸う	shaburu / suu

TERM #	HIRAGANA	KANJI	ROMAJI
2863	きゅうに あめが ふりは じめた。	急に	kyuu ni
	パメラが とつぜん がっ こうを やめました。 *Suddenly, it began to rain. Pamela left school suddenly.*	突然	totsuzen
2864	さとう	砂糖	satoo
2865	スーツ		suutsu
2866	スーツケース		suutsu-keesu
2867	なつ	夏	natsu
2868	たいよう	太陽	taiyoo
2869	にちようび	日曜日	nichiyoobi
	にちようびには、おかあ さんは ケーキを やきま す。 *My mother bakes a cake on Sundays.*		
2870	ひどけい	日時計	hi-dokee
2871	ひまわり	向日葵	himawari
2872	ひので	日の出	hinode
2873	にちぼつ	日没	nichibotsu
2874	スーパー		suupaa
2875	ゆうしょく、ゆうごはん	夕ご飯	yuushoku yuugohan
2876	あしたは きっと はれる でしょう。 そうすれば かならずかって ます。 *I am sure tomorrow will be a sunny day. That is a sure way to win.*	必ず	kitto kanarazu
2877	ひょうめん	表面	hyoomen
2878	げかい	外科医	gekai
2879	みょうじは ポターで、な まえは アシュレイです。 *My surname is Potter and my first name is Ashley.*	名字	myooji
2880	びっくりパーティー		bikkuri paatii
2881	こうさんする	降参する	koosan suru

TERM #	HIRAGANA	KANJI	ROMAJI
2882	とりかこむ	取り囲む	torikakomu
2883	つぼんつり、サスペンダー	ズボン吊り	zubon-tsuri sasupendaa
2884	のみこむ	呑み込む	nomikomu
2885	はくちょう	白鳥	hakuchoo
2886	とりかえる	取り替える	torikaeru
2887	はちのいちぐん	蜂の一群	gun
2888	あせをかく	汗をかく	ase o kaku
2889	セーター		seetaa
2890	はく	掃く	haku
2891	あまい	甘い	amai
2892	それる、そらす	逸れる、逸らす	soreru sorasu
2893	およぐ	泳ぐ	oyogu
2894	ブランコ		buranko
2895	ブランコ のる	ブランコに乗る	buranko ni noru
2896	スイッチ		suitchi
2897	でんきの スイッチを いれて ください。	スイッチを入れる	suitchi o ireru
	よくみえるように、せき を とりかえましょうか。 *Switch on the light, please. Shall we switch seats so that you can see better?*	取り替える	torikaeru
2898	とびかかる、おそう	飛びかかる、襲う	tobikakaru osou
2899	かたな	刀	katana
2900	すずかけ		suzukake
2901	シロップ		shiroppu
2902	テーブル		teeburu
2903	テーブルクロス		teeburu-kurosu
2904	じょうざい	錠剤	joozai
2905	びょう	鋲	byoo

TERM #	HIRAGANA	KANJI	ROMAJI
2906	アシュレイはそのもんだいとりくまなければなりません。 フットボールのしあいでポールがヘクターととっくみあいをしました。 *Ashley must tackle that problem.* *Paul tackled Hector during the football game.*	取り組む 取っ組み合いをする	torikumu tokkumiai o suru
2907	おたまじゃくし		otamajakushi
2908	しっぽ	尻尾	shippo
2909	ようふくや、したてや	洋服屋、仕立屋	yoofukuya shitateya
2910	もっていく	持っていく	motte iku
2911	とりはずす	取り外す	torihazusu
2912	もちさる	持ち去る	mohisaru
2913	もちかえる	持ち帰る	mochikaeru
2914	ぼうしをとる	帽子をとる	toru
2915	とびたつ	飛び立つ	tobitatsu
2916	とりだす	取り出す	toridasu
2917	もちかえり	持ち帰り	mochikaeri
2918	はなし	話	hanashi
2919	アシュレイとリサはタレントショーにでます。 シルビアはおんがくのさいのうがあります。 *Ashley and Lisa are in the talent show.* *Sylvia has a great talent for music.*	才能	tarento sainoo
2920	はなす、はなしあう	話す、話し合う	hanasu hanashiau
2921	せがたかい	背が高い	se ga takai
2922	タンバリン		tambarin
2923	なれた、おとなしい	馴れた	nareta otonashii
2924	ひやけ	日焼け	hiyake
2925	みかん		mikan

TERM #	HIRAGANA	KANJI	ROMAJI
2926	もつれる		motsureru
2927	タンク		tanku
2928	タンカー		tankaa
2929	すいどうのじゃぐち	水道の蛇口	jaguchi
2930	テープ		teepu
2931	テープではる	テープで貼る	teepu de haru
2932	テープレコーダー		teepu rekoodaa
2933	コールタール		kooru-taaru
2934	まと		mato
2935	タラゴン		taragon
2936	タルト		taruto
2937	しごと	仕事	shigoto
2938	あじわう	味わう	ajiwau
2939	このタルトはとてもおいしいです。 *This tart is very tasty.*		oishii
2940	タクシー		takushii
2941	こうちゃ	紅茶	koocha
2942	おしえる	教える	oshieru
2943	せんせい、きょうし	先生、教師	sensee kyooshi
2944	チーム		chiimu
2945	ティーポット		tii-potto
2946	なみだ	涙	namida
2947	やぶく	破く	yabuku
2948	はぎをとる	剥ぎをとる	hagitoru
2949	でんぽう	電報	dempoo
2950	でんわ	電話	denwa
2951	でんわする	電話する	denwa suru
2952	ぼうえんきょう	望遠鏡	booenkyoo
2953	テレビ		terebi
2954	いう、つたえる	言う、伝える	yuu tsutaeru

TERM #	HIRAGANA	KANJI	ROMAJI
2955	グローバーは おこりっぽいです。	怒りっぽい	okorippoi
	アシュレイは きぶんのあんていしたこです。	気分	kibun
	Grover has a bad temper. Ashley has an even temper.		
2956	おんど	温度	ondo
2957	とう、じゅう	十	too / juu
2958	テニス		tenisu
2959	テニスシューズ		tenisu-shuuzu
2960	テント		tento
2961	じゅうばんめ	十番目	juuban-me
2962	ターミナル、たんまつ	端末	taaminaru / tammatsu
2963	テストする		tesuto suru
2964	かんしゃする	感謝する	kansha suru
2965	こおりがとける	水が溶ける	koori ga tokeru
2966	げきじょう	劇場	gekijoo
2967	そこ		soko
2968	おんどけい	温度計	ondokei
2969	ふとい	太い	futoi
2970	どろぼう	泥棒	doroboo
2971	もも、また	腿、股	momo / mata
2972	ゆびぬき	指貫き	yubinuki
2973	ほそい	細い	hosoi
2974	ひとは ものではありません。	物	mono
	アシュレイは おかしなことをよくいいます。	事	koto
	A person is not a thing. Ashley often says funny things.		
2975	かんがえる	考える	kangaeru
2976	みっつめ、さんばんめ	三つ目、三番目	mittsu-me / sanban-me

TERM #	HIRAGANA	KANJI	ROMAJI
2977	のどが かわいている	喉が かわいている	nodo ga kawaite iru
2978	あざみ	刺	azami
2979	とげ	刺	toge
2980	いと	糸	ito
2981	いとをとおす	糸を通す	ito o toosu
2982	みっつ、さん	三つ、三	mittsu / san
2983	しきい	敷居	shikii
2984	のど	喉	nodo
2985	クイーンのぎょくざ、おうざ	王座、王座	gyokuza / ooza
2986	なげる	投げる	nageru
2987	もどす、あげる、はく	戻す、上げる、吐く	modosu / ageru / haku
2988	おやゆび	親指	oyayubi
2989	かみなり	雷	kaminari
2990	らいう	雷雨	raiu
2991	もくようびに アシュレイは すいえいのクラスに いきます。	木曜日にアシュレイは水泳のクラスに行きます。	mokuyoobi
	Ashley goes to swimming class on Thursday.		
2992	タイム		taimu
2993	きっぷ	切符	kippu
2994	くすぐる		kusuguru
2995	きちんとしている		kichin to shite iru
2996	ネクタイ		nekutai
2997	むすぶ	結ぶ	musubu
2998	とら	虎	tora
2999	しめる	締める	shimeru
3000	タイル		tairu
3001	かたむく	傾く	katamuku
3002	じかんは なんですか。	時間は 何時ですか。	jikan
3003	ちいさな、ちっちゃな	小さな、小っちゃな	chiisana / chitchana

TERM #	HIRAGANA	KANJI	ROMAJI
3004	ひっくりかえる	ひっくり返る	hikkuri-kaeru
3005	チップを あげる	チップを上げる	chippu
3006	つまさきであるく	つま先で歩く	tsumasaki
3007	タイヤ	タイヤ	taiya
3008	つかれている	疲れている	tsukarete iru
3009	がまがえる	がま蛙	gamagaeru
3010	トースト	トースト	toosuto
3011	トースター	トースター	toosutaa
3012	がっこうは きょうから はじまります。 きょうは ははのひです。 *School starts today. Today is Mother's Day.*	今日	kyoo
3013	あしのゆび	足の指	ashi no yubi
3014	いっしょにすわっている		issho ni
3015	トイレ		toire
3016	トマト		tomato
3017	はか	墓	haka
3018	あしたは ちちのひです。 アシュレイは あしたはく ぶつかんに きょうりゅう を みにいきます。 *Tomorrow is Father's Day. Ashley is going to see dinosaurs at the museum tomorrow.*	明日	ashita
3019	トング		tongu
3020	した	舌	shita
3021	トン		ton
3022	へんとうせん	へんとう腺	hentoosen
3023	どうぐ	道具	doogu
3024	は	歯	ha
3025	はがいたい	歯がいたい	ha ga itai
3026	はブラシ	歯ブラシ	haburashi
3027	はみがき	歯磨き	hamigaki

TERM #	HIRAGANA	KANJI	ROMAJI
3028	てっぺん、いちばんうえ	てっぺん、一番上	teppen / ichiban ue
3029	こま	こま	koma
3030	ひっくりかえる	ひっくり返る	hikkurikaeru
3031	トーチ	トーチ	toochi
3032	たつまき	竜巻	tatsumaki
3033	げきりゅう、きゅうりゅう	激流、急流	gekiryuu / kyuuryuu
3034	かめ	亀	kame
3035	なげる	投げる	nageru
3036	さわる	触る	sawaru
3037	タフ(な)、つよい、たくましい	強い、逞しい	tafu (na) / tsuyoi / takumashii
3038	ひっぱる	引っぱる	hipparu
3039	タオル	タオル	taoru
3040	とう	塔	too
3041	まち	町	machi
3042	おもちゃ	玩具	omocha
3043	なぞる	なぞる	nazoru
3044	せんろ	線路	senro
3045	トラクター	トラクター	torakutaa
3046	こうかんする	交換する	kookan suru
3047	こうつう	交通	kootsuu
3048	しんごう	信号	shingoo
3049	とおったあと	通った跡	tootta ato
3050	トレーラー	トレーラー	toreeraa
3051	きしゃ、れしゃ	汽車、列車	kisha / ressha
3052	トレーニングする		toreeningu suru
3053	ふろうしゃ	浮浪者	furoosha
3054	ふみつける	踏みつける	fumitsukeru
3055	トランポリン		toramporin
3056	とうめい(な)、透きとおった	透明(な)、透きとおった	toomei (na) / sukitootta

TERM #	HIRAGANA	KANJI	ROMAJI
3057	はこぶ、うんぱんする	運ぶ、運搬する	hakobu / umpan suru
3058	うんぱんしゃ	運搬車	umpansha
3059	わな		wana
3060	トラピーズ		torapiizu
3061	りょこうする	旅行する	ryokoo suru
3062	おぼん	お盆	obon
3063	タイヤのやま	タイヤの山	taiya no yama
3064	たからもの	宝物	takaramono
3065	き	木	ki
3066	ふるえる	震える	furueru
3067	みぞ、(ほり)	溝、堀	mizo / hori
3068	さいばん	裁判	saiban
3069	さんかく	三角	sankaku
3070	トリック		torikku
3071	たらたら おちる		tara tara ochiru
3072	さんりんしゃ	三輪車	sanrinsha
3073	ひきがね	引き金	hikigane
3074	そろえる	揃える	soroeru
3075	みじかい りょこう	短い旅行	mijikai ryokoo
3076	つまずく		tsumazuku
3077	トロリーバス		tororii basu
3078	ゆっくり はしる	ゆっくり走る	yukkuri hashiru
3079	えをきいれるおけ	桶	oke
3080	ズボン		zubon
3081	ます	謝	masu
3082	こて		kote
3083	トラック		torakku
3084	ほんとうですか。うそですか。 それはほんとうのはなしです。 *Is it true or false? That is a true story.*	本当	hontoo

TERM #	HIRAGANA	KANJI	ROMAJI
3085	トランペット		torampetto
3086	トランク		toranku
3087	みき	幹	miki
3088	ぞうのはな	象の鼻	zoo no hana
3089	しんようする	信用する	shin'yoo suru
3090	しんじつ、ほんとうのこと	真実、本当のこと	shinjitsu / hontoo no koto
3091	もういちど やってみるべきです。 おくれないようにしなさい。 *You should try again. Try not to be late!*		yatte miru / -yoo ni suru
3092	たらい		tarai
3093	くだ、チューブ	管	kuda / chuubu
3094	かようびにアシュレイはピアノのレッスンがあります。 *On Tuesdays Ashley has piano lessons.*	火曜日	kayoobi
3095	ひっぱる	引っ張る	hipparu
3096	チューリップ		chuurippu
3097	ころぶ、ころがる	転ぶ、転がる	korobu / korogaru
3098	トンネル		ton'neru
3099	しちめんちょう	七面鳥	shichimenchoo
3100	ひだりにまわす	左に回す	mawasu
3101	けす	消す	kesu
3102	つける		tsukeru
3103	ジョンはいいせいねんになりました。 きっとうまくいくでしょう。 *John turned out to be a fine young man. I am sure things will turn out alright.*		

TERM #	HIRAGANA	KANJI	ROMAJI
3104	ひっくりかえす	ひっくり返す	hikkurikaesu
3105	かぶ	蕪	kabu
3106	ターンテーブル		taan-teeburu
3107	トルコいしのいろ、そらいろ	トルコ石の色、空色	toruko-ishi no iro sora-iro
3108	ちいさなとう	小さな塔	chiisana too
3109	うみがめ	海亀	umi-game
3110	きば	牙	kiba
3111	けぬき	毛抜き	kenuki
3112	にど	二度	nido
	アシュレイは にどどうぶつえんに いったことが あります。 トムは ぼくのにばいも ほんをもっています。 *Ashley has been to the zoo twice.* *Tom has twice as many books as me.*	二倍	nibai
3113	こえだ	小枝	koeda
3114	ふたご	双子	futago
3115	はしがきらきらひかる	光る	hikaru
3116	くるくるまわす	回す	mawasu
3117	ねじる、よる	捻じる、撚る	nejiru yoru
3118	ふたつ、に	二つ、二	futatsu ni
3119	タイプする		taipu suru
3120	タイプライター		taipuraitaa
3121	みにくい	醜い	minikui
3122	かさ	傘	kasa
3123	トムおじさんは おかあさんのおにいさんです。もうひとりのおじさんはおとうさんのおとうとです。 *Uncle Tom is my mother's elder brother.* *My other uncle is my father's younger brother.*	伯父さん、叔父さん	ojisan

TERM #	HIRAGANA	KANJI	ROMAJI
3124	アシュレイは テーブルの したに かくれています。ごさいいかのこどもは いかれません。 *Ashley is hiding under the table.* *Children under 5 cannot go.*	下 以下	shita ika
3125	わかる、りかいする	分かる、理解する	wakaru rikai suru
3126	したぎ	下着	shitagi
3127	ぬぐ	脱ぐ	nugu
3128	かなしい、ふこう(な)	悲しい、不幸(な)	kanashii fukoo (na)
3129	ユニコーン		yunikoon
3130	ユニフォーム		yunifoomu
3131	だいがく	大学	daigaku
3132	にをおろす	荷を下ろす	ni o orosu
3133	かぎをはずす	鍵を外す	kagi o hazusu
3134	つつみをあける	包みを開ける	tsutsumi o akeru
3135	まっすぐ	真っ直ぐ	massugu
3136	さかさま	逆さま	sakasama
3137	つかう	使う	tsukau
3138	つかいきる	使いきる	tsukai-kiru
3139	やくにたつ ナイフ	役に立つナイフ	yaku ni tatsu
3140	きゅうか、やすみ	休暇、休み	kyuuka yasumi
3141	じょうき	蒸気	jooki
3142	ニスをぬる	ニスを塗る	nisu o nuru
3143	かびん	花瓶	kabin
3144	こうしのにく	子牛の肉	ko-ushi no niku
3145	やさい	野菜	yasai
3146	のりもの	乗り物	norimono
3147	ベール		beeru
3148	けっかん	血管	kekkan

Terms 3149–3164

TERM #	HIRAGANA	KANJI	ROMAJI
3149	ヘビは どく へびのどく です。 *Venom is the poison of a poisonous snake.*	毒	doku
3150	すいちょく(の)、 たて(の)	垂直(の)、縦(の)	suichoku (no) tate (no)
3151	スポットは とても いいぬ です。 アシュレイは カールが たいへん あたまが いいと おもいます。 *Spot is a very nice dog. Ashley thinks Carl is very clever.*	大変	totemo taihen
3152	ベスト、チョッキ		besuto chokki
3153	じゅうい	獣医	juu'i
3154	ぎせいしゃ	ぎせい者	giseesha
3155	ビデオ、ビデオデッキ		bideo bideo dekki
3156	ビデオテープ		bideo teepu
3157	やまのうえのけしきは すばらしかったです。 ひとりひとり ものの みかた がちがいます。 *What a wonderful view from the top of the mountain! We each have our own point of view.*	景色 見方	keshiki mikata
3158	むら	村	mura
3159	わるもの	悪者	warumono
3160	つる		tsuru
3161	す	酢	su
3162	すみれ		sumire
3163	バイオリン		baiorin
3164	ビザ、さしょう	査証	biza sashoo

Terms 3165–3188

TERM #	HIRAGANA	KANJI	ROMAJI
3165	こんやは くもが おおくて ほしが ほとんど みえません。 *There are many clouds tonight and the stars are barely visible.*	見える	mieru
3166	ほうもんする、たずねる	訪問する、訪ねる	hoomon suru tazuneru
3167	バイザー		baizaa
3168	このじしょは ごいをふや すのに やくだちます。 *This dictionary helps increase your vocabulary.*	語い	goi
3169	こえ	声	koe
3170	かざん	火山	kazan
3171	バレーボール		baree-booru
3172	ボランティア		borantiya
3173	はく、もどす	吐く、戻す	haku modosu
3174	とうひょうする	投票する	toohyoo suru
3175	ゆうけんしゃ	有権者	yuukensha
3176	A,E,I,O,U は えいごの ぼいんです。 *A,E,I,O,U are vowels in English.*	母音	bo-in
3177	こうかい	航海	kookai
3178	はげたか	禿鷹	hagetaka
3179	あさいみずのなかを あるく	浅い水の中を歩く	
3180	ワッフル		waffuru
3181	ワゴン		wagon
3182	なきさけぶ	泣き叫ぶ	naki-sakebu
3183	ウエスト		uesuto
3184	まつ	待つ	matsu
3185	おこす	起こす	okosu
3186	あるく	歩く	aruku
3187	かべ	壁	kabe
3188	さいふ	財布	saifu

TERM #	HIRAGANA	KANJI	ROMAJI
3189	くるみ	胡桃	kurumi
3190	せいうち		see'uchi
3191	つえ	杖	tsue
3192	ほうろうする、さまよう	放浪する	hooroo suru / samayou
3193	ケーキが もっと ほしい ひとは(だれ ですか)? / おかあさんは アシュレイ に おさらあらいをてつだ ってもらいたいのです。 / Who wants more cake? Mother wants Ashley to help wash the dishes.		hoshii / -te moraitai
3194	せんそう	戦争	sensoo
3195	いしょう	衣装	ishoo
3196	そうこ	倉庫	sooko
3197	あたたかい	暖かい	atatakai
3198	あたたまる	温まる	atatamaru
3199	ちゅういする	注意する	chuui suru
3200	うさぎのはんしょくち	兎の繁殖地	hanshoku-chi
3201	ぐんじん、ぶし	軍人、武士	gunjin / bushi
3202	いぼ		ibo
3203	あらう	洗う	arau
3204	せんたくき	洗濯機	sentakuki
3205	(お)てあらい、トイレ	(お)手洗い、トイレ	(o) tearai / toire
3206	すずめばち		suzume-bachi
3207	むだにする	無駄にする	muda ni suru
3208	とけい	時計	tokee
3209	じっとみる	じっと見る	jitto miru
3210	みず	水	mizu
3211	じょうろ	如露	jooro
3212	クレソン		kureson
3213	たき	滝	taki
3214	すいか	西瓜	suika

TERM #	HIRAGANA	KANJI	ROMAJI
3215	ぼうすい	防水	boosui
3216	すいじょうスキー	水上スキー	suijoo sukii
3217	なみ	波	nami
3218	てをふる	手を振る	te o furu
3219	ウェーブのある		ueebu no aru
3220	ろう		roo
3221	よわい	弱い	yowai
3222	ぶき	武器	buki
3223	きる	着る	kiru
3224	いたち		itachi
3225	てんき	天気	tenki
3226	おる	織る	oru
3227	みずかきあし	水かき足	mizukaki-ashi
3228	けっこんしき、こんれい	結婚式、婚礼	kekkonshiki / konrei
3229	くさび(がたのもの)	楔(梨の物)	kusabi
3230	すいようびには アシュレイ は ごみをだします。 / On Wednesdays, Ashley takes out the garbage.	水曜日	suiyoobi
3231	ざっそう	雑草	zassoo
3232	しゅう	週	shuu
3233	ヘラおばさんが しゅうま つ あそびにきます。 ラジオでは、このしゅう まつ あめがふるといって います。 / Aunt Vera will visit us this weekend. The weatherman says it will rain this weekend.	週末	shuumatsu
3234	なく	泣く	naku
3235	はかる	量る	hakaru
3236	ふしぎ(な)、きみょう(な)、へん(な)	不思議(な)、奇妙(な)、変(な)	fushigi (na) / kimyoo (na) / hen (na)
3237	むかえる、かんげいする	迎える、歓迎する	mukaeru / kangee suru

TERM #	HIRAGANA	KANJI	ROMAJI
3238	いど	井戸	ido
3239	げんき	元気	genki
3240	にし	西	nishi
3241	ぬれている	濡れている	nurete iru
3242	ぬらす	濡らす	nurasu
3243	くじら	鯨	kujira
3244	はとば	波止場	hatoba
3245	ねこをどうしたんですか？／あさごはんになにをたべますか。／*What did you do to your cat?* ／*What are you going to have for breakfast?*	何	doo / nani
3246	むぎ	麦	mugi
3247	しゃりん	車輪	sharin
3248	いちりんしゃ	一輪車	ichirinsha
3249	くるまいす	車椅子	kuruma-isu
3250	いつペロおばさんはきますか。／おたんじょうびはいつですか。／*When is Aunt Vera coming?* ／*When is your birthday?*		itsu
3251	どこでうまれましたか。／ねこがまいごになってどこにいるかわかりません。／*Where were you born?* ／*Our cat is lost and we have no idea where she is.*		doko
3252	どれ		dore
3253	めそめそする		meso meso suru
3254	むち	鞭	muchi
3255	よたか	夜鷹	yotaka
3256	あわだてき	泡立て器	awatateki

TERM #	HIRAGANA	KANJI	ROMAJI
3257	ほおひげ		ho'ohige
3258	ささやく		sasayaku
3259	ふえ	笛	fue
3260	くちぶえをふく	口笛を吹く	kuchibue o fuku
3261	しろ	白	shiro
3262	だれがきますか。	誰が来ますか。	dare
3263	どうしてかしりたいです。／どうしてアシュレイはおぼえられないのですか。／*I want to know why.* ／*Why can Ashley not remember?*		dooshite
3264	ろうそくのしん	芯	shin
3265	わるい	悪い	warui
3266	はばがひろい	幅が広い	hiroi
3267	(きみの)おくさん。／(ぼくの)かない	奥さん、家内	okusan / kanai
3268	やせいのどうぶつ	野生の動物	yasee (no)
3269	やなぎ	柳	yanagi
3270	しおれる	萎れる	shioreru
3271	するい		zurui
3272	かつ、ゆうしょうする	勝つ、優勝する	katsu / yuushoo suru
3273	ちぢみあがる、すくむ	縮み上がる	chijimiagaru / sukumu
3274	かぜ	風	kaze
3275	まく	巻く	maku
3276	ウィンドブレーカー		uindo-bureekaa
3277	ふうしゃ	風車	fuusha
3278	まど	窓	mado
3279	フロントガラス		furonto-garasu
3280	ワイン、ぶどうしゅ	ぶどう酒	wain / budooshu
3281	はね、つばさ	羽、翼	hane / tsubasa

TERM #	HIRAGANA	KANJI	ROMAJI
3282	ウィンクする		winku suru
3283	ふゆ	冬	fuyu
3284	ふく	拭く	fuku
3285	でんせん	電線	densen
3286	おじいさんは かしこい ろうじんです。はやしのなかへ ひとりで いくのは かしこくありません。 Grandfather is a wise old man. It is not wise to go into the forest alone.	賢い	kashikoi
3287	ねがい	願い	negai
3288	まほうつかい、まじょ	魔法使い、魔女	mahootsukai majo
3289	まほうつかい（おとこ）	魔法使い（男）	mahootsukai
3290	おおかみ	狼	ookami
3291	おんなのひと、じょせい	女の人、女性	onna no hito josei
3292	ふしぎながる	不思議がる	fushigi-garu
3293	すばらしい	素晴らしい	subarashii
3294	ざいもく	材木	zaimoku
3295	きつつき		kitsutsuki
3296	はやし、もり	林、森	
3297	もっこう	木工	mokkoo
3298	ウール		uuru
3299	ことば	言葉	kotoba
3300	しごと	仕事	shigoto
3301	はたらく	働く	hataraku
3302	うんどうする	運動する	undoo suru
3303	ワークショップ、しごとば	仕事場	waakushoppu shigotoba
3304	せかい	世界	sekai
3305	みみず		mimizu
3306	しんぱいする	心配する	shimpai suru
3307	けが、きず	怪我、傷	kega kizu

TERM #	HIRAGANA	KANJI	ROMAJI
3308	つつむ	包む	tsutsumu
3309	はなわ	花輪	hanawa
3310	こわれたもの、ざんがい	壊れたもの、残骸	kowareta mono zangai
3311	みそさざい		misosazai
3312	レスリングする		resuringu suru
3313	しぼる	絞る	shiboru
3314	てくび	手首	tekubi
3315	うでどけい	腕時計	udedokee
3316	かく	書く	kaku
3317	ひとをだましたり、うそをついたりするのは わるい ということです。このバスは まちがった ほうこうに いっています。 It is wrong to cheat and to lie. Our bus is going the wrong way.	悪い、間違った	warui machigatta
3318	レントゲン		rentogen
3319	もっきん	木琴	mokkin
3320	ヨット		yotto
3321	にわ	庭	niwa
3322	あくびする		akubi suru
3323	とし	年	toshi
3324	さけぶ	叫ぶ	sakebu
3325	きいろ	黄色	kiiro
3326	こたえは イエスですか、ノーですか。もし こたえが「はい」なら、てをあげてください。 Is it yes or no? If your answer is "yes", please raise your hand.		iesu hai
3327	きのう アイスクリームを たべすぎて きのうのアシュレイは びょうきになりました。 Yesterday Ashley was sick from eating too much ice cream.	昨日	kinoo

TERM #	HIRAGANA	KANJI	ROMAJI
3328	ゆずる	譲る	yuzuru
3329	たまごのきみ	卵の黄身	kimi
3330	わかい	若い	wakai
3331	しまうま	縞馬	shima-uma
3332	ゼロ、れい		zero rei
3333	ジッパー		jippaa
3334	どうぶつえん	動物園	doobutsuen
3335	（きゅうに）じょうしょうする	（急に）上昇する	jooshoo suru
3336	ズッキーニ		zukkiini